HERVÉ BASLÉ

LE FILS DU CORDONNIER

JCLattès

A ma femme et à mes fils
A Charles Lecoq et Joséphine Beaulieu

C'était un dimanche ordinaire. Les paroissiens de Bécherel se pressaient à l'appel des cloches. Bécherel, une commune à la naissance du massif armoricain, aux trois quarts du chemin entre Rennes et Dinan ; un pays où la roche affleure, où les chênes émondés se dressent sur les talus avec des allures de statues gigantesques au soleil couchant ; une région aux portes de la forêt de Brocéliande où la croyance aux légendes nourrit l'esprit religieux.

Dans les années 20, la foi emplissait les églises, les âmes rebelles se comptaient sur les doigts de la main, néanmoins, elles assistaient à l'office pour le plaisir de s'endimancher et de descendre au bourg.

Madame Gervin tira un chapeau de son armoire. Elle en avait deux douzaines et y puisait suivant la saison et selon son humeur. Ce jour-là, il était de paille, orné d'un bouquet de primevère et piqué d'une jonquille en tissu. C'était le printemps.

Madame Gervin n'avait pas besoin de se pencher à sa fenêtre pour surveiller l'agitation de la place, il lui suffisait de consulter son miroir. En ajustant sa coiffure, elle vit Léontine tirer Léon par la manche pour le faire descendre du trottoir et l'empêcher d'entrer au café.

— T'auras tout le temps de boire après la messe. Tu ne vas pas me dire que t'as soif ?

— Si ! répondit Léon qui crachait blanc pour s'être enivré tous les jours de la semaine.

Il arracha son bras des mains de sa femme et s'engouffra chez Eugène. Léontine prit le parti d'attendre son mari devant la porte. Elle avait honte. Goguenards, des hommes la saluaient. Les femmes, elles, compatissaient. L'épouse du poivrot répondait avec un sourire gêné.

— Bonjour, Léontine

— Bonjour, Joséphine.

En voilà une qui ne connaît pas son bonheur, pensa Léontine.

Joséphine avait un mari modèle. Célestin le cordonnier. Ils n'avaient pas dix ans de mariage et déjà sept loupiots. Célestin était aussi le bedeau de la paroisse. En semaine, il sonnait l'angélus du matin et du soir, les mariages, les enterrements et les services anniversaires. Le dimanche, l'aîné de ses fils lui donnait un coup de main pour la volée des grandes cérémonies. L'enfant était si léger qu'il s'envolait avec la corde quand la cloche s'élevait avant de retomber et de faire chanter son *si* bémol. Pénétrant sous le porche de l'église, Joséphine trempa avec grâce deux doigts dans l'eau bénite et se signa.

Comme d'habitude, madame Gervin arriva en retard à la messe. Elle remonta la nef la dernière pour que l'on admire son chapeau. Monsieur le curé attendit qu'elle gagne sa place pour entonner l'*Asperges me*. Le bruit sourd d'une chute dans les bancs du milieu coupa son chant. Joséphine venait de s'évanouir. Le bedeau accourut, la prit dans ses bras et traversa l'église sous le regard effaré des paroissiens.

Le docteur Gaudeul avait la confiance de tous les Bécherelais. C'était un « gars du pays ». Il connaissait l'histoire des gens et la santé des familles sur trois ou quatre générations. Il savait les bienfaits et les dangers que l'hérédité apportait à chaque nouveau-né. Il aurait pu tracer les lignes de vie de tous les enfants qu'il aidait à mettre au monde.

Ses consultations ne concernaient pas uniquement les corps. Il était aussi le confident des souffrances morales. Il soignait les âmes autant que monsieur le curé dont il ne fréquentait l'église que dans les grandes occasions, c'est-à-dire les enterrements. « La religion, c'est l'affaire de chacun », disait-il. Il respectait la majorité croyante mais il n'hésitait pas à faire étalage de ses doutes.

La médecine ne l'avait pas enrichi comme certains confrères de Dinan qui roulaient carrosse et occupaient les anciennes constructions à pans de bois de la place des Merciers, de celle des Cordeliers ou de la rue de l'Apport. Il habitait une bâtisse peu prétentieuse à la sortie du bourg de Bécherel.

Il fut surpris de trouver Finette à sa porte en pleine grand-messe.

— Qu'est-ce qui t'arrive, ma fille ?

— C'est maman, répondit Finette.

Le docteur ne chercha pas à en savoir plus. Il prit ses instruments, son feutre noir et monta au bourg avec la fillette.

Un seul regard sur sa patiente lui permit d'établir son diagnostic. Joséphine avait repris connaissance.

— Je suis tombée du haut mal ? s'inquiéta la souffrante.

Elle était émouvante, toute frêle, esquissant un pauvre sourire.

— Non, répondit le docteur.

— Je suis prise ? risqua-t-elle, redoutant sa réponse.

— Oui.

Le médecin l'enveloppa d'un regard compatissant.

Puis, il appela le mari. Célestin s'approcha. Le docteur Gaudeul le félicita. Il avait bien travaillé.

Célestin courba la tête et traversa la chambre en contournant les berceaux des enfants disposés près du lit des parents comme des barques autour d'un grand navire par mer étale. Il lui faudrait en ajouter un huitième, songea-t-il. La place commençait à manquer.

— Ne lui en voulez pas, docteur, supplia Joséphine.

Malgré leurs dix années de misère commune, elle restait éprise de son homme. Elle pensait avec douceur à leur première rencontre.

C'était aussi un dimanche. Célestin, sac en bandoulière, cherchait un village où s'établir. L'émigré polonais promenait son regard bleu sur les environs de Bécherel lorsqu'il croisa Joséphine. Il fut ébloui. Le cordonnier était arrivé au bout de son voyage. *Un bonheur ne vient jamais seul*, pensa Joséphine. Le pays avait aussi besoin de lui. NOBLET Jean, le sabotier de Bécherel, avait son nom gravé sur le monument des morts au champ d'honneur. La France cherchait des bras pour cultiver sa terre délaissée, des ouvriers solides et durs à la peine pour faire tourner ses machines, d'ingénieux artisans, des hommes bien bâtis pour la repeupler. Célestin s'était présenté ce dimanche-là. Il avait été enrôlé par une orpheline sans dot, Joséphine, qui ne pouvait rêver d'un bon parti. Joséphine, bien sûr, avait été trouvée le jour de la Saint-Joseph. Elle se nommait Leroux à cause de la couleur de sa chevelure. Lui s'appelait Kogut. Elle traduisit son nom et c'est monsieur Lecoq qu'elle épousa quelques semaines après l'avoir rencontré.

Elle échappa aux avances du patron, quitta la ferme où elle était placée et vint au bourg installer son ménage dans une maison modeste, coincée entre deux grosses bâtisses qui la préservaient du vent et des mauvaises visites.

— C'est pas entièrement sa faute, c'est la mienne aussi, insista-t-elle.

Le docteur Gaudeul lui sourit.

Dans la cuisine, le médecin commanda au père de lui amener ses enfants. Quand ils furent rassemblés, il les ausculta un à un, Tintin, l'aîné, puis Finette, Adèle, Henri, Louis, Mélanie et Pierrot.

— Il n'est pas encore sevré celui-ci ?

— Non, docteur, fit le père.

— Va falloir que tu apprennes à manger la soupe, mon bonhomme, tu ne vas pas pouvoir téter bien longtemps.

Il n'eut pas besoin d'annoncer la bonne nouvelle. Les plus âgés avaient compris. Joséphine n'aurait plus de lait tout le temps de sa grossesse. Ils ne verraient plus Pierrot s'agripper au sein de leur mère et plonger sa main dans le décolleté de la blouse pour dégager le deuxième téton quand la source du premier était tarie. Parfois, le père imaginait à voix haute Joséphine avec trois tétons intarissables. Alors les enfants pouffaient de rire.

— On va avoir un petit frère ? gloussa Adèle, malicieuse.

— Qui te l'a dit ?

La fillette baissa les paupières. Tous avaient les yeux trop grands. Les privations leur avaient sculpté des mines d'adultes. La pauvreté se lisait aussi sur leurs robes et les pantalons rapiécés.

Le docteur examina également les dents cariées d'Adèle et Tintin. Puis, il sortit avec Célestin. Ils traversèrent la courette et s'arrêtèrent auprès de Margot. La chèvre bêlait et donnait des coups de sabot pour se débarrasser des chaussures qu'on y avait mises. Encore un coup des garnements, expliqua le père qui saisit l'occasion pour sourire. Il délivra la biquette et précéda le docteur dans son atelier.

C'était un endroit minuscule dont le sol était jonché de copeaux de cuir. Le cordonnier n'avait guère besoin d'un espace plus vaste pour travailler et recevoir sa clientèle.

Le docteur s'installa lui-même derrière l'établi chargé d'alènes, de marteaux et de pinces.

— Pourquoi n'as-tu pas de chaise ? Tu es plus à l'aise pour travailler sur un tabouret ?

— Pas seulement, docteur. Dans notre métier, on respecte les commandements de saint Crépin, notre patron.

Il raconta alors au médecin l'histoire de ce collègue qui, il y a bien longtemps, exerçait son art assis sur une chaise, et en profitait de temps en temps pour paresser en s'y adossant. Saint Crépin qui veille sur tous les cordonniers s'en aperçut et décida de le punir pour l'exemple.

Ainsi usa-t-il de son pouvoir pour faire déraper le tranchet un jour que l'homme parait le tour d'une semelle, le dos bien calé sur l'arrière de son siège, tant et si bien que la lame coupa la chaussure, le tablier de cuir, le corps du malheureux et, pour finir, le dossier de la chaise.

— C'est pour ça, docteur, c'est pour ça.

Chaque métier avait sa superstition, et le médecin apprécia celle du bouif.

— Cela sent bon chez toi, dit-il en humant l'odeur forte qui se dégageait des cuirs neufs.

— Vous trouvez, docteur ?

— Oui.

Jugeant que le préambule avait assez duré, le docteur Gaudeul en vint aux choses sérieuses.

— Alors Célestin, comment vont tes affaires ?

— Ni mieux, ni plus mal que d'habitude.

Le cordonnier ne voulait pas répondre, comme s'il rechignait à dévoiler ses maigres ressources. Pourtant les affaires n'étaient pas brillantes. Les gens n'usaient pas leurs chaussures assez vite. Ils ne les portaient que les dimanches. Toute la semaine, ils marchaient en sabots. Avec du caoutchouc en dessous, ça en faisait des kilomètres.

— Combien prends-tu pour un ressemelage ?

— Ça dépend de l'état du soulier, répondit habilement Célestin.

— Et pour en faire une paire sur mesure ?

— C'est selon.

— Selon quoi ?

— Pour dames, c'est plus cher.

— Alors disons pour hommes.

Célestin s'installa à sa petite table et se mit à compter : le cuir, les contreforts, les œillets, le fer en bout de la semelle et du talon, la semence, les coutures, les lacets, il y en avait à peu près pour huit francs de matériel. La façon était à la tête du client. Ça variait de vingt à cent sous. Quand ils avaient payé les fournitures, il ne fallait pas trop demander à ceux qui n'étaient pas riches ou alors ils hésitaient et attendaient une grande occasion pour passer commande, une cérémonie où ils ne pouvaient pas se présenter en sabots ou avec des chaussures éculées.

— Eh bien ! De ce train-là, tu n'es pas près de faire fortune, conclut le docteur.

— Non, mais je sais rien faire d'autre, avoua le cordonnier.

Il aimait son métier. Selon lui, chausser les gens, les empêcher de marcher pieds nus, comme les bêtes ou les sauvages, c'était les ennoblir.

Célestin s'était gardé de tout expliquer au toubib. En Bretagne comme en Pologne, il respectait les notables. Il lui cacha les mauvais payeurs, « ceux qui ont d'quoi et qui sont raides du porte-monnaie ».

Un soir de la semaine, réparation faite, il avait expédié Tintin livrer les bottines de madame Gervin. L'enfant avait suivi les consignes. Il avait frappé à la porte, ôté son béret, salué poliment, présenté son paquet de la main droite, annoncé le prix et gardé une attitude modeste en attendant ses quarante sous. Madame Gervin s'étonnait de ne pas le voir partir et elle s'apprêtait à lui tourner le dos. Tintin comprit. C'était le moment. Il réclama le montant de la réparation. L'audace du gamin choqua la bourgeoise. Elle trouvait le cordonnier bien pressé de pleurer son argent. Qu'avait-il donc de si urgent à acheter ? Elle promit de régler sa dette le mardi. Ce jour-là, elle faisait sa tournée des commerçants. Elle claqua sa porte au nez du garçon qui repartit, bredouille, après lui avoir souhaité bonne nuit.

Quand Tintin fut de retour, Célestin annonça à la famille qu'il n'avait pas rapporté les sous et qu'il n'y aurait pas de viande dimanche. Deux dimanches de suite. Depuis deux semaines, ils n'avaient mangé que de la soupe et des tartines beurrées de saindoux. La soupe... A peine. Elle était si claire dans les assiettes. Joséphine en préparait un faitout pour trois jours. Elle y mettait un oignon, sept pommes de terre, un chou, à la saison un rutabaga, une ou deux carottes et un poireau. Ce dimanche-là, ils devraient encore se contenter de ce repas de carême. Mélanie se mit en colère.

— Elle est pas gentille madame Gervin, cria-t-elle.

Le dimanche, le bourg se vidait sur le coup de midi et demi. Les commerçants fermaient. Seul le café restait ouvert l'après-midi. Le médecin arriva à la boucherie au moment où Lucien baissait sa grille. Le boucher accepta de retarder la fermeture pour servir son prestigieux client qui commanda un pot-au-feu pour neuf personnes qui mangeraient comme douze. Il fallait bien quatre à cinq kilos de viande, décréta Lucien.

— Quatre, cinq, comme tu veux. Tu me mets du jarret, de la veine grasse et du plat de côtes pour donner le goût au bouillon. Ajoutes-y une poule s'il t'en reste une.

La bouchère s'inquiéta de savoir si le docteur aurait une marmite assez grande, puis elle fit la conversation.

— Vous allez dire que j'suis curieuse, mais qu'est-ce qui est arrivé à la femme du cordonnier ?

— Elle s'est trouvée mal pendant la messe.

— C'est pas grave ? demanda Lucien.

— Non.

— Elle serait pas encore enceinte, des fois ? questionna Louisette.

— Si.

— J'en étais sûre. Quand même, ils font trop de gosses, vous trouvez pas, docteur ?

— Ils doivent s'aimer, dit le médecin pour couper court

aux commentaires. Et quand on s'aime, on s'accorde plus facilement au lit.

Il paya non sans remarquer que tous les commerces ne rapportaient pas si gros. Puis, il pria Louisette de lui rendre le service de livrer le pot-au-feu chez le cordonnier.

— S'il te demande quelque chose, ajouta-t-il, tu lui diras que c'est mon ordonnance.

Le médecin sorti, Louisette craignit le pire.

— T'as pas mis du premier choix ?

— Bien sûr que si, répondit Lucien, je croyais que c'était pour lui.

Ah ! S'ils avaient su...

Les petits Lecoq n'avaient jamais rien vu d'aussi beau. Une montagne de viande fumait dans un grand plat en terre cuite. Les narines de Mélanie, collées contre la table, s'élargissaient pour mieux sentir la riche odeur du pot-au-feu. Toutes les fourchettes étaient tenues ferme, dents en l'air, comme une armée prête à fondre sur l'ennemi. Ils n'attendaient qu'un geste du père pour se jeter sur le bouilli. Célestin avait pris les devants. Il avait fait des parts égales. Avant de passer dans la chambre porter un bol de bouillon à Joséphine, il recommanda le calme.

— Surtout ne vous battez pas. Finette, sers tout le monde, je ne veux pas entendre crier. C'est promis ?

— Oui, papa.

L'aînée, pour éviter tout pugilat, envoya Adèle près de la porte, la fit se retourner face au mur. Et commença à lui poser la question fatidique que tous attendaient les yeux rivés sur leur morceau.

— Celui-là, c'est pour qui ?

Adèle répondit sans hésiter.

— Pour moi.

Les garçons se fâchèrent. Cette Adèle-là voulait toujours être servie la première.

Dans la chambre, Célestin s'assit sur le bord du lit, coincé contre la vieille armoire. Il souffla sur le bouillon pour le refroidir, puis nourrit sa femme comme un enfant. Une cuillerée, deux... Joséphine était si fatiguée qu'elle eut du mal à avaler la troisième.

— Ça ne passe plus, dit-elle.

— Elle est bonne pourtant.

— Oh oui ! Demain, elle sera encore meilleure.

Elle se laissa glisser au fond du lit et ferma les yeux. Célestin fut tout à coup pris de panique.

— Je te promets, lui chuchota-t-il, je ne te ferai plus jamais d'enfants.

Joséphine chercha sa main. Quand elle l'eut trouvée, elle lui sourit pour le délivrer de sa promesse.

— Mon pauvre bonhomme, soupira-t-elle.

Le mari resta près de son épouse. Il la regarda s'apaiser, puis s'endormir. Ses yeux parlaient pour son cœur. Ils exprimaient l'émotion qui l'envahissait chaque fois qu'il s'arrêtait à contempler sa femme. Ils racontaient son amour. Son regard s'embua. Il ne vit ni n'entendit Pierrot pousser la porte de la chambre et se traîner à quatre pattes jusqu'au lit. C'était l'heure de la tétée.

Le marmot fit un foin de tous les diables quand son père le souleva de terre et le reconduisit à la cuisine. Il hurlait sa rage d'être privé de son repas et de la tendresse de sa maman.

Célestin s'inquiéta de savoir s'il avait mangé. Finette répondit qu'il n'aimait pas la viande et qu'il recrachait le bouillon. Il avait même refusé le lait de Margot.

— Il n'aime que celui de maman, expliqua Adèle.

Pierrot s'obstinait. Il refusa de s'alimenter le lundi, le mardi et le mercredi. Le jeudi, jour sans école, Margot broutait tranquillement près du calvaire. Elle s'affola quand elle vit poindre la bande, Tintin et Adèle en tête, l'air conquérant, suivis de Louis, Henri et Mélanie, et enfin Finette traînant Pierrot. Dans sa tête de chèvre, elle se demanda ce qu'ils avaient encore pu inventer pour se distraire. Tintin lui prit les cornes, Louis, les pattes arrière, Henri, celles du devant.

Finette s'allongea sous la biquette et maintint Pierrot à la verticale du pis. Adèle se chargea de la traite, elle dirigea le jet dans la bouche du petit frère qui gigotait et pinçait les lèvres au contact du lait.

Madame Gervin, qui se rendait chez le cordonnier, fut alertée par les cris du gosse.

— Qu'est-ce que vous faites là, bande de petits garnements ? Vous ne pouvez pas laisser cette pauvre bête en paix ?

— On donne à boire à notre petit frère, répondit fièrement Mélanie.

La bourgeoise accourut au secours de l'enfant. Elle s'égosilla pour attirer les regards aux fenêtres et dans la rue. Elle ne dédaignait pas de commettre de bonnes actions en plein jour. Heureusement qu'elle était intervenue. Sans quoi l'enfant aurait pu trépasser peut-être.

Portant le gamin du bout des bras, il était sale, elle se précipita chez le cordonnier.

— Tenez, je vous le ramène, vos grands lui donnaient à boire au pis de la chèvre, ils ont failli l'étouffer.

— Ils ont cru bien faire, dit la maman pour les excuser.

— Merci, madame, ajouta Célestin.

— Vous qui êtes leur père, poursuivit madame Gervin, vous devriez les surveiller d'un peu plus près. C'est comme ça que les drames arrivent.

Le cordonnier défendit ses enfants. Il n'avait pas à se plaindre d'eux. Ses marmots en valaient bien d'autres, ils ne faisaient de mal à personne.

— Mon Dieu, où est l'éducation d'autrefois ? soupira madame Gervin.

Elle tourna les talons, puis se ravisa. Elle allait oublier la note du cordonnier. Elle se fit répéter le montant de sa dette.

— Quarante sous, madame.

— C'est bien cher, s'écria-t-elle. Vous avez encore augmenté vos prix ? La dernière fois ça ne dépassait pas les vingt sous.

— Comme je sais que vous discutez tout le temps, je n'ai pas osé vous demander plus.

— Je ne discute pas, Célestin. Je ne gaspille pas mon argent, je suis économe, répliqua-t-elle, pincée.

Elle lui donna les quarante sous comme on fait l'aumône. La pièce tomba dans les mains du cordonnier. Il ferma le poing de peur qu'elle ne s'envolât.

Le soir au lit, une fois les enfants endormis, les parents discutèrent du sort de Pierrot. Ils se faisaient du souci.

— Le mieux serait de lui trouver une nourrice, hasarda le mari.

— On n'a pas de sous pour la payer.

— Si on demandait à quelqu'un de le prendre un mois ou deux pour rien ? suggéra Célestin.

Joséphine était plus pessimiste :

— Les mères qui pourraient nous rendre service ont déjà tant de mal à nourrir les leurs.

— Et Francine ? proposa Célestin.

— Ah non ! Pas Francine. Elle est sale et c'est une drôle. Je ne veux pas que Pierre boive le lait d'une vilaine femme.

Ils continuèrent à réfléchir en silence.

— On ne va pas s'en séparer ? reprit le cordonnier.

— Pourquoi tu dis ça, Célestin ? Tu n'y as pas pensé tout de même ? Mon Dieu, qu'est-ce que tu dis ? Je préfère mourir plutôt que de l'abandonner.

Elle avait trop souffert de ne pas avoir eu de mère.

Célestin la rassura. Il n'était pas question d'abandon, il essayait de trouver une solution, pour son bien.

Joséphine ne le crut pas, elle savait que s'il parlait ainsi, c'est qu'il avait une idée derrière la tête. Elle se réfugia dans ses bras pour chasser des pensées et des images qu'elle redoutait.

Le lendemain, Célestin sonna l'angélus du matin. Maria habitait si près de la maison du bon Dieu qu'il lui semblait que le clocher et son toit ne faisaient qu'un. Elle en ressentit pour le bedeau une affection particulière qu'elle cultiva sans espoir d'aboutir. Son cœur de vieille fille s'emballait secrètement aux premiers battements de la cloche. Chaque jour, elle ouvrait ses volets quand Célestin sortait de l'église.

— Tu ne me dis pas bonjour ce matin ? Tu es bien pressé.

— Faut que j'aille me raser.

Maria s'étonna, qu'avait-il de si important pour se raser

un vendredi ? Elle entra chez elle avec l'idée d'en ressortir pour trouver la clé de l'énigme.

Le père fut surpris de trouver tous ses enfants debout à six heures passées de quelques minutes. D'habitude ils traînaient pour se lever, aujourd'hui il n'y avait pas de fainéants. Ils voulaient dire au revoir à Pierre. Un à un, ils se déplacèrent d'un pas grave pour embrasser leur petit frère. Le gosse s'en amusait. Il réclama un tour supplémentaire, puis un autre. Il riait si fort qu'il en attrapa le hoquet. Joséphine le secoua pour l'en guérir puis elle le serra fort contre sa poitrine. Célestin la sentit prête à flancher, il lui prit l'enfant.

— Attends ! cria-t-elle, les yeux brillants.

Elle noua autour du cou de Pierrot un ruban bleu qui laissait pendre une moitié de médaille de Notre-Dame de Lourdes. Elle garda l'autre moitié pour prouver qu'elle était sa mère si, par ailleurs, le destin les éloignait l'un de l'autre plus longtemps que prévu.

— Tu ne préfères pas prendre la poussette ?

— Non, j'irai plus vite en le portant.

Avant de sortir, le papa commanda aux grands d'être sages avec leur mère. Mélanie n'avait encore jamais vu sa maman pleurer. Elle s'approcha et se blottit contre elle pour la consoler.

Le cordonnier contourna le bourg pour éviter de croiser Maria et les autres curieux. Inutile d'exposer son drame au village tout entier. Il s'éloigna donc au plus vite des maisons, avec son fils et son baluchon, et marcha la tête pleine des souvenirs de sa nuit. Tous les mots qu'il avait dû trouver pour convaincre sa femme lui revenaient. Il revivait douloureusement les longs silences durant lesquels il l'écoutait, la caressait, la calmait pour, ensuite, mieux revenir à la charge. Il n'y avait pas d'autre solution que la sienne. Son entêtement et la fatigue finirent par vaincre les réticences de Joséphine. Elle se leva pour rassembler les affaires dont Pierrot aurait besoin pour le voyage et son séjour à l'orphelinat. Elle lava une blouse qu'elle rinça de ses larmes. Elle l'essora et l'étendit devant le fourneau pour la sécher. Elle revint s'allonger et redouta la première lueur de l'aube.

La matinée s'annonçait belle. Dès qu'ils eurent franchi l'écluse n° 17 du canal d'Ille-et-Rance, Célestin ôta le bonnet et le manteau dont Joséphine avait vêtu Pierrot pour le protéger de la fraîcheur de l'aube et du bord de l'eau. Ils longèrent la rivière sur deux kilomètres avant d'emprunter la route. Les vaches s'approchaient des clôtures pour les saluer. Elles les suivaient sur toute la longueur de leur pré, jusqu'en limite de la prairie voisine où juments et poulains prenaient le relais. Une procession de chevaux et de bœufs les accompagna tant qu'ils marchèrent.

Une auto les dépassa et s'arrêta.

— Jusqu'où allez-vous ? demanda l'automobiliste.

— Dinan.

— On y va nous aussi, dit l'épouse du chauffeur, voulez-vous qu'on vous y emmène ?

Célestin eut un temps de réflexion : Pierrot pourrait dormir dans la voiture, le voyage serait moins fatigant, plus court aussi. Il accepta donc la proposition. Plus vite ils seraient arrivés, mieux cela vaudrait.

Dès qu'ils furent installés sur la banquette arrière, madame Courtois posa son regard sur l'enfant. Elle aimait ses yeux, et ses cils, de longs cils qui, jeune homme, lui assureraient de belles conquêtes. Elle était aussi très intriguée :

un père seul sur la route avec son enfant dans les bras, on n'en croisait pas souvent. Curieuse d'en savoir plus, elle décida de s'informer sur-le-champ, et pour ne pas effaroucher l'homme, elle commença son interrogatoire par une question anodine.

— Il n'y a donc pas de car pour aller à Dinan ?

— Si, mais il passe avant l'angélus, il ne peut pas m'attendre.

Monsieur Courtois en conclut que Célestin était bedeau. Son épouse admirait sa perspicacité, il comprenait tout et tout de suite. Elle, il lui fallait plus de temps pour réfléchir.

Célestin livra ce qui lui sembla utile de dire pour rassurer ses hôtes mais il ne dévoila pas le but de son voyage. Ces gens aisés ne pourraient comprendre. Il craignait aussi d'être mal jugé, de passer pour un mauvais père, et pire, il redoutait que sa Joséphine fût condamnée et jugée comme une mère sans cœur ; comme ces femmes qui ne donnent pas tout leur amour et toute leur vie à leurs enfants.

L'auto arriva à Dinan en franchissant le haut viaduc qui enjambe la Rance et grimpa en direction du centre de la ville. Célestin se fit déposer sur la place du Guesclin, à la hauteur du magasin de chaussures de monsieur Clément Dujar. C'était jour de foire, en choisissant ce lieu, il avait pensé qu'il pourrait faire semblant d'admirer les souliers d'usine à l'étalage de la boutique, et disparaître au milieu de la foule des promeneurs avant de s'engager dans la rue de l'orphelinat.

Madame Courtois eut du mal à rendre Pierre à son papa. Au cours du chemin, elle avait obtenu la faveur de le prendre sur ses genoux.

— C'est fou ce qu'on s'attache à ces petits bouts de chou. Allez ! encore un baiser.

Célestin remercia monsieur Courtois.

— C'était un plaisir, répondit le chauffeur. Quand on a le privilège d'avoir une auto, il faut en faire profiter ceux qui n'en ont pas.

— Je ne vous ai pas cassé les oreilles? s'inquiéta madame Courtois. La généreuse femme était née bavarde et s'en excusa. Elle embrassa Pierre une dernière fois. Elle lui avait déjà distribué de nombreux baisers. Oh! si je ne me retenais pas. Je te mangerais! lui dit-elle avec gourmandise.

Célestin s'était amusé à compter tous les bisous qu'elle avait distribués à Pierre au cours du voyage. Il s'était arrêté à vingt-sept.

— Adieu, mon petit bonhomme. Au fait, comment s'appelle-t-il?

— Pierrot.

— Bonne chance, Pierrot.

Le père et l'enfant s'étaient à peine éloignés qu'ils entendirent madame Courtois s'exclamer joyeusement.

— Edouard! dit-elle attendrie, il m'a fait pipi dessus.

L'auto redémarra pour filer vers la Grand-Place. Le rire de sa passagère dominait presque le bruit du moteur.

Madame Courtois passa de façon soudaine du rire au désespoir. Elle ouvrit son sac à main, en sortit un mouchoir de batiste et essuya ses larmes.

— Excuse-moi, Edouard, mais vois-tu, j'envie ce bedeau et sa famille.

— Madeleine, nous n'allons pas recommencer. C'est un sujet qui nous fâche dès qu'on l'aborde. Combien de fois faudra-t-il te rappeler que l'adoption est un acte sérieux, voire périlleux, car enfin, on ne tire pas toujours le bon numéro.

— Voilà bien une remarque d'homme qui ne voit que sa quiétude. Les femmes, elles, ont d'autres ambitions que de préserver leur tranquillité. Tu as raison, Edouard. Tu n'as pas de cœur. N'en parlons plus. Dieu que les hommes sont égoïstes ! ajouta-t-elle en soupirant.

En général ce n'étaient pas les pères qui amenaient leurs enfants à l'orphelinat. Dans les années 20, les abandons s'effectuaient selon un rite établi. La mère en détresse attendait la nuit. Elle se faufilait en rasant le haut mur du couvent et s'approchait de la statue de saint Vincent de Paul qui feignait de ne pas la voir. Elle déposait son paquet sur le tour d'abandon au-dessus duquel on pouvait lire : « Mon père et ma mère m'ont abandonné, mais le Seigneur a pris soin de moi. » Elle actionnait le tourniquet, la nacelle faisait son demi-tour. L'enfant disparaissait à l'intérieur de l'orphelinat. La malheureuse sonnait la cloche pour alerter les Filles de la Charité et s'enfuyait en évitant la lueur des réverbères.

Célestin garda Pierrot dans ses bras, il fit tinter la clochette et attendit patiemment.

Sœur Armelle actionna le tourniquet de l'intérieur. Comme il était vide, elle ouvrit la porte et se trouva face au cordonnier. Elle eut un geste d'étonnement.

— Où avez-vous trouvé cet enfant ?

— Je ne l'ai pas trouvé, répondit Célestin, c'est mon fils.

— Et vous voulez nous voir pourquoi, monsieur ?

— Pour que vous me le preniez, ma sœur.

La religieuse invita Célestin à l'attendre sur le banc et prit la direction de la chapelle. C'était l'heure des Laudes, le deuxième office de la journée. Les religieuses entonnèrent un psaume. La novice n'hésita pas à déranger la mère supérieure dans sa prière.

— Nous avons de la visite, ma mère, murmura-t-elle.

— J'avais dit à cette famille qu'on ne donnait pas les enfants avant dix heures.

Sœur Armelle répondit que ce n'était pas la famille adoptrice qui s'était présentée mais un papa qui leur amenait son fils. La révérende mère ne put cacher sa surprise.

— Faites-le patienter jusqu'à la fin de l'office commanda-t-elle.

Sœur Armelle insista.

— Ils ont l'air si malheureux.

Elles se signèrent et sortirent de la chapelle.

Au premier coup d'œil, sœur Madeleine jugea la situation. Célestin visiblement déchiré faisait peine à voir. Ses vêtements élimés, son regard humble et suppliant ne la laissèrent pas insensible. Pierrot pleurait.

— Prenez cet enfant, sœur Armelle, et allez le changer, vous voyez bien qu'il est mouillé.

Célestin crut un instant que son souhait serait exaucé. Il comprit qu'il s'était réjoui trop vite quand sœur Madeleine ajouta :

— Revenez avec quand il sera sec.

Elle entraîna l'homme dans son bureau afin qu'il s'expliquât.

Ils longèrent un couloir sévère au bout duquel on apercevait un portail à deux battants. Elle ouvrit et le pria d'entrer. Elle prit son temps pour refermer dans son dos. Elle regarda une dernière fois sa silhouette misérable.

Célestin admira la riche boiserie qui couvrait les quatre côtés de l'immense salle rectangulaire. Il fut surpris par une statue de sainte Anne placée entre deux fenêtres. Il n'en avait jamais vu de semblable, la grand-mère portait à la fois sur ses bras sa fille Marie et son petit-fils Jésus. Il fut impressionné par la hauteur du crucifix qui était accroché au fond de la pièce, et par le visage douloureux du Christ qui semblait avoir été placé là pour accueillir les visiteurs et les intimider.

La supérieure repassa devant lui. Elle l'invita à pénétrer plus avant dans son bureau.

Faute de les rencontrer, les sœurs ignoraient toujours les raisons personnelles qui amenaient les parents à déposer leurs enfants au tourniquet.

Elles savaient que la misère, la honte, la solitude et la détresse des filles mères étaient les principales causes d'abandon. Mais aujourd'hui la situation était différente : voilà un père qui n'avait pas craint de se montrer au grand jour et d'affronter le jugement des religieuses.

— Que vous est-il arrivé pour commettre un acte aussi grave ? demanda la révérende mère à Célestin.

Le père s'empressa de répondre :

— Je ne veux pas l'abandonner, ma mère. Je suis venu vous demander votre aide. Il nous arrive un grand malheur.

La révérende prit place derrière son bureau, invita le cordonnier à s'asseoir et le pria de poursuivre.

Célestin expliqua que sa femme n'avait plus de lait et que Pierrot commençait à dépérir. Il refusait de s'alimenter, il rejetait toute nourriture, même le lait de la chèvre.

— Votre épouse n'a plus de lait parce qu'elle est enceinte ? lui demanda la mère supérieure.

— Oui, ma mère, répondit-il en baissant la tête.

— Celui-ci est votre premier ?

— Non, ma mère, Pierre est le septième.

La révérende mère eut un mouvement de surprise. Puisqu'ils en avaient sevré six, pourquoi ça ne marchait pas avec Pierre ?

Célestin ne sut quoi répondre mais il affirma que son fils était si goulu qu'il aurait fini par tuer sa mère si elle n'était pas tombée enceinte. Il redoutait une malédiction. Les anciens racontaient dans le pays que les enfants qui refusaient de céder leur place au sein maternel étaient annonciateurs de grandes peines dans les familles. Les mauvaises langues ajoutaient que le ciel punissait de cette façon les femmes légères qui mettaient au monde des enfants de pères différents. Il se pressa d'ajouter que sa Joséphine était pure et fidèle au sacrement du mariage. La révérende éprouva sa foi :

— Avez-vous prié Dieu ?

— Oh oui, ma mère !

Il jura qu'il était croyant et pratiquant. Il était même bedeau dans sa paroisse. Chaque matin il se recueillait à l'église après avoir sonné l'angélus. Aujourd'hui encore il avait prié avant de prendre la route. Il s'était réfugié au plus profond de son âme pour implorer le Seigneur de l'éclairer de ses lumières et de lui indiquer la marche à suivre. C'est Dieu qui avait voulu tous ses enfants, c'est aussi Dieu qui avait décidé de les lui envoyer aussi rapprochés les uns des autres. Voilà pourquoi il était venu au couvent, il s'était imaginé que, par l'intermédiaire des sœurs, il pouvait lui demander son aide.

Sœur Madeleine fut touchée par tant de confiance en la puissance divine. Elle le prévint : le lait maternel était bien la seule chose que ses filles ne pourraient donner à Pierrot, mais avec de la patience et beaucoup d'affection, elles réussiraient à le sevrer. Célestin se leva en même temps que la religieuse.

— Oh, merci, ma sœur... ma mère, bredouilla-t-il, plein de reconnaissance.

Il retomba sur sa chaise, ses forces l'ayant abandonné.

Lorsqu'un enfant arrivait à la communauté des Filles de la Charité, il était toujours accueilli par des cris de joie pour lui prouver qu'il était le bienvenu à défaut d'avoir été attendu.

La fondation créée en 1634 par « monsieur Vincent » et Louise de Marillac, riche veuve placée sous la direction spirituelle du prieur de Saint-Lazare, menait diverses œuvres charitables — soins aux malades, secours aux pauvres — et elle était réputée dans le monde entier pour l'aide qu'elle apportait aux enfants trouvés.

Sœur Armelle patientait avec Pierre dans l'antichambre du bureau, un essaim de religieuses bourdonnait autour d'elle.

— J'aimerais tant que notre mère me le confie, s'exclama sœur Angèle.

Sœur Armelle protesta. C'est elle qui l'avait reçu, c'est elle qui devait le garder.

Le calme revint avec l'apparition de la supérieure. Elle demanda à ce qu'on rendît le petit bonhomme à son père pour qu'il lui fît ses adieux.

De loin, sœur Armelle n'entendit pas ce que le cordonnier disait à son fils, mais à son air grave, aux gestes convaincants qui accompagnaient ses paroles, elle comprit qu'il l'encourageait à se réjouir.

En effet, Célestin tentait de rassurer le petit effrayé par toutes ces femmes inconnues coiffées d'ailes d'oiseaux. Il en avait de la chance, les religieuses s'occuperaient de lui comme aucune nourrice n'aurait su le faire. Il y avait plein d'enfants à l'orphelinat, il pourrait jouer avec eux sans se disputer comme c'était souvent le cas à la maison avec ses frères et ses sœurs. Dès qu'il saurait manger la soupe, la bonne soupe qui fait grandir, papa reviendrait le chercher. C'était promis, ils monteraient encore une fois dans une automobile, ils attendraient même qu'il en passe une pour lui faire signe de s'arrêter.

Quand son enfant fut apaisé, le cordonnier l'embrassa et disparut sans se retourner.

Sœur Armelle se retrouva seule avec son nouveau protégé, elle le conduisit à la chapelle. Elle le présenta à saint Vincent qu'elle remercia d'avoir conduit les pas du pauvre père jusqu'à la porte de leur maison. Elle lui fit la promesse d'élever son protégé dans le respect de la loi du Seigneur, dans la croyance aux mystères, dans la confiance en son amour et celui de sa Sainte Mère.

La silhouette de Célestin s'était affaissée, il avançait courbé le long de la route, les yeux fixés sur le sol. Ses bras lui faisaient mal maintenant qu'ils n'avaient plus rien à porter. Il les laissait ballants, inertes, les croisait comme un écolier pris en faute, ou les balançait comme un soldat vaincu et désarmé sur le chemin d'un camp de prisonniers. Il ne savait plus qu'en faire. Ils étaient devenus inutiles.

Ses pieds aussi étaient douloureux. Les souliers qu'il avait empruntés le matin à l'étagère de son échoppe étaient d'une demi-pointure trop juste. Célestin savait que là n'était pas la cause de sa gêne. Elle était ailleurs, dans sa tête, dans son cœur, dans son corps coupable qui pesait de tout son poids sur ses jambes et alourdissait sa marche. Il se déchaussa avant de passer l'écluse et trempa ses pieds dans l'eau du canal.

Il arriva dans le bourg à la nuit tombée. Maria attendait son retour, ils échangèrent les banalités coutumières.

— Encore une journée de faite, constata Célestin.

— Une de plus, ajouta Maria.

— Ou une de moins.

— Oui, ou une de moins, soupira-t-elle.

Au fond, ça n'était pas plus mal, le temps lui paraissait si long, à elle qui vivait seule.

— Bonsoir, Maria.

— Bonne nuit, Célestin.

Maria le regarda partir avec tristesse, et remarqua qu'il ne faisait pas de bruit en s'éloignant. Elle s'aperçut alors qu'il avançait pieds nus, elle n'avait prêté aucune attention aux chaussures qui pendaient sur sa poitrine de part et d'autre de son cou, tant elle s'était plongée tout entière dans ses yeux.

Sur la place, Eugène avait fort à faire pour mettre Léon à la porte de son café. C'était l'anniversaire de sa femme, et bien qu'il l'eût fêté seul toute la journée, le soûlaud voulait boire un dernier verre avant de rentrer chez lui et d'affronter la colère de Léontine. Elle était sortie à quatre heures du ventre de sa mère, quatre-heures-du-matin répétait-il, déjà là avant le lever du jour pour embêter la terre entière. Quand il aperçut Célestin, il l'envia de ne pas avoir épousé une emmerdeuse, c'est sans doute pour cela qu'on ne le voyait jamais au bistro.

La voix de Léontine ne mit à tonner dans le noir.

— Tu viens, Léon !

— J'arrive, Léontine, te fais pas de souci, me v'là !

Il descendit la route en cousant son chemin.

La maison du cordonnier était silencieuse. La soupe frémissait sur le côté borgne du fourneau. Célestin but une gorgée de bouillon, une seule. Il reversa le contenu de son bol dans la marmite pour ne rien perdre.

Quand il entra sur la pointe des pieds dans la chambre, Joséphine et les enfants paraissaient dormir, mais dès qu'il se mit au lit, la mère lui murmura, inquiète :

— Qu'est-ce qu'il a dit quand tu l'as laissé ?

— Rien, il ne s'est aperçu de rien. Il était dans les bras de la supérieure, il souriait, il était content.

La maman voulait en savoir plus, elle avait le regard rivé sur le berceau vide que la lueur bleutée de la lune éclairait. Comme pour mieux le mettre en évidence. Des larmes glissaient sur ses joues, sur son visage résigné. Célestin lui prit la main. Sans oser se regarder, ils continuèrent de parler à voix basse. Ils échangèrent quelques mots pour apaiser leur peine, des paroles parfois mensongères. Ils n'étaient pas dupes. Mais ils avaient besoin de se rassurer l'un et l'autre.

— Comment l'ont-elles trouvé ? s'inquiéta Joséphine.

— Beau, répondit Célestin, elles ont rarement vu un petit garçon aussi beau.

Le père avait même glissé aux religieuses que Pierrot ressemblait à sa maman trait pour trait. Joséphine s'angoissa soudainement, les sœurs connaissaient-elles son prénom ?

— Evidemment qu'elles le connaissaient, répliqua-t-il, c'est la première chose qu'elles avaient demandée.

Elles n'en changeraient pas. Pourquoi en changeraient-elles ? Il y avait peut-être déjà un Pierre à l'orphelinat ? Non, il n'y en avait pas, et même, s'il y en avait un autre c'est lui qui devrait abandonner son petit nom, Pierre n'était pas un orphelin comme les autres, il avait été baptisé dès sa naissance et mis sous la protection d'un saint patron pour le restant de sa vie.

— Elles te l'ont dit ? insista Joséphine.

— Mais oui, elles me l'ont dit.

— Tu mens.

— Non, je ne mens pas, je te jure.

Célestin tourna le dos, il souffrait de devoir répondre aux angoisses de sa femme par des menteries.

— Tu sais où il dort ?

Oui il le savait, dans un bon lit, près d'une religieuse. Oui, elle saurait s'en occuper. Oui, elle en avait déjà élevé des quantités, c'est comme si elle avait eu trente ou quarante enfants. Non, elle n'était pas vieille, elle était jeune apparemment, c'est difficile de donner un âge aux bonnes sœurs.

— Plus jeune que moi ?

— Oui, enfin non, je ne sais pas, comment veux-tu que je sache avec sa cornette.

— De quelle couleur sont ses yeux ?

— Bleu, je crois.

Les enfants jouaient à dormir d'un sommeil profond mais ils tendaient l'oreille. Adèle secoua sa grande sœur, elle lui chuchota :

— Tu crois qui vont nous abandonner nous aussi ?

Finette la rassura. S'ils s'étaient séparés de Pierrot c'est parce qu'il tétait encore maman. Elles étaient assez grandes, elles, pour se débrouiller toutes seules. Bientôt elles pourraient même gagner leur pain.

— Qui parle ? grogna le père.

Personne ne répondit.

A la communauté de Saint-Vincent-de-Paul, la journée commençait aux premières lueurs de l'aube. Après avoir chanté les louanges du Seigneur, les nonnes se rendaient au dortoir. Elles levaient les enfants et les alignaient sur la grande table pour les changer. Les petits culs au sec, elles repartaient en procession avec les bambins :

Saint Joseph cassait du bois
Petit Jésus ramasse,
Petit Jésus ramasse,
Saint Joseph cassait du bois
Petit Jésus ramasse avec ses petits doigts.

Dans les couloirs résonnaient les voix angéliques des religieuses et les gazouillis des chérubins.

Arrivées aux cuisines, les mamans de fortune saluaient en chœur la cuisinière :

— Bonjour, sœur Marguerite.

— On a faim.

— Voilà, voilà, j'arrive, répondait sœur Marguerite dont l'embonpoint révélait le péché de gourmandise.

Ce matin-là comme les autres jours, les marmots dévorèrent leur biberon et quittèrent la cuisine en rotant. Pierrot refusa le sien. Sœur Armelle le gourmanda. Qu'allait penser saint Pierre tout là-haut s'il voyait un enfant qui portait son nom et qui était si capricieux ? Il n'allait pas être content, il allait faire les gros yeux. Sœur Marguerite s'en mêla :

— Allez ! on ouvre la bouche. Il n'est pas bon mon lait ? Il est trop chaud ?

Il n'allait pas rester bébé toute sa vie ce gros pépère, il n'allait pas téter jusqu'à vingt ans.

Tout au long de la journée sœur Armelle arpenta le couvent, le biberon à la main, Pierrot s'obstina jusqu'au soir venu.

— Alors ? s'interrogèrent en chœur les religieuses.

— Il n'a rien voulu prendre.

— Voulez-vous que nous essayions, les unes et les autres ?

Armelle les remercia. Son devoir était de persévérer et de réussir.

L'entêtement de Pierre était une épreuve envoyée par le ciel qu'elle devait accepter. Il finirait bien par céder, on n'avait jamais vu un enfant se laisser mourir de faim.

Le lendemain, le bon lait de sœur Marguerite n'eut pas plus de succès que la veille. Tandis qu'elle priait saint Vincent de lui venir en aide, une pensée soudaine lui traversa l'esprit — une question envoyée par le ciel.

Comment la Vierge Marie nourrissait-elle l'enfant Jésus, elle qui n'avait jamais été enceinte ? Les évangélistes n'avaient rien écrit pour éclairer le mystère. Elle courut au lavoir chercher la réponse auprès de ses sœurs.

Selon sœur Angèle, la vierge avait été grosse comme une mère ordinaire puisque le « Je crois en Dieu » affirmait que Jésus avait été conçu par le Saint-Esprit mais qu'il était né de la Vierge Marie. Elle s'étonna cependant qu'on ne la vît jamais représentée avec un gros ventre comme sa cousine Elisabeth.

Selon sœur Marguerite, l'âne était un âne dans la crèche, il n'y avait aucun doute là-dessus, mais le bœuf était peut-être une vache puisqu'on ne disait jamais le taureau. A moins que ce ne fussent les bergers qui offrirent le lait de leurs brebis.

Sœur Mathilde les reprit sèchement. Comment pouvaient-elles formuler des pensées aussi vulgaires ? Notre Seigneur Jésus n'avait jamais été nourri au lait de brebis pas plus qu'au lait de vache car Dieu, qui peut tout, avait permis à Marie d'alimenter son fils comme toutes les mamans du monde.

— Mais bien sûr, s'exclama sœur Armelle, comment n'y avons-nous pas pensé ? Comment avons-nous pu ne pas y croire ?

Elle leva les yeux au ciel et fit le signe de croix de la main qui tenait le biberon. Une goutte de lait perla sur son front.

— Pardon, mon Dieu, d'avoir douté de votre toute-puissance.

La petite sœur traversa le potager en courant. Elle vint s'agenouiller devant la statue de Notre-Dame qui était cachée par une haie de buis, le seul endroit du couvent où l'on pouvait prier à l'abri des regards indiscrets. Elle fixa Marie droit dans les yeux, elle prit son temps, elle pesa ses mots et finit par dire :

— Sainte Mère, demandez à Dieu la grâce d'accomplir en moi le miracle qui vous a permis de nourrir votre enfant Jésus. Faites que j'ai du lait, supplia-t-elle.

Ce soir-là, sœur Armelle se déshabilla avec l'espoir d'avoir été entendue par le ciel. Elle décrocha le chapelet de sa ceinture, embrassa avec ferveur la croix puis le pendit au clou planté sur le petit côté du placard où elle rangerait ses quelques effets personnels. Elle ôta sa cornette et, faisant fi de la règle, elle ne pria pas en se dévêtant. Elle se débarrassa de son tablier pour vite dégrafer sa camisole. Elle souleva sa guimpe et porta ses mains sur sa poitrine qu'elle pressa doucement.

Il lui parut que ses seins se rebellaient, ils pointaient sous la bande de toile bise qui les comprimait et les aplatissait pour les effacer de son corps. En lui imposant de porter son costume, l'Ordre lui avait appris à oublier qu'elle était femme.

Oui, Dieu avait écouté sa prière, elle en était certaine. Il ferait d'elle une mère, une vraie mère.

Pierrot pleurait, elle l'entendait malgré l'épaisseur des murs et la distance qui la séparait du dortoir. Seul le cœur d'une maman pouvait percevoir les cris de son enfant, ou les deviner. C'est elle qu'il appelait au secours, c'est elle que le Seigneur avait élue pour le sauver.

Elle se faufila dans le cloître et grimpa l'escalier du dortoir.

Sœur Marguerite assurait la garde de nuit des enfants, elle couchait dans une sorte d'alcôve qui permettait d'accéder dans la chambre des orphelins. Elle avait pris l'habitude d'entendre les pleurs des chérubins qui la berçaient et l'aidaient à s'endormir. Il eût fallu que le tonnerre tombât sur le couvent pour la réveiller. Son nez produisait un ronronnement digne de rivaliser avec celui du poêle à charbon qui réchauffait la pièce.

Sœur Armelle passa la première porte et siffla pour faire cesser le ronflement de la grosse sœur.

Pierrot se dressa sur son lit dès qu'il l'entendit franchir la deuxième porte et lui tendit les bras. La nonnette l'enleva et s'enfuit comme une voleuse.

Elle redescendit l'escalier en priant saint Vincent de ne croiser personne. Elle repoussa sa porte sans la verrouiller, la seule clef qui actionnait les serrures des chambres pendait à la ceinture de la révérende mère.

C'était la loi, en prononçant le vœu d'obéissance, les novices abandonnaient le droit au respect de leur intimité jusqu'à leur mort. A tout moment du jour et de la nuit, la mère supérieure pouvait ouvrir leur cellule. Sœur Armelle avança sa chaise sous la lucarne. Un faisceau de clarté lunaire éclaira son geste, elle ouvrit le haut de sa chemise, arracha le calicot de toile rêche qui lui meurtrissait la poitrine et offrit son sein à Pierrot.

Elle ferma les yeux et marmonna des invocations pour que la merveille s'accomplisse.

Pierre aussi espérait un miracle, il téta goulûment la mamelle. La prière ne fut pas exaucée, le lait ne coula pas du téton de la vierge. Fatigué par tant d'efforts, Pierrot s'endormit. Armelle le garda toute la nuit blotti contre son sein. La faim le réveilla toutes les heures, il s'agitait et se plaignait doucement. La petite sœur le berçait, le caressait, elle souffrait avec lui. L'âme douloureuse, elle le reconduisit au dortoir avant d'entendre sonner matines.

L'après-midi, sœur Armelle s'isola avec son bambin durant la promenade au jardin. Elle s'assit sur un banc et tenta de lui donner à boire au biberon. Pierrot le repoussa comme la veille. Armelle insista mollement, elle savait que le salut ne viendrait pas de la tétine mais de son corps qu'elle sentait bouillonner comme si elle avait été visitée par le Saint-Esprit. Elle répéta avec ferveur la réponse de Marie à l'ange Gabriel : « Je suis la servante du Seigneur, qu'il me soit fait selon votre parole. » Elle croyait toujours au miracle, c'eût été offenser le ciel que de lui retirer si tôt sa confiance et sa foi.

Les autres l'observaient et la jugeaient. Armelle ne ménageait ni son temps ni sa peine, estimait Marguerite. Elle avait la patience des saintes. Elle aurait fait une bonne mère si elle était restée dans le monde, les enfants dont elle avait la charge étaient les mieux portants et les plus joyeux de l'orphelinat.

Sœur Mathilde, elle aussi, l'admirait. Pas de doute, affirmait-elle, Armelle semblait si attachée à son petit bonhomme qu'elle gagnerait vite son pari. Pensive, Mathilde poursuivit :

— Finalement nous donnons davantage d'amour aux nourrissons difficiles à élever.

— Quel amour ? s'écria sœur Angèle. Nous ne devons aimer que Dieu et Dieu seul.

Elle ajouta qu'il était dangereux pour les orphelins et pour elles-mêmes d'avoir des sentiments trop maternels.

— Seriez-vous jalouse de sœur Armelle ? lui demanda sœur Mathilde, provocante.

— Jalouse, moi ? Pourquoi serais-je jalouse de sœur Armelle ? En dehors de ses dons de musicienne...

Les disputes et les fâcheries n'étaient pas absentes de la vie communautaire. Les épouses de Jésus n'étaient pas toutes des saintes, leur instinct les menait parfois sur la pente du péché. Des fautes vénielles qui ne fermaient pas la porte du paradis. Certaines religieuses se réjouissaient tranquillement du malheur des autres. Elles enviaient leurs vertus, leurs dons et leurs qualités. Sœur Angèle était de celles-ci. A tout bout de champ et sous le moindre prétexte, elle se montrait impatiente, rancunière ou coléreuse.

Sœur Marguerite le savait. Pressentant l'incident, elle alla se réfugier dans sa cuisine avant que ça ne dégénère.

— Ça sent le roussi, marmonna-t-elle.

Comme elle était gourmande et chapardeuse, elle se réconforta en avalant sept cuillerées de confiture sans pain.

Entre Mathilde et Angèle, la discussion s'animait. Mathilde redoublait d'éloges sur Armelle.

— Elle nous dépasse en toutes choses, mes sœurs, et plutôt que de la critiquer, nous devrions la regarder avec l'humilité de celles qui ont moins reçu du Seigneur. Profitons des leçons qu'elle nous donne, conclut-elle.

— Je préfère croire que vous ne pensez pas un mot de ce que vous dites, répliqua Angèle.

Elle rageait d'avoir reçu un tel affront. Elle ne pouvait en rester là. Une fois seule, elle conçut le projet de nuire à sainte Armelle. Elle se précipita dans le bureau de la révérende et sollicita une entrevue :

— Je viens vous voir au sujet de sœur Armelle, ma mère. En ma qualité de sous-directrice de l'orphelinat, il m'a paru nécessaire de vous alerter. Son comportement m'inquiète.

La mère supérieure la regarda avec étonnement.

Perfide, sœur Angèle poursuivit :

— C'est une bonne religieuse, dévouée, méritante, active.

— Allez au fait, ma fille. Quelle faute a-t-elle commise ?

— Elle risque de manquer à la règle, ma mère : elle aime trop les enfants. Le petit Pierre lui fait courir un grave danger. Il était de mon devoir de vous prévenir.

— Merci ma sœur, envoyez-la-moi, je vous prie.

Angèle ressortit triomphante du bureau.

— Pas le temps, mes sœurs, pas le temps ! répétait-elle aux religieuses qui tentaient de l'arrêter pour l'interroger sur les raisons de sa bonne humeur, c'était si rare.

Elle sortit dans le cloître et entendit sœur Armelle chanter en s'accompagnant à l'harmonium. Elle répétait l'antienne du *Magnificat* des vêpres du troisième dimanche de carême :

« Une femme élevant la voix au milieu de la foule dit à Jésus : Heureux le sein qui vous a porté, et les mamelles que vous avez sucées. »

Dieu répondait ainsi à la prière de la petite sœur dont le

chant s'envolait vers le paradis pour lui rendre grâce. Sœur Angèle surgit dans la chapelle, avec un sourire satisfait. Tout essoufflée, car elle avait couru, elle transmit à sa sœur l'ordre de se rendre immédiatement au bureau de sœur Madeleine.

La douce Armelle esquissa un sourire pour la remercier de s'être dérangée aussi vite. Mais son regard était inquiet. L'événement la préoccupait. Sa rivale en tira du plaisir et confirma d'un mouvement de la tête qu'elle avait bien raison de redouter l'entrevue avec leur mère supérieure.

— Qu'a-t-elle donc de si important à me dire? demanda l'organiste.

— Elle ne m'en a pas fait la confidence, siffla la messagère hypocrite.

Armelle couvrit le clavier de l'harmonium de la bande de tissu rouge protégeant de la poussière. Elle referma le couvercle, se dégagea de l'instrument et vint s'agenouiller au centre de la nef. Elle se signa en amplifiant le mouvement de sa main et de son bras pour soulever sa poitrine, respirer un bon coup et chasser la douleur qui l'étreignait.

Quand elle fut sortie, sœur Vipère s'empressa de quitter la chapelle, elle ne pouvait affronter plus longtemps le silence et la voix de son ange gardien qui la condamnait.

Les lambris sombres qui tapissaient les murs du bureau de la supérieure, quoique cirés, n'avaient pas la prenante chaleur qu'on attend généralement du bois. Il dégageait une impression de froid qui faisait frissonner.

La révérende mère attendait debout, et tournait le dos à la porte. Ses yeux fixaient un tableau posé sur la cheminée de marbre blanc. Il représentait un enfant perdu qui tendait les bras vers le Christ crucifié. Elle ne prit même pas la peine de se retourner à l'arrivée de sœur Armelle et ne vit point la jeune religieuse s'incliner pour lui prouver sa soumission.

— Alors, sœur Armelle ? Où en êtes-vous avec votre nourrisson ?

— Je prie, ma mère, pour qu'il accepte de s'alimenter.

— Il n'a encore rien avalé ?

— Il boit l'eau sucrée dont je lui humecte les lèvres.

C'était peu. Pierre était arrivé depuis près d'une semaine, il fallait prendre une décision au plus tôt.

Sœur Armelle supplia qu'on ne le rendît pas à ses parents. Dans l'état de faiblesse où se trouvait la maman c'était l'envoyer à la mort. Quel poids pour leurs consciences et quels remords hanteraient le restant de leur vie !

La révérende mère fit demi-tour et sermonna l'exaltée.

— Depuis quand pensez-vous à la place de votre supérieure ? Comment avez-vous l'insolence de lui donner des conseils ? Qui a parlé de rendre Pierre à ses parents ?

Elle s'était engagée auprès de ces pauvres gens, et avec l'aide de Dieu elle tiendrait sa promesse. On consulterait le docteur Bonnet. S'il le conseillait, on chercherait une nourrice dans la ville ou dans la campagne environnante.

— Oh ! non, ma mère.

La petite sœur bafouilla, elle jura par tous les saints du ciel qu'elle accomplirait sa mission. Elle avait tellement imploré la vierge qui ne pouvait rester sourde à ses supplications. Pierre allait accepter le biberon, c'était l'affaire d'un jour ou deux. Il ne fut pas question de ses prières secrètes ni du miracle de l'allaitement qu'elle attendait.

Les secondes s'égrenaient. Armelle ne pouvait rompre le silence que lui imposait sa supérieure, elle redoutait qu'il durât jusqu'à la fin des temps.

La révérende arpenta le bureau de long en large, comme si elle le mesurait avec ses pas. Ses lèvres remuaient. La jeune religieuse eut même l'impression que la mère comptait. Sœur Madeleine s'approcha de sa fille, tout près, à la toucher.

Il fallait aborder le sujet délicat. Elle ne lui toucha mot de la visite de sœur Angèle, elle refusait d'accorder trop de crédit aux calomnies et autres médisances.

— Vos sœurs vous trouvent très attachée à cet enfant, sœur Armelle. Certaines vont jusqu'à craindre que vous ne fassiez son malheur.

Au pluriel, ses propos prenaient un caractère plus anonyme, ce qui les rendit plus terribles encore.

Comment pouvait-on penser une chose pareille ? Sœur Armelle n'aimait Pierre ni plus ni moins que tous les enfants dont elle avait eu la garde. Quand on lui confiait la vie d'un orphelin, elle avait le devoir de le protéger, de le chérir pour sa mère qui l'avait abandonné ou n'avait pu le garder.

Sœur Madeleine baissa les yeux et se tut à nouveau, touchée par tant de simplicité et de générosité. Elle se rappela des souvenirs oubliés, des sentiments étouffés par devoir. Resurgirent aussi des instants de bonheur dont elle était privée depuis qu'elle avait pris la direction de l'orphelinat. Ah ! Comme elle comprenait Armelle... Mais elle ne put l'encourager.

— C'est donc vrai que vous les aimez trop ?

— Autant que me le permettent nos vœux.

Armelle se laissa tomber à terre, s'agenouilla et joignit les mains pour en faire le serment devant Dieu. Oui, son amour pour les enfants était pur...

Sœur Madeleine la bénit, elle la releva doucement. La jeune sœur pouvait retourner à la chapelle et répéter la musique des chants du dimanche de carême. Elle ne savait pas que l'un d'eux clamait :

Heureux le ventre qui vous a porté et
les mamelles que vous avez sucées !

Chaque nuit, Pierre se nourrissait au sein de sœur Armelle dans le secret de sa cellule. Le lait coulait dans sa bouche, un lait que la nonette versait du biberon sur sa poitrine pour lui donner l'illusion qu'il tétait réellement un sein maternel. Quand il fut habitué au goût du lait des vaches de la ferme de la communauté, il accepta enfin de prendre le biberon.

Un matin, gaiement, sœur Armelle tira de l'harmonium des accents joyeux. Les religieuses peinaient à suivre le rythme bien trop entraînant. La supérieure avait beau faire de grands gestes pour calmer son ardeur, le cantique s'emballait et prenait des airs de polka. Toute à son contentement, l'organiste sortit la première de la chapelle. Elle s'échappait vers l'escalier du dortoir quand sœur Madeleine, d'un geste de l'index, lui intima l'ordre de reprendre sa place au bout du rang des nonnes.

— Où couriez-vous si vite, ma sœur ?

— Chercher mon garçon. Il a bu, ma mère, il est sauvé.

Les yeux d'Angèle la fusillèrent, Marguerite et Mathilde se réjouirent bruyamment. La révérende mère demanda qu'on remercie le ciel. Elle nota qu'Armelle avait parlé de « son » garçon. L'instinct maternel de la jeune sœur s'éveillait avec les jours, constata-t-elle avec inquiétude...

La bonne nouvelle arriva chez le cordonnier la semaine suivante, Pierrot dévorait ses biberons. Bientôt, il goûterait le potage et se régalerait des plats cuisinés de sœur Marguerite. Quel soulagement ! Célestin projeta de le ramener à la maison, mais Joséphine préférait attendre les beaux jours.

Les semaines s'écoulaient paisibles et campagnardes. Le ventre de Joséphine s'arrondissait à la façon dont les mères portent les filles, affirmaient la bouchère qui l'avait vue passer. Sa santé déclinait, on ne la voyait plus guère sortir de sa maison. Elle était si faible qu'elle n'avait pas le courage de souhaiter le retour de Pierrot. Pourquoi ne pas le laisser aux bons soins des religieuses jusqu'à ce qu'elle fût délivrée de sa grossesse. Et pourtant, il ne s'écoulait pas un seul instant, une seule nuit sans qu'elle y pense. Et elle souffrait. Au début elle l'avait cherché comme une mère poule en quête d'un poussin égaré. Elle perdit l'envie de jouer, de plaisanter et de rire à table avec ses autres enfants. Quand ils s'inquiétaient de leur petit frère, elle laissait au père le soin de les rassurer et petit à petit prit l'habitude de ne plus en parler, de ne jamais prononcer son nom. Mais, le soir, son regard demeurait rivé sur le berceau. Célestin crut bien faire en le sortant de la chambre, il pensait ainsi aider sa femme à retrouver le sommeil. Joséphine eut une crise de désespoir. Plus rien ne lui prouvait l'existence de son petit. Le mari dut remettre le lit en place. Aux nuits blanches succédèrent d'autres nuits blanches. Les tourments de son enfance resurgissaient et torturaient son cœur.

Sa rencontre avec Célestin, son mariage, ses maternités rapprochées lui avaient fait oublier qu'elle était orpheline, le départ de Pierre le lui rappelait cruellement. Pendant ses insomnies, elle voyait sa mère courir dans des ruelles sombres, cachant la petite Joséphine sous une cape pour la protéger de la neige et du froid. Elle ressentait dans son dos la marque des planches disjointes du tour d'abandon. Elle entendait sonner la clochette et les pas de sa mère qui s'enfuyait dans la nuit.

Chaque soir, depuis le départ de Pierre, à l'heure du souper, Joséphine attendait le retour de sa mère. Chaque soir, elle imaginait la scène des retrouvailles. La pauvre femme se ferait connaître, puis elle demanderait un pardon qui lui serait vite accordé. On l'inviterait à s'asseoir près de sa fille, en bout de table, dos au fourneau pour se réchauffer, face aux sourires de ses petits-enfants. Elle parlerait et il n'y aurait plus de mystère.

Chaque soir, Joséphine dressait son couvert avec l'espoir qu'elle ouvrît la porte. Célestin craignît un temps que sa femme ne devînt folle.

Les journées s'organisaient et obéissaient, selon l'heure, à des rites. A la sortie de l'école, les petits Lecoq passaient à l'atelier chercher la permission d'entrer dans la maison. Quand leur maman se reposait, ils demeuraient dans l'échoppe pour faire leurs devoirs et apprendre leurs leçons.

Un après-midi, Mélanie fut étonnée de voir son père entreprendre la confection d'une paire de sandales à cette époque de l'année. D'habitude les commandes des nu-pieds se passaient au printemps, pas en automne.

— C'est pour qui ? demanda-t-elle.

— Pour sœur Armelle, répondit le père.

— Tu connais sa pointure ?

Evidemment il la connaissait, il avait regardé ses pieds et jugé qu'elle chaussait un 37. Son coup d'œil était infaillible, il faisait l'admiration d'Henri, le fiston était pressé de grandir pour hériter du savoir-faire paternel.

— Tu m'apprendras ?

— Quand tu seras reçu au certificat d'études.

Henri remit le nez dans son cahier de récitations.

— Elle n'a pas de chaussures, sœur Armelle ? demanda Louis.

Si, bien sûr, elle en avait des chaussures, les sandales, c'était un cadeau.

— Un cadeau ! s'écrièrent-ils en chœur.

« Cadeau » était un mot magique, Les enfants Lecoq rêvaient tous d'en recevoir un comme certains de leurs amis les jours d'anniversaire. Un mot qu'ils écrivaient parfois dans une dictée mais qui n'était jamais prononcé chez eux. Ils n'en revenaient pas, leur père allait faire un cadeau à sœur Armelle. Dans leur esprit on ne pouvait s'échanger des présents qu'entre gens riches.

— On ira la voir ? demanda Mélanie.

— Quand j'aurai fini les sandales, promit le papa.

Puis, il réfléchit et décida d'attendre Noël. Ce sera mieux pour le cadeau, pensa-t-il. Adèle s'inquiéta de savoir si Pierrot pensait à eux. Oui, il pensait à eux, tous les jours et même plusieurs fois par jour, sœur Armelle lui parlait sans cesse de sa famille pour qu'il ne l'oubliât pas.

Les gamins coururent annoncer la nouvelle à leur maman. Leurs cris joyeux lui firent un instant oublier sa souffrance.

La neige fut exacte au rendez-vous de Noël, ses gros flocons blanchirent les toits du monastère. Célestin tint sa promesse, Adèle, Henri et Louis l'accompagnèrent, les deux grands et Mélanie restèrent auprès de Joséphine. Tintin lui donna les berlingots que madame Gervin lui avait offerts pour le récompenser de l'avoir aidée à déneiger devant sa porte. Elle en prit un pour lui faire plaisir, comprenant que son grand garçon était si heureux de faire un cadeau à sa maman.

— Elles sont magnifiques ! s'exclama sœur Armelle quand elle découvrit les sandales, je n'en ai jamais vu d'aussi belles.

Elle caressa la semelle, promena ses doigts sur le dessus et le dessous des lanières. Elles paraissaient avoir été faites sur mesure.

— Vous chaussez du 37, dit Henri.

— Comment le sais-tu ? dit-elle, ébahie.

— C'est mon père, il a regardé vos pieds quand il est venu avec Pierrot.

Armelle ne s'était pas aperçue que Célestin avait porté autant d'attention à ses pieds. Il s'en expliqua en racontant que les cordonniers avaient tellement l'habitude de regarder les chaussures des gens que personne ne remarquait qu'ils avaient tendance à baisser les yeux, cela devait paraître naturel.

La sœur accepta le présent sans dévoiler qu'elle devait d'abord en informer la supérieure et le lui présenter avant de pouvoir en disposer. Elle pensait que cela gâcherait le plaisir du cordonnier et de ses enfants.

— Et votre maman, pourquoi n'est-elle pas avec vous ?

Le mari expliqua que son épouse avait eu peur de faire le voyage. Son état ne lui permettait pas de marcher aussi longtemps, surtout dans le froid et la neige. Et, pour tout avouer, elle redoutait de revoir Pierrot et de repartir sans lui.

— On aimerait vous le laisser jusqu'à ce qu'elle ait accouché.

Sœur Armelle ne put contenir son bonheur. Elle sauta au cou des enfants. Pour un peu elle aurait embrassé le père pour ce deuxième cadeau qu'il lui faisait, encore plus cher à son cœur. Oh ! oui, Pierre pouvait prolonger son séjour autant qu'il lui plairait. Et pour ne pas laisser paraître sa passion pour l'enfant, elle parla au nom de la communauté tout entière.

— Nous sommes toutes attachées à votre petit bonhomme, il est notre lumière.

Quel beau Noël ce fut ! A minuit, l'heure solennelle, Adèle reçut le petit Jésus des mains de la révérende. Elle avança dans la nef en tête du cortège des religieuses qui portaient leurs enfants dans les bras. Elle déposa l'Enfant-Roi sur sa couche faite de paille fraîche et de mousse des bois. Des berceaux avaient été disposés autour de la crèche. Les unes après les autres, les sœurs couchèrent leurs orphelins entre le bœuf et l'âne, sous l'œil attendri de Joseph et Marie. Bercés par les chants, certains dormaient, d'autres râlaient parce qu'ils avaient sommeil. Pierrot souriait aux anges, il était heureux.

— Il est beau, chuchota sœur Armelle aux oreilles d'Adèle et de ses frères.

Les enfants acquiescèrent fièrement.

L'abbé Mallier célébra la messe de minuit. Il était l'aumônier de l'orphelinat et régnait sur les âmes des religieuses. Chaque Noël était pour lui l'occasion de saluer leur dévouement et de rappeler que les bambins trouvés au tour d'abandon étaient les enfants de Dieu. Sœur Armelle l'écouta avec dévotion, il chantait les mots comme elle jouait ses notes de musique, son homélie était aussi mélodieuse qu'un cantique.

« Marie mit au monde son fils premier-né, l'enveloppa de langes et le coucha dans une crèche parce qu'il n'y avait pas de place pour eux dans l'hôtellerie... »

— Où allez-vous dormir? s'inquiéta soudain la religieuse.

— On ne sait pas, répondit Henri.

Le cordonnier avait projeté de repartir dans la nuit. Au premier signe de fatigue des enfants, il les porterait à tour de rôle. Sœur Armelle les convainquit d'attendre le matin avant de reprendre la route. Les enfants coucheraient au dortoir, le papa aux cuisines sur le fauteuil de sœur Marguerite.

Adèle était si heureuse qu'elle ne put s'endormir. Elle rêvait de grandir vite et d'atteindre l'âge requis pour entrer au noviciat. Elle serait sœur de saint Vincent-de-Paul, elle élèverait les enfants privés de mamans, elle veillerait sur eux durant la nuit.

— Où vas-tu? demanda Louis qui la vit se lever dans le noir.

— Nulle part.

— Alors pourquoi tu es debout?

— Je regarde les bébés.

Et si la sœur Marguerite se réveillait, elle dirait qu'elle allait faire pipi. Henri se proposa de l'accompagner.

— Ah non! tu ne te lèves pas.

— J'ai envie, moi.

— T'avais qu'à faire avant.

Adèle arriva près du lit de Pierre, elle étouffa un cri, le petit frère n'était plus dans son berceau. Elle fit irruption aux cuisines et réveilla son père pour lui signaler la disparition de Pierrot. Célestin la rassura, s'il n'était pas dans son lit c'est qu'il ne trouvait pas le sommeil lui non plus. On l'avait mis ailleurs pour éviter qu'il réveillât les autres.

— Remonte te coucher et surtout ne fais pas de bruit.

La fillette fit quelques pas puis elle voulut partager son bonheur avec son père.

— Papa.

— Oui.

— Quand je serai grande, je serai religieuse.

Ses joues rosirent de plaisir.

Le papa sourit. Il pensa au fond de lui-même qu'il en avait peut-être une de casée sur les sept.

Pierrot était assis sur le lit de sœur Armelle. Il assistait au spectacle que sa petite mère religieuse avait improvisé pour lui. Elle approchait puis éloignait ses mains de la lampe à pétrole qui projetait sur le mur des figures qu'elle animait. Pierre s'émerveillait à chaque apparition d'une nouvelle ombre chinoise. Il applaudit le chien, eut peur du loup, rit quand le lapin arriva en bougeant ses longues oreilles. Lorsque l'oiseau se dessina sur la cloison, il se leva pour s'envoler avec lui.

Ce fut à regret qu'Adèle, Henri et Louis virent poindre le jour, ils appréhendaient de retrouver leur chambre sombre, leur maison humide et triste, le sol froid de la terre battue. Ici le parquet était ciré, tout était beau et rassurant.

— Il a de la chance, Pierrot, dit Henri en franchissant la porte de l'orphelinat.

— Oui, il a de la chance, renchérit Adèle.

Célestin les pria de ne pas le répéter devant leur mère quand ils seraient rentrés.

— Ça lui ferait de la peine ? demanda Louis.

— Oui, répondit le père.

Joséphine ressentit les premières douleurs au mois de janvier. Elle se fit du mauvais sang, son huitième venait plus tôt que prévu, les sept autres étaient tous arrivés à terme. Le docteur Gaudeul s'en étonna, ils avaient bien dû se tromper au moins une fois.

— Oh non ! affirma Joséphine.

— Celui-ci est curieux voilà tout, dit le docteur d'un ton rassurant. Il est pressé de voir sa maman.

A Célestin qu'il rejoignit dans la cuisine, il tint un autre langage. Le futur père faisait bouillir l'eau dans les marmites et préparait les linges. Les accouchements il connaissait, mais il n'arrivait pas à s'y faire.

— C'est bien la dernière fois, marmonna-t-il.

— Si tu pouvais dire vrai, lui répondit l'accoucheur.

Avec des mots simples, il lui expliqua pourquoi le bébé allait naître avec de l'avance. Joséphine était trop faible, elle n'arrivait plus à le nourrir à l'intérieur de son corps. L'enfant avait compris qu'il allait mourir de faim, il frappait à la porte. La mère devait l'évacuer le plus vite possible pour éviter de graves complications. Célestin s'affola, il imagina le pire : la mort de sa femme en couches ou la naissance d'un enfant mort-né. Il dit pour se rassurer :

— J'ai promis à Joséphine qu'on n'aurait plus jamais de gosses.

— Sans calmer tes ardeurs, tu pourrais te débrouiller à ne pas en faire un tous les ans, répliqua le docteur.

Joséphine et Célestin n'étaient pas nés de la dernière pluie ni l'un ni l'autre, ils pouvaient prendre quelques précautions. Perrine naquit en début d'après-midi. La nouvelle fit aussitôt le tour du bourg. Les hommes plaisantèrent. Il était vaillant le cordonnier, il n'avait pas les deux pieds dans le même sabot. Les femmes, elles, pensaient plutôt d'un air entendu que cette pauvre Joséphine en aurait plus d'un tous les ans si elle se mettait à faire des prématurés.

Le nourrisson prit place dans le berceau de Pierrot, la chambre parut moins vide. Trois à quatre semaines plus tard, les enfants ne parlaient plus de leur petit frère. Seule sa maman y pensait toujours.

On avançait vers le printemps. Joséphine se remettait difficilement de la naissance de Perrine. Son état préoccupait le docteur, il ne trouvait plus dans sa médecine le remède magique et les paroles miraculeuses qui aideraient sa patiente à recouvrer la force et la volonté de vivre. Elle était épuisée, usée jusqu'à la corde comme disait Célestin en parlant des chaussures qui avaient trop mauvaise mine pour être ressemelées.

Un matin elle trouva pourtant l'énergie de rester debout après que ses enfants furent partis à l'école. Elle descendit à l'atelier et parla à son mari de se rendre en ville, pour voir Pierrot à l'orphelinat.

— Il est temps, dit-elle, il va finir par nous oublier.

Elle ne voulut pas en toucher mot au médecin, il les aurait découragés de tenter l'aventure. Quant à Célestin, il se mit à espérer : si elle échafaudait un tel projet, c'est qu'elle ressentait du mieux.

La famille au complet prit la route un jeudi de juin, avant le lever du soleil pour profiter pleinement de la durée du jour. Ils marchèrent à la queue leu leu sur le chemin de halage. Le père en tête était suivi par Adèle, Henri et Louis.

Tintin, quant à lui, tirait la poussette de Mélanie, et Finette, le landau de Perrine. Joséphine fermait la marche. Il fallut s'arrêter maintes fois pour reposer la maman. Célestin proposa de la porter sur son dos, elle refusa.

En fin de matinée, ils arrivèrent aux portes de l'orphelinat. Le père fit stopper la troupe. Il tira de sa musette un chiffon, une boîte de cirage, une brosse à reluire pour redonner un peu d'éclat aux chaussures des uns et des autres. La mère vérifia les tenues. Joséphine tira la chaîne, la cloche tinta, une sonorité, un souvenir qui la fit trembler. C'est elle qui avait voulu annoncer leur présence pour se donner le courage d'affronter sa visite à l'orphelinat, de vaincre sa peur des retrouvailles avec Pierrot. Pourvu qu'il me reconnaisse, n'avait-elle cessé de répéter pendant le trajet.

— Pourquoi te tourmentes-tu ? lui avait demandé Célestin, bien sûr qu'il va te reconnaître.

— J'ai tellement changé.

Son visage émacié, son corps amaigri, ses yeux auréolés de cernes noirs lui donnaient raison. Même ses cheveux commençaient à blanchir.

Ce fut sœur Mathilde qui leur ouvrit la porte. Elle les conduisit dans l'antichambre du bureau de la mère supérieure et les pria d'attendre sa venue. Elle se précipita ensuite pour prévenir sœur Armelle. La figure de la petite sœur se décomposa, elle se raidit pour ne pas défaillir.

— Déjà, dit-elle faiblement.

— Notre mère vous attend avec le petit.

Armelle hocha la tête. Elle avait compris qu'il lui fallait rendre Pierre aux siens. Elle le vêtit d'habits propres et fraîchement repassés. Elle l'embrassa, sentit sa peau, le respira. Elle luttait contre les larmes.

— Tu vas faire un grand sourire à ta maman, il faut lui montrer que tu es heureux de la retrouver.

Elle aussi appréhendait la confrontation avec la mère. Elle descendit l'escalier et s'arrêta sur chaque palier pour gagner du temps et pour se préparer à rencontrer Joséphine.

Devant le bureau de sœur Madeleine, elle eut soudain envie de faire demi-tour, d'enlever cet enfant qui était le sien, de s'échapper du couvent et d'aller se perdre dans les bois. Pourquoi voulait-on le lui prendre, il était si bien auprès d'elle ? Les autres sœurs dirent adieu à Pierrot. Armelle ne leur permit pas de l'embrasser, elle voulait qu'il ne se souvînt que de la douceur de ses lèvres.

— Voici votre Pierrot, dit la révérende quand sœur Armelle frappa à la porte du bureau.

Les deux femmes avaient redouté cet instant. D'un côté, la mère nourricière portait l'enfant, de l'autre la maman tendait les bras pour le recevoir. La scène se déroula comme elles l'avaient imaginée. Pierre ignora sa famille, il se blottit contre la sœur et se recroquevilla sur sa poitrine.

— Pierrot ! C'est maman.

A l'appel de son nom, l'enfant réagit. Joséphine s'approcha. Pierrot évita de croiser les yeux de sa mère, lui tourna le dos et s'agrippa aux épaules de la religieuse, comme si le visage bouleversé de Joséphine lui faisait peur. La révérende vint au secours de la pauvre femme.

— Ne trouvez-vous pas qu'il a bien profité ?

— Oh oui ! merci, ma mère.

La femme du cordonnier se courba devant celle qui avait sauvé son enfant comme elle se serait inclinée devant la statue d'une sainte. Elle se précipita en avant, prit les mains de la bienfaitrice, les embrassa, jeta vers elle un regard de détresse qui la suppliait de lui rendre son fils.

— Oh non ! non ! implora la petite sœur.

L'émotion était trop forte, la tension trop vive, sœur Armelle se déroba. Elle dégagea sa main de l'étreinte et des baisers de Joséphine et lui restitua son bien. Elle s'enfuit sans demander à sa supérieure la permission de se retirer. A peine avait-elle refermé la porte qu'elle se cala dans l'encoignure, son corps tout entier tremblait, elle crut perdre connaissance. Elle pria le ciel de lui reprendre sa vie immédiatement. Elle préférait mourir que d'entendre Pierrot pleurer et, entre deux sanglots, l'appeler « Mamelle », contraction de maman et d'Armelle.

Elle partit en courant et remonta au dortoir pour rassembler les habits de son garçon. Elle mit de côté deux ou trois petites choses qu'elle garderait cachées dans sa cellule. Elle plia soigneusement une chemisette, un pantalon, une blouse. Puis, le chagrin l'emportant sur le courage, elle céda aux larmes et aux cris de désespoir. Elle ressemblait à ces mères en deuil qui ne possèdent plus que quelques petits vêtements inutiles et froids pour leur rappeler qu'elles furent des mamans heureuses.

Sœur Mathilde et sœur Marguerite arrivèrent pour consoler sœur Armelle qui se redressa pour montrer qu'elle avait du courage. Elle sécha ses larmes du revers de sa main, fit un ballot des affaires du petit et redescendit le porter à ses parents. Le cordonnier, sa femme et ses enfants étaient déjà partis. La révérende restée seule au milieu de la pièce priait, les mains jointes.

— Approchez, ma fille, venez près de moi.

Sœur Armelle obéit, elle vint se placer en retrait de sa supérieure, suffisamment près pour lui parler sans forcer la voix, à une distance que seules les sœurs avaient coutume de tenir quand elles priaient en commun.

— Pauvre femme, poursuivit sœur Madeleine, elle se croit condamnée.

En cachette de Célestin et des petits, Joséphine avait confié son mal à la religieuse. Le médecin ne l'avait pas confirmé mais elle l'avait lu dans son regard lors de sa dernière visite. Elle était venue en ville au mépris de sa fatigue, pour se faire photographier au milieu de tous ses enfants. Pour leur laisser d'elle une autre image que celle de la mort. Quand le cliché serait pris, elle ramènerait Pierre à l'orphelinat. « Il est tellement mieux avec vous », avait-elle ajouté.

Sœur Armelle cacha sa joie, elle la savait indécente. Pourtant elle frémissait de bonheur. Sa vie était sauvée, elle allait retrouver son petit bonhomme, elle allait le garder. Elle l'aimait plus encore depuis qu'elle avait failli le perdre. Elle ferma les yeux et entama dans sa tête une longue conversation avec Pierrot : *Mon chéri, mon amour, mon cœur, je vais te chanter les plus beaux cantiques à la chapelle dès que tu seras de retour, je vais te garder ma pomme s'il y en a une ce soir au dessert, cette nuit on va trouver de nouvelles ombres chinoises, tiens ! le singe, on n'a jamais essayé de faire un petit singe, un ouistiti, tu vas voir, il va te faire rire, tu vas rire. Je vais te couvrir de baisers, j'ai eu si peur, mon ange.*

Soudain son visage s'assombrit. Elle pensait à la maman et, bien qu'elle ne se sentît pas coupable, elle demanda pardon à Jésus d'avoir laissé libre cours à son bonheur. Elle s'agenouilla derrière la mère supérieure et unit sa prière à la sienne.

— Le Ciel aura peut-être pitié d'elle, dit sœur Madeleine, elle est si méritante.

La famille entra chez le photographe. Joséphine donna un coup de peigne aux enfants et vérifia leur mise. Puis ils s'installèrent devant un rideau frangé d'or qui s'ouvrait sur un paysage de campagne, une pièce d'eau entourée d'arbres, et un ciel bleu dans lequel volait un biplan. Joséphine était assise dans un fauteuil au centre de l'image, elle tenait Pierrot sur ses genoux. Mélanie, Louis, Henri, Adèle, Finette et Tintin l'entouraient. Célestin se tenait debout à l'arrière-plan, il présentait Perrine sur son bras droit. Il avança la main gauche et la posa sur l'épaule de son épouse. Le photographe réclama leur attention et leurs sourires. Pierrot fronça le sourcil, il se renfrogna. Il gâcha la fête et la photographie.

Joséphine n'eut pas le cran de le ramener à l'orphelinat, ce fut Célestin qui se chargea de l'y reconduire.

Pendant le voyage du retour, il dut porter sa femme sur son dos, elle était si lasse qu'elle n'avait plus le courage de commander à ses jambes d'avancer. Elle se serait laissée mourir contre un talus si elle n'avait pas craint d'effrayer ses enfants.

Ils arrivèrent tard dans la nuit à Bécherel. Maria avait fermé ses volets. Comme aucun événement du bourg ne lui échappait, elle s'était aperçue de leur absence durant la journée mais n'avait pas eu la patience de les attendre. Elle dormait déjà.

Les enfants se déchaussèrent dans l'atelier, ils rangèrent sur l'étagère les souliers des clients empruntés en cachette.

— Ils ne s'apercevront pas qu'on a mis leurs chaussures ? s'inquiéta Adèle.

— Si on ne leur dit pas, ils n'en sauront rien.

Personne ne les avait vus, ils étaient partis si tôt et revenus si tard.

Dans la chambre, ils s'agglutinèrent autour de leur mère. Elle était assise dans son lit, là où l'avait déposée son mari, adossée contre les oreillers. Elle n'avait pas encore ôté sa robe, elle n'en avait pas la force.

— Il revient quand Pierrot ? demanda Louis.

— Il revient quand, maman ? insista Mélanie.

— Bientôt.

Joséphine les invita à se coucher, ils devaient être si fatigués eux aussi.

— Bonne nuit, maman, bonne nuit, papa.

— Bonne nuit, répondit Célestin qui arrivait de la cuisine.

Il redressa sa femme et commença à la dépouiller de ses vêtements. Joséphine lui fit signe d'approcher son oreille, elle avait quelque chose à lui demander et elle ne voulait pas que les enfants entendent

— S'il m'arrive malheur, promets-moi de le ramener à la maison.

Célestin la secoua pour chasser la mauvaise pensée qu'elle avait en tête.

— Il ne va pas t'arriver malheur, j'irai le chercher dès que tu seras mieux.

Un mieux qui ne viendrait jamais, elle en était certaine. Elle s'allongea et fit semblant de s'endormir pour rassurer son homme.

Après avoir donné naissance au ouistiti, fait miauler le chat, hurler le loup, aboyer le chien, se déhancher le canard et friser le nez du lapin, sœur Armelle plia le poignet et rabattit la main au bout de son bras qu'elle tint à la verticale. La tête de l'autruche apparut au sommet de son long cou. Pierrot applaudit la venue de cet animal étrange, encore un nouveau-né dans sa ménagerie d'ombres chinoises qui le consolaient ce soir des inquiétudes de sa journée.

— Bonne nuit, dit le grand oiseau à l'enfant qui se frottait les yeux et luttait contre le sommeil.

Puis le volatile s'en alla se coucher. Sœur Armelle présenta la croix de son chapelet devant la lampe. Elle récita la prière du soir face au crucifix géant qui envahit le mur. « Bénissez, ô mon Dieu, le repos que je vais prendre pour réparer mes forces, afin de vous mieux servir... » Au même instant, une malade sans espoir faisait la même prière : « Protégez-moi pendant toute cette nuit, tout le temps de ma vie et à l'heure de ma mort. »

Un nuage masqua la lune et assombrit la chambre. Quand il fut passé, l'ombre de la croisée dessina un calvaire sur la cloison de bois. Joséphine le vit grandir et s'approcher du lit. Effrayée, elle ferma les yeux.

Le lendemain, Célestin se leva le premier comme chaque jour. Il sonna l'angélus et rencontra Maria avec laquelle il échangea quelques balivernes. Il ne réagit pas aux perches qu'elle lui tendit pour s'informer des nouvelles de la veille. Il la remercia de s'inquiéter de sa famille et l'assura que tout allait bien, elle n'avait pas de souci à se faire.

— Tant mieux, lui dit Maria, ce serait trop triste.

Sans la souhaiter vraiment elle avait déjà imaginé la mort de Joséphine. Célestin se rendit directement à son atelier, il se mit au travail sans passer par la maison, tout son monde dormait et récupérait des fatigues du voyage.

Sur les huit heures, Finette sortit de la chambre.

— Papa, papa ! criait-elle.

Sa voix tremblante annonçait un drame. Le père bondit de sa chaise.

— Viens vite, maman ne bouge plus.

Célestin jeta ses outils, il traversa la cour en appelant sa femme. Arrivé près du lit, il murmura son nom une dernière fois, puis il se découvrit devant la morte.

— Maman, maman, répéta Finette.

— Elle ne nous entend plus.

Célestin s'appuya sur l'épaule de sa fille.

— Elle a fini de souffrir.

Perrine pleurait dans son berceau, Finette la souleva, la serra contre elle et l'emmena dans la cuisine. Les autres enfants attendaient, immobiles et graves, près de la porte.

— Qu'est-ce qu'elle a maman ? demanda Louis.

Finette hésita :

— Elle est morte.

— Elle est au ciel ? s'enquit Mélanie.

— Oui, répondit la grande sœur.

Finette commanda doucement aux enfants de s'habiller et de sortir. Seule avec Perrine dans la cuisine, elle sanglota, puis sécha vite ses larmes. Une grosse journée l'attendait.

L'enterrement eut lieu trois jours plus tard. Célestin sonna lui-même le glas qui accompagna Joséphine au cimetière, dans le carré réservé aux plus pauvres. Les enfants suivaient le cercueil porté par quatre hommes, Eugène, Léon et deux voisins.

Maria, qui avait pourtant l'habitude de regarder passer les enterrements, n'avait jamais vu de convoi aussi triste.

— Il n'y a pas de plus grand malheur que de perdre sa mère, dit madame Gervin.

Le boucher regretta de n'avoir pas su plus tôt que c'était si grave.

— Vous étiez au courant, docteur, bien sûr ? demanda Louisette.

— Hélas, oui ! répondit le médecin.

Accroché à la cloche, le bedeau se retourna quand les hommes et le cercueil passèrent sous le porche de l'église. Ses enfants baissèrent la tête pour éviter de voir les yeux rougis de chagrin de leur père. Célestin lâcha la corde quand ils s'alignèrent devant le premier banc face à l'autel. On entendit les cloches tinter une dernière fois. Puis le cordonnier ferma la grande porte, remonta la nef et prit sa place près des ses petits. Il se signa et resta debout tout au long de l'office.

Au couvent, avertie du décès de Joséphine, sœur Madeleine fit célébrer une messe pour le repos de son âme. Les religieuses avaient toutes pris leurs places à la chapelle, elles attendaient les premières notes d'un Requiem. On s'aperçut alors de l'absence de l'organiste.

Prise de panique, la révérende envoya sœur Angèle la chercher et commanda qu'on la lui amenât sur-le-champ.

Sœur Angèle commença par les cuisines Elle monta ensuite au dortoir et constata que Pierrot n'était plus dans son lit. A pas feutrés, elle longea le couloir des cellules jusqu'à la porte d'Armelle qu'elle poussa avec lenteur, ce qu'elle découvrit la scandalisa. L'image était sacrilège, Pierrot gazouillait sur le matelas de crin. A côté d'Armelle endormie, il jouait avec son chapelet, attendant qu'elle se réveille. Sœur Angèle courut chercher la mère supérieure. Enfin elle tenait la preuve qui condamnait l'insoumise.

Armelle sursauta, ouvrit les yeux et vit la révérende pointer l'index vers Pierrot.

Sœur Angèle se précipita sur l'enfant, elle l'arracha des bras d'Armelle.

— Je vous en conjure, cria-t-elle, ne lui faites pas de mal.

Elle bondit hors du lit, s'agenouilla devant sa supérieure et tendit des bras suppliants. Sœur Madeleine la repoussa.

— Il faudra expier, ma fille, lui dit-elle d'un ton menaçant.

La supérieure sortit de la cellule, se retourna, ferma la porte et fit tourner la clef deux fois dans la serrure.

Armelle se traîna jusqu'à son prie-Dieu. Elle regarda le Christ sans baisser les yeux, elle ne redoutait pas son courroux. Elle n'avait pas commis de faute. Plutôt que de se prosterner pour implorer son pardon, elle lui tourna le dos et s'assit sur le prie-Dieu. Seul le sort de Pierrot occupait ses pensées.

Les religieuses s'étaient toutes rassemblées au bas de l'escalier monumental qui conduisait du vestibule au bureau de leur mère.

Sœur Angèle leur avait conseillé de se poster là : peut-être la révérende évoquerait-elle la faute d'Armelle. Du moins la jalouse l'espérait. D'avance, elle savourait le récit de sœur Madeleine. Cette dévergondée d'Armelle serait punie, peut-être envoyée chez les sœurs à Tahiti ou chez les nègres. Pierrot pleurait dans ses bras.

La supérieure parut tout en haut de l'escalier. Elle avait délibéré seule en son âme et conscience et avait décidé du châtiment. Elle descendit chaque degré à pas lents, s'arrêta sur le dernier palier et, dominant ses filles, elle lança son verdict.

— Désormais sœur Armelle s'occupera des malades.

Sœur Angèle eut son sourire des mauvais jours qui brusquement s'effaça : sœur Madeleine venait de confier l'enfant à sœur Mathilde

Elle comprit que sa supérieure lui tenait rigueur d'avoir été trop perspicace. La révérende remonta dans son bureau, le groupe des sœurs, silencieuses, se disloqua. Seuls leurs visages exprimaient leur surprise ou leur déception.

Armelle fut condamnée à rester dans sa cellule pour expier sa faute avant de prendre ses nouvelles fonctions. Elle ne reçut chaque jour qu'une tranche de pain sec et un verre d'eau, régime des prisonniers condamnés au cachot. Durant ce temps de jeûne et de pénitence elle pria, car elle avait gardé sa foi et sa confiance en Dieu, un Dieu bon et charitable qui n'était pas celui de toutes ses sœurs. La faim la fit divaguer. Elle s'évada dans les souvenirs de son enfance, ses jeux, ses rêves, ses rires d'adolescente. Elle s'imagina sous le toit familial, dans la chaude atmosphère de sa maison. Elle sentit les baisers de sa mère sur sa joue, se souvint des tendres sourires de son père. Il l'aimait et lui pardonnait tout. Le départ de la jeune fille leur imposa le plus grand des sacrifices, leur causa la plus grande peine. Dieu avait pris leur fille unique. Ils avaient rêvé pour elle d'un autre chemin, d'une vie près d'un homme honnête, un bon gendre qui leur aurait donné des petits-enfants pour égayer leurs vieux jours.

Elle revit Mathieu le jour de son départ pour le noviciat quand elle monta dans le car de Dinan. Le garçon versa quelques larmes. Il enrageait de n'avoir pas su lui faire entendre les battements de son cœur. Elle se demanda ce qu'il était devenu, s'était-il consolé ? avait-il vibré pour un autre amour ? Petit à petit le doute s'insinua dans son âme.

Sœur Madeleine la fit sortir de sa prison pour la conduire au tribunal de l'Eglise. Elle lui recommanda de s'approcher du confessionnal avec un souverain recueillement et une grande modestie, comme si elle s'adressait à Jésus-Christ.

— Considérez-vous comme une criminelle qui va paraître devant son juge.

L'abbé Mallier entendit sœur Armelle. Quand il l'eut absoute de ses fautes il l'invita à vivre en paix avec sa conscience.

— Et ma pénitence ? réclama la pécheresse.

— Continuez à aimer les enfants de tout votre cœur.

La révérende attendait l'aumônier à la sortie de la chapelle. Il l'assura avoir reçu de sa fille une confession sincère.

— Que Dieu lui pardonne ! s'écria sœur Madeleine.

Dieu lui avait pardonné depuis belle lurette, lui affirma l'abbé Mallier.

Sœur Armelle n'avait pas commis de faute, elle voyait le Christ dans chaque enfant qui lui était confié. C'est Lui qu'elle avait emmené dans sa cellule, c'est Lui qu'elle avait pris dans ses bras et réchauffé de son corps, c'est Lui qu'elle avait tenté de nourrir de son sein pour le sauver.

— Mais enfin monsieur l'abbé, s'insurgea sœur Madeleine, si toutes les sœurs en faisaient autant ? Nous devons obéissance aux règles de notre Communauté.

— Faites-les respecter par celles qui sont moins proches du Seigneur, répliqua sèchement le prêtre.

La mère supérieure prit congé.

Plus tard, quand ils se furent calmés l'un et l'autre, ils reprirent le dialogue. Ils se rejoignirent dans le jardin pour échanger leurs avis de responsables sur la conduite à tenir vis-à-vis de la petite sœur. La supérieure aurait dû deviner qu'un jour ou l'autre sœur Armelle laisserait parler son cœur de mère avec son instinct de femme, estimait l'abbé. Celles de ses filles qui ne succombaient pas au moins une fois dans leur vie à cette tentation devaient avoir l'âme bien sèche. Les paroles de l'aumônier allèrent droit à la conscience de la religieuse. Elle se sentit prise en faute et se défendit comme une coupable.

— Je n'ai jamais eu cette tentation, monsieur l'abbé, pas plus qu'aucune de mes filles.

Le prêtre haussa les épaules, incrédule.

— Moi qui ne suis qu'un homme, avoua-t-il, il m'est arrivé, et il m'arrive encore de souffrir de ce que mon sacerdoce me prive du bonheur d'être père.

Mais la mère supérieure avait pris sa décision. Les arguments de l'aumônier n'y firent rien. Dès le lendemain matin, sœur Armelle traversa la cour de l'établissement, quitta le pavillon de l'orphelinat pour celui de l'hôpital. A son entrée dans la salle commune, elle croisa le regard douloureux des malades et y reconnut encore celui du Christ. Elle comprit que Dieu voulait la mettre à l'épreuve de ceux qui souffraient et elle l'accepta.

— Pour l'amour de vous, lui dit-elle.

Elle ne se consola jamais d'avoir perdu son Pierre, même si elle savait qu'elle aurait dû se résigner à le rendre à son père quelques jours après la mort de Joséphine.

En effet, dans la semaine qui suivit l'enterrement, Célestin se présenta devant la mère supérieure.

— Vous ne seriez pas venu le chercher, nous serions allées vous le rendre, nous ne pouvions plus le garder.

Sœur Madeleine expliqua au cordonnier qu'elle devait régulièrement placer les plus grands dans des familles adoptrices pour accueillir les petits qu'on abandonnait à sa porte.

— Quel âge a votre fille aînée ? demanda-t-elle.

Finette avait douze ans, elle était vaillante. Déjà, les

temps derniers, c'est elle qui menait la maison, mais avec Pierrot en plus Célestin ne savait pas comment elle s'en sortirait. Adèle était trop petite pour lui donner un vrai coup de main, et les garçons, constatait le père, ne savaient pas faire comme les filles. La révérende lui conseilla de solliciter l'aide d'une famille chrétienne et charitable.

— Vous voulez dire que je pourrais moi aussi placer Pierre chez des gens ?

— Ou vos plus petites. Pierre, ce serait plus facile, il était habitué à vivre hors de chez lui maintenant. En allant le voir chaque semaine ou chaque mois, cela lui paraîtrait naturel.

Célestin remercia la religieuse de ses bons conseils. Il allait réfléchir. Avant de mourir, sa femme lui avait fait promettre de ramener Pierrot à la maison et de le garder.

Sœur Mathilde entra dans le bureau avec le petit garçon. Derrière elle, sœur Marguerite portait son baluchon. La révérende congédia les sœurs. Elle prit l'enfant par la main et s'avança vers Célestin.

— Je vous rends votre bien.

Pierrot ne pleura pas dans les bras de son père. Cette fois, il acceptait de partir.

— Là-haut ma Joséphine doit être rassurée de voir que j'ai tenu parole, soupira Célestin.

Il s'inquiéta de sœur Armelle. Elle était souffrante, lui répondit-on. Il regretta de ne pas pouvoir la rencontrer et fit des vœux pour qu'elle recouvrît la santé.

Alertée par Mathilde, Armelle s'était échappée de l'hôpital pour tenter d'apercevoir son Pierre une dernière fois. Elle arriva juste à temps au fond du jardin pour le voir franchir la porte de l'orphelinat. C'était l'heure de la promenade. Autour d'elle, les sœurs portaient chacune un nourrisson. Instinctivement, elle esquissa le geste de serrer un enfant contre sa poitrine. Puis elle fit demi-tour et repartit se dévouer auprès de ses malades. C'était l'été, elle avait chaussé les sandales du cordonnier.

Célestin se rendit chez le photographe avant de sortir de la ville. L'homme était content de lui, il avait réussi son cliché, il le trouvait digne d'être exposé dans sa vitrine. Dommage que le gros pépère n'ait pas voulu sourire comme tout le monde, il avait pourtant tout essayé pour le dérider. Après tout, cela faisait plus naturel. Il félicita le cordonnier d'être le papa d'une aussi grande et belle famille, il présenta la photo d'une main tandis que l'autre, impatiente, attendait son dû. Célestin sortit de la poche de son veston un papier qu'il déplia. Ce portefeuille de fortune protégeait un billet de dix francs. Tel un magicien qui exécute un tour de passe-passe, le commerçant fit disparaître l'argent dans son tiroir-caisse.

— C'est juste ! dit le portraitiste avant de pousser son client vers la porte.

Célestin s'arrêta au milieu de la rue pour regarder la photographie. Indifférents, cyclistes et piétons le contournaient. Ils ne l'entendirent pas parler à sa morte.

— Comment je vais me débrouiller sans toi ? Il rangea l'image dans son enveloppe et s'engagea sur le chemin du retour, son gamin dans les bras. Cette fois, pas d'automobilistes prévenants, ils firent la route à pied.

A la maison, ce ne fut pas la fête que tous attendaient. Pierre grogna dès que ses frères et sœurs s'approchèrent, il ne les reconnaissait pas.

— Il nous regarde comme si on était des singes, fit Adèle, désappointée.

— Il est fatigué, répondit le père, il sera plus gentil quand il aura dormi.

Célestin coucha Pierrot près de lui, La place du bambin était occupée par Perrine et la flottille ne comptait toujours que sept barques autour du grand lit. Finette éteignit la lampe.

— Bonne nuit, papa.

— Bonne nuit, les enfants.

Pierrot eut peur dans le noir, tout tremblotant, il gémit et réclama sœur Mamelle.

— Il ne veut pas rester avec nous, c'est pour ça qu'il pleure, dit Henri.

— Il ne nous aime plus, renchérit Adèle.

— S'il croit qu'on l'aime nous, pesta Mélanie.

— Y'a qu'à le ramener chez les sœurs, conseilla Tintin.

Le père expliqua que les sœurs n'en voulaient plus. Elles devaient accueillir d'autres enfants et manquaient de place.

Pierrot les avait écoutés. Il avait perçu de l'hostilité dans leurs voix et il se remit à sangloter. Louis hurla pour le faire taire :

— Nous non plus on ne veut plus te garder.

— De toute façon je ne pourrai pas m'occuper de lui, de Perrine et de tout le monde, conclut Finette.

Le gueulard finit par se calmer, les autres en profitèrent pour s'endormir, seul Célestin garda les yeux ouverts. Pierre était resté trop longtemps chez les sœurs, il ne reconnaissait plus les siens. Il était étranger dans sa maison.

Le lendemain, Maria arrosait ses rosiers nains — son seul luxe — lorsque le cordonnier passa devant sa fenêtre. Elle l'interpella :

— Alors, tu ne me dis pas, il est bien arrivé ?

Oui, il était bien arrivé mais il ne paraissait pas heureux d'être à la maison. Il avait l'air tout étonné de se retrouver là, forcément chez les sœurs il avait pris ses habitudes, il fallait lui laisser le temps d'oublier.

Une fois de plus, Maria ne perdit pas l'occasion qui s'offrait à elle de lui déclarer son affection, elle lui proposa ses services.

— Si tu as besoin, Célestin, n'hésite pas à me le demander.

Célestin refusa ses avances. Il allait se débrouiller.

Il s'étonna de ne pas entendre de bruit quand il entra dans la cour. Il monta le petit escalier et entrouvrit la porte de la cuisine pour s'assurer que tout allait bien. Il vit ses enfants réunis devant la cheminée, contemplant la photographie qui y trônait. Célestin l'avait posée là, au petit matin. Il voulait leur faire la surprise. Il resta caché, observant la scène à travers la porte entrebâillée. Les enfants, juchés sur la pointe de leurs pieds, restaient immobiles, les yeux rivés sur le cliché sépia posé sur le calendrier des postes. Le père frissonna et sentit les battements de son cœur s'accélérer.

— On peut la prendre ? demanda Adèle.

— Non, répondit Finette, vous allez la salir.

Louis paraissait le plus ému de tous. Il murmura :

— Elle était belle maman.

Il sourit au portrait puis il se retourna d'un mouvement brutal. Il fusilla Pierre de son regard noir et l'accusa.

— C'est ta faute si maman est morte.

Le mal-aimé se tenait près du buffet, à l'autre bout de la

pièce, ses yeux ruisselants de larmes, il feignait de jouer avec les pommes de terre du panier.

— Pourquoi c'est sa faute ? demanda Mélanie.

— Parce qu'il a bu tout son lait.

Célestin se retira doucement dans la cour. Il ouvrit son atelier et s'installa derrière l'établi. Il entendait les cris de ses enfants et fut pris d'un immense découragement.

— Tais-toi ou..., menaça Henri la main levée sur son petit frère.

Finette imposa le retour au calme et s'en fut dans la chambre recoucher Perrine.

Les autres sortirent, Henri claqua la porte pour se venger de ne pas avoir pu gifler son frère. Un courant d'air souffla sur la cheminée, la photo s'envola. Immédiatement Pierrot s'en saisit, il se réfugia sous la table pour regarder, lui aussi, la belle image.

Finette retapa les lits après avoir bordé Perrine. Etonné de ne plus entendre couiner Pierrot dans la cuisine, elle revint à pas de loup pour le surprendre. Elle pleura de rage quand elle découvrit qu'il jouait avec le portrait de la famille.

— Qu'est-ce que tu fais là ? gronda-t-elle. Donne-moi ça tout de suite !

Elle lui arracha la photo des mains. La fillette fut bouleversée à la vue du dernier souvenir de leur mère, froissé, rayé, sali par la poussière. Le pauvre visage de Joséphine était abîmé par une pliure.

— Méchant !

Elle le tira de sa cachette, le secoua, le bouscula et le fessa. Après la correction, la punition : elle le descendit dans la cour et le jeta sur la litière de la chèvre. Là au moins il ne ferait pas de bêtises.

Margot renifla Pierrot et le reconnut. Elle lécha ses larmes et bêla d'une façon peu ordinaire, comme s'il s'agissait de son chevreau.

Depuis son atelier, Célestin avait tout vu. Cette fois encore, il n'intervint pas. Il lui faudrait rapidement prendre une décision pour préserver la paix dans sa maison. Il repensa au conseil de sœur Madeleine.

Les jeudis de juillet, les enfants Lecoq glanaient dans les champs de blé fraîchement coupé. C'était un droit coutumier dont usaient les familles pauvres dans les campagnes. Les garçons mettaient leur chapeau de paille ou nouaient leur mouchoir sur la tête, les filles se coiffaient de fichus pour se protéger du soleil. Toute la journée ils avançaient courbés pour cueillir les épis oubliés par les moissonneurs. En les ramassant un à un, ils composaient ainsi des bouquets qu'ils entassaient dans une brouette.

Mélanie était encore petite, elle avançait moins vite que ses frères et sœurs. Elle s'arrêtait souvent pour sentir un coquelicot ou cueillir un bleuet dont elle ornait les gerbes des grands. C'est elle qui, la première, vit leur petit frère.

— Regardez ! dit-elle, y'a Pierrot qui passe.

Le petit surgit au-dessus des épis et semblait glisser sur la mer dorée d'un champ de blé qui longeait la route. Célestin le portait sur ses épaules, il partait en proposer la garde à une famille chrétienne et charitable comme l'avait conseillé la révérende mère.

Ils arrivèrent à l'entrée de la cour de la ferme de Jules et Charlotte. Les oies criaillantes les accueillirent, ailes déployées. Elles foncèrent sur les visiteurs pour les repousser. Célestin dut se battre contre elles pour atteindre la porte du bâtiment d'habitation. Les paysans déjeunaient quand il entra.

Lui portait un chapeau dont le feutre avait la patine du temps et des intempéries. Il avouait la quarantaine. De taille moyenne, un peu bedonnant, le visage madré, des yeux vifs et rusés. Son couvre-chef, porté en arrière, laissait deviner sa calvitie.

Elle était sans âge, d'apparence bonasse. Elle respirait la douceur et l'innocence. Quelques cheveux gris parsemés çà et là argentaient sa tignasse brune. C'était sûrement une brave et bonne femme. Célestin comprit qu'elle vivait à l'ombre de son homme.

— Vous ne nous l'avez pas amené ? demanda la fermière.

— Si, le voilà.

Jules, le mari, manifesta sa surprise : Ce n'était pas à lui qu'on pensait. C'était au grand.

— On veut bien prendre un gamin capable de travailler mais pas un p'tit. Sinon où serait not'bénéfice ?

Célestin fut pris de court. Aussi leur proposa-t-il de leur faire des chaussures neuves. Jules répliqua qu'ils n'en avaient pas l'usage, car la semaine, ils marchaient en sabots et le dimanche ils portaient leurs souliers de noces. Non, vraiment cela ne les intéressait pas. A moins... Jules fronça les sourcils comme s'il réfléchissait intensément. Enfin, ça pourrait se faire si le cordonnier acceptait d'envoyer l'aîné, la fille et les autres à tour de rôle pour garder les vaches, nettoyer l'étable, traire les bêtes, ramasser le foin et le bois, gratter les betteraves... et tout le reste.

— Qu'est-ce que t'en dis, Charlotte ? demanda Jules qui d'habitude ne tenait jamais compte de l'avis de sa femme.

— Je dis que c'est un marché honnête.

Célestin hésita, et prit brusquement sa décision, comme s'il avait envie d'en finir. Il tapa dans la main de Jules pour conclure le marché.

— C'est entendu, dit-il.

Il posa la musette de vêtements sur la table et colla Pierre dans les bras de Charlotte. Puis sortit sans se retourner. Une fois dehors, il s'éloigna rapidement chassé par les oies comme un manant.

Charlotte s'assit en bout de table avec Pierrot sur les genoux. Elle était empruntée, elle ne savait pas prendre les gosses, elle n'en avait jamais eu.

— On ne sait même pas comment il s'appelle ?

— On demandera dimanche quand on ira au bourg, répondit Jules avec son bon sens habituel.

Il tendit un morceau de jambon au bout de son couteau. Pierrot s'en saisit entre ses petits doigts, il le goûta. C'était bon. Il en réclama.

Le cordonnier respecta le contrat passé avec les paysans, ses enfants vinrent à tour de rôle troquer leur peine contre la pension de leur petit frère. Au début ils firent la grimace puis, avec le temps, ils admirent l'utilité de leur sacrifice. Pierre n'était pas coupable de la mort de leur mère, Ils le reconnaissaient. Leur petit frère était même la première victime de ce drame. Leur cœur se ramollit et ils l'aimèrent comme au temps où le malheur n'avait pas encore frappé leur famille.

De leur côté, Jules et Charlotte n'étaient pas des chiens comme ils aimaient à le répéter. Ils s'acquittèrent au mieux de leur devoir, le gamin fut bien soigné, il ne manqua pas d'affection même si, parfois, ils lui manifestaient leur tendresse avec la maladresse des rustauds.

Chaque dimanche ils venaient au bourg le montrer à son père. Avec quelle fierté ils décrivaient l'alimentation du petit. Ils l'élevaient comme leur propre fils, lui donnaient le meilleur. Pierrot buvait du bon lait, mangeait de bons œufs, du bon cochon et de bonnes volailles. Il poussait comme un légume dans une terre bien fumée, il serait aussi haut qu'un tournesol, aussi rose et rond qu'un potiron. Il paraissait heureux.

Tous les ans, Charlotte et Jules assistaient au service anniversaire du décès de Joséphine, le jour des morts ils fleurissaient sa tombe et venaient se recueillir au cimetière avec le reste de la famille.

Un après-midi de Toussaint, Pierre comprit que sa vraie maman était couchée là, sous la terre, et pour toujours. Il sut qu'il ne la reverrait jamais.

Près de la croix, il joua avec les cailloux blancs qui nappaient le tombeau. Il avait cinq ans. En grandissant il voulut savoir pourquoi sa mère n'avait pas attendu d'être vieille pour monter au ciel. Comme personne ne sut lui répondre, il posa directement la question à la morte et prit l'habitude de parler avec elle quand il était seul et tranquille. Lorsqu'il eut ses sept ans, Jules libéra ses frères et sœurs de leur engagement. Charlotte passait moins de temps à jouer à la maman, elle pouvait donc donner la main aux travaux de la ferme. Pierre commençait à se rendre utile. A la maison il essuyait la vaisselle sans laisser tomber les assiettes ou casser les verres. Dehors il soignait les lapins, il cherchait les œufs que les poules, les canes et les oies pondaient hors du poulailler, il n'avait pas son pareil pour découvrir leurs cachettes. Charlotte le trouvait plus rusé qu'un renard et Jules lui prédisait un bel avenir de dénicheur quand il saurait grimper aux arbres.

— On pourra en semer des petits pois, on ne manquera pas de pigeons pour manger avec, disait-il fièrement quand il le voyait revenir avec son panier d'œufs. Pierre reçut le grade de vacher le jour de ses douze ans. Dès lors il vécut avec Sultan le chien de berger et avec le souci constant des bêtes.

Le matin, il les conduisait au pré en allant à l'école. En

mai, il les gardait toute la journée quand les champs de cultures voisinaient les prairies. Le soir, il aidait à sortir le fumier, à renouveler la litière, il rentrait le bétail, descendait le foin du grenier, participait à la traite. Il dormait dans l'étable, toujours prêt à intervenir les nuits de vêlage. C'était une grande responsabilité et un dur métier pour un garçon de son âge. Il paya cher le premier accident qui arriva à l'une de ses vaches.

Ce jour-là, le ciel, noir, grondait et faisait frémir les arbres. Une pluie serrée battait la campagne. Un temps à ne pas mettre un vacher et son chien dehors. L'enfant n'avait que son bâton et sa volonté pour diriger les grosses bêtes auprès desquelles il paraissait tout petit, si menu. Ses pieds nus s'enfonçaient jusqu'à mi-mollet dans la boue.

Il poussa le troupeau pour le sortir du pré. Un éclair fendit les nuages aussitôt suivi par le fracas du tonnerre, la foudre tomba dans le ruisseau qui courait entre les arbres le long du pré. Affolées, les vaches se ruèrent vers la brèche. Pierre tenta de faire régner un semblant d'ordre, de les discipliner.

— Recule, Nénette ! recule ! laisse passer Juju.

Sultan aboya le même commandement, il mordit les cuisses de Nénette pour se faire obéir. La vache bouscula ses congénères et se réfugia contre la clôture. Le mouvement du troupeau projeta le vacher dans la fange.

Jules rafraîchissait la litière quand il entendit les bêtes dans la cour. Le fermier se précipita à la porte de l'étable et, brandissant sa fourche, en interdit l'accès.

— C'est pas parce qu'il tombe trois gouttes que tu dois rentrer si vite. Il est pas l'heure, la litière n'est pas faite.

Il commanda à Pierre de maintenir les vaches autour de

l'abreuvoir, de les empêcher de s'abriter sous les chênes, Il manquerait plus que la foudre leur tombe dessus. Ayant donné ses ordres, il retourna se mettre à l'abri dans l'étable. Après avoir retourné deux ou trois fourchées de paille, Jules reposa l'outil le long du mur et s'assit sur la brouette. Il sortit de sa poche sa blague à tabac, un carnet de feuille O.C.B. et s'appliqua à rouler une cigarette qu'il fuma doucement en écoutant gronder l'orage.

Dehors les vaches meuglaient, le cou baissé, la tête rasant le sol trempé. Les yeux fixés sur la porte de l'étable, elles attendaient que Jules levât son cul de la brouette et leur fît le geste d'entrer se mettre au sec. Pierrot grelottant leur faisait face pour les retenir, il était trempé comme le pain dans une assiette de soupe.

— Ça mouille, hein ! lui lança Jules en rigolant. T'auras pas besoin de te laver dimanche. Ah si ! les pieds !

Jules n'était pas si méchant, il n'y avait pas que de la carne à le faire disait-on dans le pays. Certes il était brutal quand il avait bu un coup de trop mais son cœur était aussi gros que celui de son cheval, il lui arrivait de s'émouvoir, surtout pris de boisson. S'il s'amusait à laisser Pierrot sous la pluie c'est qu'il jugeait de son devoir d'endurcir son vacher, de lui faire le cuir aussi épais que celui de ses bêtes, de le former au rude métier de paysan. C'est ainsi que son père l'avait élevé, la méthode avait donné de bons résultats, c'est donc ainsi qu'il éduquerait Pierrot.

L'orage s'éloigna vers la commune voisine, le paysan éteignit sa cigarette sous les gouttes qui tombaient du linteau. Il la récupéra et la nicha dans le pli de sa casquette, là où il rangeait ses mégots à chiquer. Il mit le nez dehors et siffla dans ses doigts. Au signal, les vaches s'engouffrèrent dans leur gîte. Elles prirent chacune leur place le long de la mangeoire, de gauche à droite par ordre d'ancienneté. Jules les attacha aux boucles de fer scellées dans la pierre de l'auge. Charlotte sortit de sa maison et courut vers l'étable, un seau à la main, un torchon noué sur la tête. Elle prit le tabouret fait d'une rondelle de chêne fixé sur trois pieds, elle y posa son gros derrière et commença la traite. Juju avait la mamelle si gonflée qu'elle pissait son trop-plein de lait sans qu'on eût besoin de presser le trayon. Jules avait permis à Pierre de monter au grenier se sécher et se réchauffer dans le foin. L'enfant défait de ses vêtements mouillés se frottait vigoureusement la peau avec un bouchon de paille quand Charlotte poussa un cri déchirant, un cri à fendre l'âme. La fermière avait épuisé le pis de Juju et s'était retournée pour traire Nénette lorsqu'elle découvrit une éraflure sanguinolente sur la mamelle de la pauvre bête. Charlotte ressentit la douleur comme si son propre sein eût saigné de la même plaie, elle hurlait la souffrance que Nénette ne pouvait crier. Jules accourut, la vue du sang le rendit fou. Ah ! le bandit, il n'avait rien dit, il avait dû pousser la pauvre bête contre la barrière pour qu'elle sortît plus vite, elle s'était déchirée sur les barbelés. Elle venait à peine de faire son veau et la voilà bonne pour la boucherie. Jules allait perdre beaucoup d'argent. Le visage déformé par la colère, le paysan se mit à la recherche du vacher.

— Il est redescendu ? Où il est ? Il est sorti ?

Charlotte fit non de la tête et leva les yeux vers le grenier.

— Tu vas me le payer, attends un peu que j'arrive, menaça Jules.

Face à une telle faute, le châtiment devait être terrible. L'homme décrocha une lanière de cuir qui pendait près de la porte puis il grimpa l'échelle de meunier. Il surgit par la trappe, la longe tournée autour du poignet, solidement attachée à sa main.

— T'es à poil, ça tombe bien.

Il avança vers le gosse qui courut en zigzaguant pour échapper aux coups. Dos au mur, ne pouvant plus se dérober, Pierrot plongea dans le foin pour échapper au feu du fouet. Jules frappait si fort qu'il s'essouffla vite et fut pris d'une violente quinte de toux. Charlotte crut qu'il allait dégueuler ses tripes, du bas de l'échelle elle le supplia de se calmer.

— Tu vas te faire du mal, gémissait-elle, il ne manquerait plus que t'aies une attaque.

Sa femme avait raison, ils avaient eu assez de malheur pour la journée. Jules desserra la longe de son poignet et disparut par la trappe. Quand il fut descendu, il remisa la lanière à son clou jusqu'à la prochaine occasion.

— Tu ne vas quand même pas le tuer, retiens-toi, tu ne connais pas ta force.

Ça n'était donc pas pour lui que Charlotte s'était fait du mauvais sang, ça l'étonnait aussi. Il fit mine de lever la main sur sa femme et rabattit son bras sans toucher Charlotte. Rien ne pouvait les brouiller, ils étaient unis dans la même peine. Ils s'accroupirent devant Nénette et restèrent de longues minutes à observer son pis.

— Pauvre Nénette, soupirèrent-ils. La voix de Charlotte chevrotait.

La femme enleva le torchon qui lui ceignait la tête, elle le mouilla d'eau de pluie et nettoya la blessure. La coupure n'était pas profonde, elle allait vite sécher, sans s'infecter. Nénette n'irait pas à l'abattoir, le pauvre gamin avait été corrigé plus sévèrement qu'il ne le méritait.

— C'est pas grave, dit Jules, la prochaine fois il fera attention.

Le danger disparu, Sultan monta au grenier. Le chien farfouilla dans la paille et dégagea son maître. Le pauvre gamin avait les jambes et le dos lacérés, des brindilles d'herbe sèche restaient collées là où la brute avait frappé le plus fort. Pierre avait eu si peur, il avait tellement mal qu'il ne put se retenir, il se releva et pissa dans le foin, au risque de le pourrir. Il attendit la nuit pour descendre du grenier. L'idée de se mettre à table avec les patrons le faisait frémir, il ne parut pas au souper. Jules avait dû se consoler en vidant la bouteille, ça n'était pas le moment de se montrer à la cuisine.

Il sortit dans la cour, l'âme inquiète. Quand il avait du chagrin, il s'isolait derrière la maison et regardait en direction du bourg.

D'où que l'on se trouvât dans la campagne, le clocher de la paroisse dominait. Bécherel tenait son nom de sa position, c'était le bec du rocher. Sur ce promontoire, on distinguait un amas de bâtisses trapues, en granit gris, recouvertes d'ardoises sombres. Pierre compta quatre toits à partir de l'église. La maison de Maria, celles de madame Gervin, et d'Eugène, et enfin le foyer familial. Les yeux fermés, il imaginait les siens à table. Il vit son père, Finette, Mélanie et Perrine devant leurs bols de bouillon. Cette vision rassurante lui fit perdre un peu de sa faim et de sa tristesse. Le cordonnier ne vivait plus qu'en la compagnie de sa fille aînée et de ses deux petites. Tintin était conscrit, il faisait son temps dans les fantassins à la caserne du Colombier à Rennes. Adèle avait trouvé une place dans une maison bourgeoise à Saint-Malo. Henri et Louis vivaient tous deux à Dinan chez leurs patrons. Le premier était apprenti couvreur, l'autre, apprenti menuisier.

Pierre verrait Louis le prochain dimanche à la ferme. Le grand frère lui avait promis de lui apporter un coffre confectionné avec des chutes de planches, ainsi qu'une boîte pour ranger ses livres et ses cahiers. Il était heureux de penser qu'il pourrait désormais les garder propres.

Il quitta la maison et porta son regard vers le cimetière. Il dit bonne nuit à sa mère en l'assurant qu'il ne ressentait déjà plus la douleur des coups de fouet. Subsistait juste une impression de brûlures ou de piqûres comme le jour où il était tombé dans les orties.

Il revint dans l'étable et grimpa dans sa couchette suspendue aux poutres du plafond par quatre poteaux carrés. Outre le gain de place, cette position surélevée des lits de charretiers et de vachers permettait aux animaux de circuler librement.

Sultan savait que c'était l'heure des leçons et des belles histoires, il vint rejoindre son petit maître et se coucha au pied du lit. L'animal posa la tête sur ses pattes avant, dressa l'oreille et remua la queue quand il entendit Pierre conter les aventures d'un loup qui n'avait que la peau sur les os tant les chiens faisaient bonne garde. Le lendemain, Pierre récolta quelques tiges de saponaire, une plante commune dans le pays dont les feuilles contenaient des principes dépuratifs utilisés en pharmacie contre les affections cutanées. Il en frotta le pis de Nénette. La vache connaissait les bienfaits de l'herbe miracle, elle tourna ses gros yeux reconnaissants vers le vacher et beugla pour le remercier.

— De rien, Nénette, répondit Pierrot.

Quand il eut soigné sa bête, il se mit torse nu et se recouvrit du reste des feuilles de la plante médicinale, un liquide mousseux coula sur ses plaies et les purifia.

Le matin, Jules l'avait intercepté dans la cour avant qu'il ne sortît de la ferme avec le troupeau. Il avait tiré le col de sa chemise pour juger de l'état de son dos. Ses blessures n'étaient que marques et boursouflures, avait-il affirmé. Rien de grave. Jules savait de quoi il parlait, il en avait pris des torgnoles et des coups de pied au cul par son père, Pierre n'en avait pas reçu le quart. Le vieux disait qu'une bonne correction valait mieux qu'une leçon, ça évitait de refaire deux fois les mêmes bêtises. En plus ça faisait du bien de temps en temps, ça fouettait le sang.

Ils avaient échangé un sourire pour se prouver qu'ils ne se gardaient pas rancune des événements de la veille, tout était oublié. Jules s'était proposé de porter le casse-croûte sur le coup de neuf heures.

— Pas la peine de cavaler avec les vaches, recommanda-t-il au petit.

C'était un réflexe de bon paysan que de laisser les bêtes manger sur les talus le long de la route, ce qui était pris n'était plus à prendre.

Pierre reçut sa première visite avant neuf heures. Au lieu de Jules, ce fut Célestin qui apparut. Le cordonnier arrivait du bourg. A la vue de son père, l'enfant se rhabilla à la hâte pour cacher ses blessures.

— Papa ! papa ! s'écria Pierrot

Il lui sauta au cou et le relâcha aussitôt en gémissant. La douleur se réveillait.

— Qu'est-ce que tu as ? s'inquiéta Célestin.

Pierrot mentit, il ne pouvait pas dénoncer Jules. Pas question d'avouer à son père que le patron l'avait battu. Il inventa un bobard, il était tombé en jouant avec Sultan et s'était fait mal à l'épaule.

— T'as rien de cassé au moins ?

— Non non, répondit l'enfant, l'air dégagé.

— Fais voir.

— C'est pas la peine, regarde.

Il fit des tourniquets avec son bras supposé malade. Stoïque, il sourit pour ne pas grimacer de douleur, deux petites gouttes perlaient au coin de ses yeux. Une galipette, exécutée apparemment sans effort, finit de convaincre le père que tout allait pour le mieux.

Quand il en fut convaincu, Célestin s'assit sur le talus face à son fiston. Ils n'avaient guère l'occasion de se retrouver seul à seul, ils paraissaient aussi empruntés l'un que l'autre. Ils se regardèrent longtemps sans rien dire, se souriant, riant même pour se montrer qu'ils étaient heureux d'être ensemble.

— Ah ! Pierrot, fit bêtement le père.

— Papa ! répondit le fils sur le même ton.

— T'es pas venu à l'église dimanche ?

— Non, je gardais mes vaches.

— Charlotte aurait pu te remplacer, au moins pour la petite messe.

— C'est ça que tu es venu lui demander ?

Le père lui fit non de la tête.

Le matin même, avant huit heures, le cordonnier avait eu la visite de madame Lemoine, l'institutrice. Etonné de la voir si tôt dans son atelier, Célestin lui demanda :

— Que me vaut cette visite ?

— Ne faites pas l'innocent, lui avait alors dit la maîtresse. Vous savez très bien ce qui m'amène.

Elle n'avait pas vu Pierre dans sa classe depuis deux semaines. Célestin s'en excusa, Jules avait besoin de son fils à la ferme à cette époque de l'année. Madame Lemoine haussa le ton. Elle les connaissait les bonnes raisons des paysans pour ne pas envoyer les enfants à l'école. Au printemps les vaches, en été les foins, à l'automne les labours, en hiver la neige, Pierre était-il son fils ou celui de Jules pour que le fermier se permît de décider seul de son éducation ?

Célestin était piqué, mais il reconnut que Charlotte et Jules l'avaient élevé, ils avaient des droits sur le petit.

Madame Lemoine soupira, elle avait devant elle un homme usé par les difficultés de la vie, un père qui n'avait d'autre ambition pour ses enfants que l'assurance de leur pain quotidien.

— Ouvrez les yeux, regardez autour de vous, imaginez l'avenir que vous lui préparez, s'était écriée l'institutrice. Les exemples de misère pullulaient dans les campagnes.

Elle le supplia de l'écouter et de veiller à ce que Pierre ait de l'instruction. L'enfant prenait du retard. Si elle l'avait plus souvent, il passerait son certificat haut la main. Après elle se débrouillerait pour lui obtenir une bourse. Il serait sauvé.

Ses frères et sœurs n'avaient pas eu cette chance, avait répondu Célestin à court d'arguments. Il n'était pas juste de le privilégier.

Madame Lemoine s'était mise en colère.

— Bougre d'imbécile ! Pierre apprend deux fois plus vite qu'eux.

L'institutrice l'avait compris, Célestin manquait de courage pour affronter Jules. Avant de sortir et de claquer la porte, elle le menaça d'aller chercher Pierre elle-même à la ferme et, s'il en était besoin, elle se ferait accompagner du maire et des gendarmes. Jules allait gueuler, c'était affiché d'avance.

— Il voudra jamais, dit Pierrot quand le père eut fini son récit.

— Et toi, tu veux ? demanda Célestin

— Oh oui ! répondit l'enfant. L'enthousiasme de son fils donna au cordonnier le courage qui lui manquait.

Jules soignait le cochon quand il entendit les oies cacarder. Il crut à la venue du facteur et s'étonna de voir Célestin déboucher du chemin creux et apparaître dans la cour. Le père devait avoir une bonne raison, un motif sérieux de s'être enfilé le trajet du bourg à la ferme à cette heure matinale.

— Salut, Célestin.

— Bonjour, Jules.

— Quel bon vent t'amène ?

— J'ai à discuter avec toi cinq minutes.

Les craintes du paysan se confirmaient. Jules se prépara à faire face. Quelle que fût la démarche de son visiteur, il emporterait le morceau. Son visage se ferma pour montrer à Célestin qu'il était sur ses gardes. Puis il invita le cordonnier à entrer dans la maison.

Le mardi était jour de repassage pour Charlotte, elle dut débarrasser son linge pour laisser la place aux hommes et éviter que Jules ne fasse table rase avec ses pattes sales. Elle aussi s'étonna de voir Célestin franchir sa porte d'aussi bon matin. Comme son mari, elle redouta l'objet de sa visite.

— Sers-nous donc un café ! commanda le patron. Au ton et au regard de son homme, Charlotte comprit. L'adversaire devait se découvrir. C'était à lui d'entamer la conversation puisqu'il était venu pour discuter. Le silence se prolongea, Célestin cherchait par quel bout démarrer sa requête.

— Tu m'as l'air bien emmerdé, mon gars, lui dit Jules, histoire de le troubler davantage, veux-tu une goutte ?

Il réclama la bouteille. Maudite bouteille, il était bien pressé d'y venir, il aurait pourtant d'autres occasions d'en prendre dans la journée. Ce matin c'était différent, Charlotte ouvrit le buffet et de bonne grâce sortit la bouteille. Jules voulait faire boire Célestin pour mieux le dominer, le cordonnier n'en ayant pas l'habitude, il supporterait moins bien les effets de l'alcool que le paysan. Elle emplit deux petits verres. L'effet fut immédiat. Dès la première goutte, Célestin devint plus courageux.

— Je viens de voir Pierrot, dit-il pour entrer en matière. Je ne lui trouve pas bonne mine.

Charlotte se sentit attaquée. Elle réagit aussitôt. Oh ! si qu'il avait bonne mine, le matin il était toujours un peu chiffonné, mais sur le coup de dix heures quand il avait pris l'air, il n'avait plus le même teint. Il le vérifierait lui-même quand il redescendrait au bourg, il ne reconnaîtrait plus son fils.

— Il ne tousse pas ?

Pourquoi tousserait-il ? il n'était pas poitrinaire, il était en parfaite santé. Il ne mangeait pas, il dévorait. S'il avait les joues un peu creuses c'est qu'il était en pleine croissance, la crue, comme on disait dans le temps. Jules savait que tout cela était parler pour ne rien dire, le cordonnier avait émis des doutes sur l'état de son fils pour les ébranler. Il ne fallait pas lui laisser prendre le dessus plus longtemps. Il se décida à intervenir sur le ton de la rigolade pour mieux se mettre en colère au moment de l'affrontement.

— C'est vrai, la nouvelle ?

La question surprit Célestin.

— Quelle nouvelle ?

Celle qui courait dans le bourg, ça n'était plus un secret pour personne, on racontait que le cordonnier avait des vues sur Léontine, la veuve de Léon. On parlait même de remariage et personne n'y trouvait à redire, surtout pas Charlotte. Elle connaissait bien Léontine, une bonne fille, sérieuse et travailleuse.

— Oh ! s'il la prend c'est pas pour ça, susurra Jules en chatouillant les cuisses de sa femme.

Charlotte le repoussa en lui ordonnant de se taire, plus il vieillissait plus il devenait cochon.

Non, Célestin n'était pas venu prier de noces, il voulait encore parler de Pierrot.

Qu'est-ce qu'il voulait savoir qui n'avait pas été dit? Son gosse avait bonne mine, il mangeait comme quatre, quoi d'autre?

Le cordonnier reprit la parole : il n'était pas question de la santé du petit. C'était rapport à l'institutrice, elle ne voulait pas qu'il manque l'école.

Le temps était venu de se mettre en colère. Jules explosa.

— Je l'attendais, celle-là. Qu'est-ce qu'elle veut en faire, un président de la République?

— Elle dit que l'enseignement est obligatoire jusqu'au certificat.

— Parce qu'aujourd'hui, il faut savoir lire et écrire pour garder les vaches!

— C'est la loi.

La loi? Ceux qui dictaient les lois ne venaient pas voir comment les paysans étaient obligés de trimer pour s'en sortir. Charlotte donna raison à son homme, elle récita la liste des travaux de la ferme comme une leçon apprise et parfaitement retenue.

Ils devaient labourer la terre, ensemencer, sarcler, biner et houer avant de récolter. Faucher, sécher et rentrer le foin dans les greniers, couper et battre le blé, serrer les patates, cueillir les haricots frais, les pois secs, gauler les noix, ramasser les pommes à manger et les pommes à cidre, arracher les betteraves, cultiver le jardin, faire les petits légumes pour la soupe. Nourrir le bétail, soigner la volaille, serrer l'herbe aux lapins.

Charlotte s'arrêta pour souffler puis reprit : ils devaient prolonger la vie du matériel. Et la maison, il fallait s'en occuper, entretenir les bâtiments, préparer le fricot, faire la vaisselle, la lessive, sans parler des soins à donner aux bêtes quand elles étaient malades. Elle s'était emballée au fur et à mesure de l'énumération des tâches, de peur d'en oublier. La passion lui fit monter le sang à la tête, ses joues rougirent, elle ressemblait à une pivoine.

— Arrête-toi ! cria Jules, tu vas étouffer.

Charlotte reprit plus posément. Qui allait garder les vaches si ça n'étaient pas les gosses ? Quand trouveraient-ils le temps mon Dieu ? Les journées ne comptaient que vingt-quatre heures, il en fallait bien quelques-unes pour dormir et récupérer de leurs fatigues. Il n'y avait pas de pire métier que le leur, le sort d'un bagnard était plus enviable que celui d'un paysan. Conscients de la solidité de leurs arguments, Jules et Charlotte se turent. Le cordonnier capitulerait, ils en étaient persuadés. Il boirait son café, sa goutte et s'en irait pour ne pas leur faire perdre un temps précieux. Ils ne le savaient pas têtu. Aussi furent-ils étonnés de le voir persévérer.

— C'est peut-être pas la peine de nous mettre dans notre tort.

Jules rugit. Leur tort, c'était d'avoir accepté de prendre son gosse, il ne leur avait rendu aucun service à l'heure qu'il était, il commençait tout juste à payer ce qu'il devait. Si Célestin souhaitait qu'il fréquentât l'école, il n'avait qu'à leur donner des sous.

— Tu sais bien que je n'en ai pas, répondit le cordonnier.

— Tu te démerdes, t'en empruntes.

Le paysan but son verre, il se leva, il avait assez discuté. Célestin fit une dernière tentative de conciliation avant que le paysan n'eût franchi la porte, il savait que Jules sorti, Charlotte perdrait le droit de négocier.

— Il y a peut-être une autre façon de s'arranger? risqua-t-il.

— Laquelle?

— Je ne sais pas moi, quand il était petit on avait bien trouvé un terrain d'entente.

— Propose!

Célestin offrit de venir garder les vaches dans la journée à la place de Pierrot. Jules refusa, il n'avait pas envie de perdre son troupeau.

— Qui reste à la maison avec toi? demanda Charlotte qui souhaitait que l'affaire s'arrangeât.

— Finette et mes deux petites, répondit Célestin.

Le visage de Jules se détendit soudainement, il venait d'avoir une idée, une excellente idée.

— Envoie-nous Finette.

— Et sa couture?

Il lui resterait le jeudi et, plutôt que d'aller coudre chez le monde, elle le ferait le soir à la maison et le dimanche après-midi.

— Qu'est-ce que t'en dis, Charlotte? enchaîna Jules.

— Je ne vois pas d'autre solution.

Célestin n'eut pas le temps de répliquer, ni celui de prendre l'avis de sa fille, ils avaient décidé pour les deux.

— Ramène-nous la bouteille!

Dans les grandes occasions, Charlotte ne rechignait pas à sortir la goutte autant de fois que cela était nécessaire pour leurs intérêts. Les hommes trinquèrent pour officialiser le nouveau marché qu'ils venaient de conclure.

Finette venait d'avoir vingt et un ans. Elle avait atteint l'âge d'une majorité de droit que le sort s'était chargé de lui imposer depuis de nombreuses années. A la mort de sa mère, elle avait reçu la charge du foyer et pris en main la destinée de la famille, en quelques mois la jeune fille avait acquis l'expérience d'une femme de quarante ans. Sur son beau regard sombre se lisaient la souffrance et l'abnégation de ceux qui en ont beaucoup vu en même temps qu'une fraîcheur d'adolescente, s'extasiant d'un rayon de soleil ou d'une jolie robe car elle était coquette.

Elle avait dû quitter l'école pour tenir la maison. Sa situation ne la mettant pas au rang des partis à courtiser pour le bon motif, elle fut vite consciente qu'elle ne pourrait jamais espérer conclure un beau mariage. Finette savait qu'un jour elle devrait assurer sa pitance. Une fois ses frères et sœurs partis, elle se retrouverait seule. Son père se remarierait certainement. Mieux valait qu'elle eût un métier. Elle décida d'apprendre la couture en volant quelques heures par semaine aux tâches ménagères. Maintenant que les siens exigeaient moins de son temps elle travaillerait chez les autres, au bourg, dans les fermes. Tour à tour, elle confectionnerait des vêtements pour les enfants, rapiécerait les pantalons, racommoderait les chemises. On lui avait même commandé une robe de mariée. On se l'arrachait pour ses doigts d'or, sa gentillesse et sa gaieté. C'était devenu une habitude, elle chantait en travaillant pour le plaisir de ses clientes. Elle s'accompagnait du roulement de la machine à coudre dont elle jouait comme d'un instrument de musique. « Lune de miel, ô mes amours Vous devriez durer toujours. » C'était son refrain préféré, celui que fredonnait sa mère pour égayer son cœur. Cette matinée, elle l'interpréta pour madame Gervin. La bourgeoise l'avait prise en sympathie et lui demandait plus de journées de couture qu'elle n'en avait besoin pour entretenir sa garde-robe. C'était son meilleur jour du mois, lui confiait Finette, elle aimait à reprendre les dentelles, coudre les étoffes de soie, de linon ou de batiste, ça la changeait tellement des chemises de laine et des pantalons de velours des paysans.

— Sont-ils propres au moins ? demanda la bourgeoise.

— Pas toujours.

Finette avait répondu en riant. Tout à l'heure son oreille gauche avait sifflé longuement, comme si en d'autres lieux l'on parlait d'elle avec insistance. Elle imagina une bande de garçons plaisantant à son sujet, L'un d'entre eux plus sérieux leur demandait de se taire. Il avait l'air personnellement offensé par leurs propos lestes et triviaux. « C'est-y que t'en pincerais pour elle ? » l'auraient taquiné les autres. Elle rêva d'une robe simple mais belle, une longue robe blanche suivie d'une courte traîne. Un voile fixé à un petit tambourin sur lequel serait piqué, non pas le traditionnel bouquet de fleurs d'oranger, mais un tapis de marguerites en tissu qu'elle effeuillerait tout au long de sa vie pour celui qui l'aurait conduit à l'autel. Elle était loin de se douter de ce qu'on avait dit là-haut à la ferme.

Célestin traversa la place, il vint frapper aux carreaux de la fenêtre derrière laquelle Finette était assise pour profiter au mieux de la lumière du jour. Madame Gervin, discrète, s'éclipsa. Célestin tournait autour du pot. Il savait le plaisir que Finette prenait à son nouveau métier et rechignait à lui parler de l'accord passé avec Jules. Il finit par tout avouer.

— C'est du provisoire, l'affaire de quelques semaines, répétait le père pour rassurer sa fille.

Finette était consternée. Pendant des mois elle ne connaîtrait plus le bonheur de laisser filer dans ses doigts les tissus fins de madame Gervin, de les caresser, de sentir leurs odeurs de neuf, leur parfum de lavande. Dès demain elle serait gardienne de vaches et, malgré sa majorité, elle ne pouvait pas refuser la décision prise à son insu. Une fois encore elle se sacrifierait pour Pierrot.

Dès que le cordonnier fut parti, madame Gervin réapparut. Elle vit aussitôt que Finette était triste et elle s'en inquiéta. La bourgeoise changeait en vieillissant, elle « évoluait en bien », disait-on dans le bourg, elle s'était humanisée au contact de la couturière.

— Rien de grave, ma Finette ?

— Non, madame Gervin.

La jeune fille n'en dirait pas plus pour l'instant, madame Gervin le savait. Elle se débrouillerait pour la faire parler à l'heure du repas. Dans son miroir, elle vit Léontine ouvrir sa porte à Célestin. Ils s'affichaient en plein jour, c'est donc qu'ils ne tarderaient pas à officialiser. Voilà ce qui devait turlupiner la petite.

— Il y a combien de temps que son homme est mort ?

— Un an passé, répondit Finette.

C'était décent, Léontine n'était pas critiquable. Madame Gervin conseilla néanmoins à la jeune fille de ne pas se laisser manger la laine sur le dos et de rester maîtresse chez elle. Quand elle se retourna elle vit pleurer la couturière. Elle s'approcha, passa son bras autour de son épaule et l'invita à lui confier la cause de son chagrin.

— N'aies pas peur de me dire, ça va toujours mieux après.

— Je ne pourrais plus venir coudre chez vous, madame Gervin.

Elle sanglota comme une pauvrette à qui la vie n'apportait que des malheurs.

Célestin ressortit de chez Léontine, il alla tout droit à l'église sonner l'angélus. En le voyant traverser la place, madame Gervin le maudit, elle mit le couvert et servit sa blanquette qu'elles mangèrent sans appétit.

Le lendemain Finette s'habilla en fille de ferme, elle troqua son joli tablier et sa robe de satinette contre une jupe de grosse toile, un chandail épais et une veste de coutil. Elle se chaussa de brodequins, s'arma d'un bâton et prit la route. Les patrons se tenaient au milieu de la cour, ils assistèrent au départ du troupeau. Les vaches renâclaient à suivre les commandements de la nouvelle vachère, histoire de tester ses aptitudes et son autorité. Charlotte proposa de lui donner un coup de main, Jules répondit qu'il fallait la laisser se débrouiller seule. Ils verraient ce dont elle était capable. S'ils n'étaient pas satisfaits de son boulot, ils pourraient toujours revenir sur leur engagement. Les vaches dansaient une sorte de ballet, elles tournaient en rond autour de Finette qui courait, criait, frappait du bâton pour les conduire dans la direction des pâtures. Juju obéit la première, elle entraîna les autres parce qu'elle était la plus ancienne du troupeau. Quand elles eurent disparu dans le chemin creux, Jules avança pour les suivre.

— Où tu vas ? demanda Charlotte.

— La surveiller pardi.

Ce même matin, Pierrot retrouva sa place à l'école. Ses voisins les plus proches s'écartèrent sur le banc, ils accusèrent le vacher de sentir la bouse et se bouchèrent les narines. Les mains sur le front, les index dressés comme des cornes de bovins, ils meuglaient. Madame Lemoine imposa le silence. Elle commanda d'ouvrir les cahiers et dicta la maxime du jour : « Il n'y a pas de sots métiers, il n'y a que des sottes gens. »

Les vaches broutaient paisiblement le long du chemin. Finette plongea la main dans la poche de sa veste, elle sortit une paire de chaussettes, de la laine et une aiguille. Elle s'assit sur le talus et commença sa reprise. Elle choisit un reste de laine rose qu'elle avait trouvé dans le tiroir de Charlotte. Econome, la fermière y entassait ses chiffons, ses boutons, son fil et sa ficelle qu'elle raboutait pour en faire des pelotes. Toute jeune elle avait appris à ne rien perdre, à ramasser tout ce qui pouvait encore servir et qu'un jour où l'autre on était bien content de retrouver. Elle le répétait chaque fois qu'elle ouvrait son tiroir aux trésors. La chaussette grise et triste se colora de rose et de vert tendre, elle prit un air coquin, un air de fantaisie. Soudain une voix gronda derrière elle.

— Sultan !

Finette sursauta, elle se piqua le creux de la main. Jules excita le chien berger.

— Regarde, Sultan, y'a Nénette qui s'échappe, va vite la chercher ! Dessus, mon chien !

Sultan courut après la fugueuse en aboyant. Nénette s'entêta, elle distribua quelques coups de cornes perdus puis elle capitula et rejoignit le troupeau. L'ordre rétabli, Jules posa son cul sur un arbre mort qui gisait le long du fossé, face à la couturière. Il la prévint du danger qu'encourait une bête égarée. Pour effrayer davantage la jeune fille, il établit la liste des dégâts qu'une vache sans surveillance pouvait faire dans les cultures et les champs des voisins. Toutefois, il lui permit de continuer à ravauder ses chaussettes à condition qu'elle garde un œil sur le troupeau.

— Ce ne sont pas mes chaussettes, répliqua Finette, ce sont les vôtres.

Jules s'esclaffa, il était fier de sa femme. Elle ne perdait pas le nord la Charlotte, elle avait réussi à refiler du boulot à la vachère par-dessus le marché.

— Oui, confirma Finette, même que les trous sont trop grands, je ne ferai pas de belles reprises.

C'était à cause de la laine, se justifiait Jules, elle était moins solide que dans le temps, le fermier n'arrêtait pas de percer ses chaussettes aux gros doigts de pied. Il concéda qu'il ne coupait pas souvent ses ongles, au bout d'un mois de pousse, ses pieds s'armaient de serres comme celles des vautours et les chats-huants. Ils rirent puis se turent un long temps.

Le paysan détailla la couturière de la tête aux pieds. Son regard la déshabillait. Il s'attarda sur ses mains fines et frêles, sur ses « doigts d'or » qui conduisaient l'aiguille à repriser d'un mouvement si gracieux que Jules était fasciné, comme hypnotisé. Ses yeux rougis semblaient vouloir sortir de sa tête. La jeune fille prit peur, elle se leva et lui tourna le dos.

— Qu'est-ce que t'as ? T'as l'air tout émotionnée ? C'est moi qui t'effarouche ?

Finette lui lança un œil noir et répliqua qu'elle n'aimait pas qu'il la regardât de cette façon. Jules haussa les épaules. Il n'était pas interdit de « z'yeuter » les belles filles tout de même. De toute façon elle n'avait pas à s'inquiéter, il s'en allait. Malgré son envie, il ne pouvait pas se permettre de perdre sa journée à contempler la couturière.

Le soir, Jules traîna pour attendre le retour du troupeau. Il prit son temps pour décharger ses brouettées de fumier sur le tas qui trônait au milieu de la cour, il se donnait une contenance. Les pis gonflés, les panses pleines, les vaches arrivèrent du pas lourd et lent des obèses. Nénette marchait en tête de la procession, Juju en queue. La vachère suivait.

A sa vue le cœur du patron se mit à battre plus fort et plus vite.

— Pierrot n'est pas rentré de l'école ? demanda Finette.

— Pas encore, répondit Jules. Il en profite, il aura flâné en route. Qu'est-que tu lui veux ?

Elle ne lui voulait rien de particulier, elle aurait aimé lui dire au revoir avant de remonter au bourg. Jules la suivit dans l'étable, son cœur frappait si puissamment contre son torse qu'il en ressentit une douleur qui lui perça les côtes. Cela ressemblait à l'angine de poitrine qui avait terrassé son père mais Jules ne s'en inquiéta pas, il en connaissait la cause et savait que l'amour ne faisait pas mourir quoi qu'en disent les chansons à la mode. Finette se pressa d'enlever ses godillots pour chausser ses claques, Jules ne perdit pas l'occasion qu'elle lui offrait de contempler ses chevilles et ses beaux mollets.

— Espère-le ton frère, il va pas tarder.

— Je ne peux pas, ils m'attendent à la maison.

— Elle a bon dos la maison, dis plutôt que tu es pressée de retrouver ton amoureux.

Finette répondit sèchement qu'elle n'en avait pas.

Ça n'était pourtant pas les jeunes boucs qui manquaient dans les fermes où elle allait coudre, lui fit remarquer Jules.

Elle lui répliqua vertement qu'ils sentaient trop mauvais, comme les vieux. Le paysan trouva que la garce avait du nerf. Elle ne manquait pas d'audace, une qualité qu'il apprécia, lui à qui personne n'osait résister.

Il lui donna son souper. Pour une fois, le paysan n'avait pas lésiné sur la quantité. Il y avait de la charcutaille et du pain enveloppés dans du papier journal, une pomme pour le dessert.

Il ne manqua pas de lui rappeler la tentation d'Eve, une des seules histoires qu'il avait retenues des leçons de catéchisme.

Pour lui montrer qu'elle refusait son jeu, Finette donna ostensiblement le fruit à manger au veau de Nénette après l'avoir coupé en quatre pour éviter qu'il « s'empommât ». Elle rendit les chaussettes au patron. En les récupérant, il s'arrangea pour lui frôler la main. Son regard se troubla comme le matin. Il ne pouvait dissimuler son attirance pour la jeune fille. Finette recula en direction de la porte et s'enfuit sans saluer le maître.

Elle croisa son petit frère sur le chemin du retour. Il n'avait pas traîné, madame Lemoine l'avait gardé plus tard afin de lui dispenser l'enseignement qu'il avait manqué durant son absence.

De son côté, Finette rassura son frère. La journée s'était bien passée. Elle n'avait pas eu trop de mal avec la Rouge, Sultan avait fait son travail avec cœur comme s'il avait compris qu'elle avait un grand besoin d'aide. Elle lui conseilla de rentrer au plus vite, Jules s'impatientait déjà. Il l'attendait pour descendre le foin dans les mangeoires.

— Il a gueulé ?

Non, il n'avait pas gueulé mais elle insista néanmoins pour qu'il courût sans lui confier ce qu'elle redoutait. Sa crainte était que Jules ne fît payer à Pierre le peu de cas qu'elle avait fait de ses avances, et le culot qu'elle avait eu de le remettre à sa place chaque fois qu'il s'était montré trop entreprenant.

— Tu reviens demain ? demanda le petit frère.

— Il le faut bien, répondit la grande sœur.

— Merci, dit Pierrot.

Ils s'embrassèrent et se séparèrent.

A table, le soir, Finette regarda les autres manger. Elle ne put goûter au jambon, au pâté, au saucisson et à l'andouille de Jules. La générosité du fermier l'écœurait. Tout ce qui venait de lui sentait l'avarié et lui donnait des haut-le-cœur. Célestin et les fillettes, eux, appréciaient tant qu'ils dévoraient sans se faire prier. Il manquait juste un peu de pain pour finir le plat.

— Jules a tué le cochon ? demanda Perrine.

Finette fit non de la tête. Il attendait que Tintin vînt en permission pour lui donner un coup de main.

Célestin en conclut que Charlotte avait puisé dans ses réserves en cachette de son mari. Finette le détrompa. Pour une fois, c'était Jules qui avait eu si bon cœur.

Alors c'est qu'il devait avoir une raison, pensa Célestin, le fermier n'était pas homme à distribuer son bien sans contrepartie. Le cordonnier se rembrunit.

— J'ai fait de belles reprises à ses chaussettes, dit Finette pour couper court à ses réflexions.

Elle étala du pâté sur un quignon qu'elle se força à avaler pour déjouer les soupçons qui auraient pu naître dans la tête du père.

Les petites sœurs lui contèrent les nouvelles de la journée, elle les écouta sans les entendre. Le midi, Louis était passé à la maison, il avait apporté des chutes de bois à brûler dans le fourneau. A quatre heures, c'est le patron d'Henri qui leur avait rendu visite. Comme il était dans le coin il avait apporté une paire de chaussures à ressemeler pour faire marcher le commerce de papa. Il profitait du beau temps pour refaire le toit de l'église de Hédé. Le vent de l'hiver avait emporté les vieilles ardoises, il valait mieux recouvrir l'ensemble que de rajouter du neuf sur du vieux et risquer de voir tout s'envoler à la première bourrasque. Henri était monté au sommet du clocher pour décrocher le coq. Il l'avait descendu pour lui faire faire le tour de la paroisse comme c'était la coutume. Il le promenait dans un panier et récoltait des sous comme pour les bonnes œuvres du dimanche. La plus grosse partie de la somme irait à monsieur le curé mais il aurait droit à une pratique pour avoir pris le risque de s'être hissé aussi haut, et d'avoir à recommencer car une fois la quête terminée, il fallait bien remettre la girouette sur son pic pointu.

Célestin plia son couteau et le rangea dans sa poche. Il caressa la tête de ses deux petites.

— Son andouille n'a jamais été aussi bonne.

Le cordonnier pronnonça ces mots pour faire diversion avant sa sortie nocturne, mais le silence des filles lui signifia que son départ ne passerait pas inaperçu. Trois paires d'yeux pleins de reproches le suivirent jusqu'à la porte.

— A tout de suite, ajouta-t-il pour les assurer qu'il ne passerait pas la nuit dehors.

Mélanie savait pourquoi il mangeait aussi vite, il re-soupait chez son amoureuse. Les autres jours, en prévision, il se contentait de peu à la maison. Ce soir il avait été si gourmand qu'il n'y aurait plus beaucoup de place dans son estomac pour le fricot de Léontine.

Dehors les silhouettes d'Eugène et de ses plus fidèles clients se découpaient sur la vitrine éclairée du café. A chaque tombée de la nuit depuis que Célestin convolait, ils attendaient son apparition. C'était leur distraction. L'amoureux avait essayé maintes fois d'échapper aux guetteurs en changeant ses horaires, en longeant les murs, il s'en trouvait toujours un pour le surprendre et donner l'alerte. Ce soir-là, le cordonnier mit leurs nerfs à l'épreuve. Il resta tapi dans l'ombre un long moment en espérant que la soif les ferait rentrer boire le coup de l'étrier. Le jeu dura tant que le souriceau perdit patience et sortit de son trou se livrer aux quolibets des chats enivrés et narquois.

— Pourquoi t'allonges ta route, Célestin? le railla Eugène.

Il lui conseilla de faire demi-tour, le chemin était plus court par ce côté de la place pour atteindre la maison de Léontine. Raymond descendit le trottoir en titubant, il avait à dire, lui aussi. Quand même, si Léon avait prévu que sa femme se laisserait courtiser par un voisin, il ne serait pas mort si vite.

— Tu sais ce qu'on dit ? poursuivit l'ivrogne.

Il pencha son corps en avant pour garder l'équilibre et cria pour être compris de Célestin qui avait déjà pris le large et disparaissait dans l'obscurité d'un entre-deux réverbères.

— Quand un mort est cocu, il tire son rival par les pattes pour l'emmener avec lui.

Les rires des poivrots ressemblèrent soudain aux ricanements des hyènes d'Afrique.

Tout à coup, Célestin se sentit mal. Il frissonna, il eut froid. La peur le tenaillait. Il allongea le pas pour vite se réfugier à l'abri des bras de Léontine. Il frappa quatre coups à sa porte, un premier discret, deux autres plus sonores et le quatrième, trois secondes après les premiers. Toc... toc... toc... toc !

Jules ne descendait jamais au café le soir, il avait de quoi chez lui et il ne voulait pas dépenser ses sous pour rincer la gueule des autres qui riraient dans son dos par-dessus le marché. Il trônait en bout de table, le verre à la main, la bouteille à proximité. Il imita le code des amoureux en frappant du poing sous le nez de Pierrot qui faisait ses devoirs près de lui. Toc... toc... toc... toc.

— Est-ce qu'on t'a dit au bourg que ton père fricote avec Léontine ?

Il avait l'élocution pâteuse.

— Ils ne t'ont pas mis au courant tes copains ?

Pierrot plongea la tête dans son cahier.

— Ça m'étonne, insista Jules.

Il recommença à frapper la table. Toc... toc toc... toc ! Il y prenait tant de plaisir qu'il répéta le signal avec des variantes. Toc toc... toc toc...

— Ah non ! ça c'est le facteur, s'esclaffa-t-il en riant.

On prêtait à Léontine une solide réputation d'amoureuse, ça n'était un secret pour personne, elle était chaude comme une génisse. Charlotte pelotonnait de la ficelle près du fourneau. Elle hésitait à lui fermer le bec sachant qu'il fallait éviter de le contrarier quand il avait atteint la cote d'alerte. Elle lui demanda néanmoins d'arrêter de dire des âneries, eu égard au gamin et à son père. Jules se défendit, c'était pas des âneries, Léon s'en vantait quand il avait bu un coup de trop, il disait même qu'elle préférait ça le matin.

— Un homme qui a bu n'a plus sa raison, déclara Charlotte, il raconte n'importe quoi.

Jules faillit se mettre en colère. Son copain Léon était digne de foi, surtout après un litre ou deux. C'est là qu'il voyait le plus clair et qu'il n'hésitait pas à lâcher la bonde pour déverser tout ce qu'il avait sur le cœur. C'était un bon gars Léon, il était parti trop vite. Jules s'émut, il trinqua à la santé du défunt et essuya une larme. Le petit verre lui redonna l'envie de rigoler. Oh ! oui elle aimait se faire saillir la Léontine. Il devait pas s'emmerder Célestin, il était pas le premier c'était sûr, peut-être pas le dernier non plus, mais en attendant, il rigolait le maudit cochon.

— Serais-tu jaloux ? lui demanda Charlotte.

— Jaloux moi ? Tu trouves que je pourrais être jaloux, Pierrot ?

Il attrapa sa femme qui s'était levée pour ranger sa pelote dans le tiroir aux trésors.

— J'ai pas tout ce qu'il faut chez moi ? Regarde si elle est belle Charlotte, elle en a autant derrière que devant.

Charlotte échappa à l'étreinte de son homme. Elle s'approcha de Pierrot et lui conseilla doucement d'aller apprendre ses leçons dans l'étable.

— Il ne va pas nous foutre la paix si tu restes là, lui dit-elle à l'oreille.

Elle boucha l'encrier et l'aida à ranger ses affaires dans sa musette. Jules s'en prit au garçon, il se méfiait, dans pas longtemps, ça le chatouillerait lui aussi. Il faudrait le surveiller, un chien de chasse chassait toujours de race. Et ça n'était pas l'hérédité qui allait lui manquer. Jules voyait déjà Célestin doubler sa portée avec sa nouvelle femelle.

— Elle en est encore capable, quel âge elle a ?

Charlotte ne lui répondit pas, il dut reposer sa question en haussant le ton.

— Je-te-demande-quel-âge-elle-a.

— Quarante.

— Va falloir qu'ils se pressent.

Pierre passa dans son dos pour se faire oublier. Il salua les patrons et referma la porte sans attendre de savoir s'ils lui avaient répondu.

A peine fut-il sorti que Jules entreprit sa femme. Ils s'affrontèrent d'abord en paroles, il supplia, elle refusa, il menaça.

— Sûrement pas, dit Charlotte.

— C'est ce qu'on va voir, répliqua Jules.

— Pas tant que tu seras plein.

— Ça ne te gêne pas les autres jours.

— Tu as eu ce que tu voulais hier.

— Hier c'était hier, aujourd'hui c'est aujourd'hui, nom de Dieu.

Ils en vinrent aux mains.

— Approche pas !

Charlotte se débattait.

— Tu vas te laisser faire, maudite garce ! grognait Jules.

— Ne me touche pas !

Il l'attrapa et la bascula sur la table. Il était si fort et si résolu qu'elle ne put lui résister. Quand il l'eut maîtrisée il la cajola pour lui prouver qu'il savait être tendre à condition qu'elle fut soumise. Jules était pourvu d'une excellente santé. Ses ancêtres s'étaient toujours choisis entre hommes et femmes sains de corps et d'esprit. En outre, la vie au grand air et la bonne nourriture des fermes avaient contribué à assurer l'entretien de cet héritage. Le paysan pensait rarement à la mort qu'il narguait quasi journellement en buvant plus que de raison. Ses gueules de bois, il les soignait à l'aide d'un remède infaillible. Après le café du matin il prenait une goutte pour désinfecter sa bouche et son estomac, dissiper la migraine, combattre l'engourdissement des membres et du cerveau, dérouiller les articulations, en un mot relancer la machine et se laver des impuretés de la veille. Il mettait le nez dehors, humait le temps et assistait au lever du soleil.

Il pissait sur le tas de fumier tandis que l'astre apparaissait au-dessus des champs Ichon, une parcelle qui jouxtait la ferme et qui portait le nom de la grand-mère qui l'avait apportée en dot à la tribu des Reculou. Eté comme hiver, il n'aurait pour rien au monde raté l'heure de ce qu'il qualifiait de plus beau spectacle au monde. Il méprisait les trois quarts de l'humanité qui faisait aussi peu de cas du miracle quotidien, et s'il croyait en un Dieu, c'était à l'auteur de ce prodige qui ne cessait de l'émerveiller.

Ce matin-là, il lui vint l'idée qu'un jour le soleil resterait couché. Pour punir l'ingratitude des hommes. Il n'y aurait plus de lumière, il n'y aurait plus de chaleur, la terre périrait dans le froid et les ténèbres. Ce matin-là aussi, Jules prit conscience de son importance, il retardait la fin du monde en rendant au soleil son hommage quotidien. Il reboutonna sa braguette avec l'idée plaisante qu'après lui ce serait le chaos. Il prit ensuite la direction des champs pour veiller aux cultures. Il fit le tour de son domaine et dressa le calendrier des travaux à exécuter pour être en accord avec la nature. Il revint à la ferme sur le coup de neuf heures, avala deux tranches de lard, un quart de pain de six livres, but sept à huit verres de cidre. Il décrocha son fusil et partit traquer le gibier dans un taillis qu'entouraient les pâtures.

Le premier coup de feu fit sursauter Finette. Il surprit une perdrix dans son vol. Les oiseaux qui peuplaient le bosquet virent leur sœur plonger vers le sol, ils interrompirent leur chant, la campagne se fit muette en signe de deuil.

Sultan aboya, ça le démangeait d'aller chasser avec son maître. Les vaches levèrent la tête, elles ruminèrent sans s'émouvoir, elles ne couraient aucun risque, les seuls projectiles susceptibles de les atteindre étaient des plombs égarés en bout de course. Après avoir observé une minute de silence à la mémoire de la victime, les oiseaux se remirent à gazouiller.

Finette se détendit, elle s'assit sur une souche et commença à repriser un chandail que Charlotte avait glissé dans la musette au casse-croûte. Le chasseur arriva dans son dos pour la surprendre. Il brandit la perdrix au-dessus de sa tête et la laissa tomber sur ses genoux. Finette bondit, elle hurla sa peur et son dégoût. L'oiseau mort avait taché son tablier du sang qui coulait de son bec.

— Ah merde ! s'excusa Jules. V'là que j'ai sali ta blouse.

— C'est rien, répondit Finette, ça va s'en aller à la lessive.

La perdrix gisait à ses pieds, elle recula quand Jules se pencha pour la prendre. Il lui proposa de la plumer et de la cuire pour son déjeuner, ça n'était pas le bois sec qui manquait dans les parages.

— Je n'ai pas faim, lui dit-elle.

— Que oui ! tu vas avoir faim sur le coup de midi.

— Non.

— Tu ne manges pas d'habitude ?

— Si.

— Eh ben ? qu'est-ce que tu me racontes ? Laisse-moi faire, je vais te la préparer aux petits oignons.

Il prit sa place sur la souche et arracha par poignées les plumes de la pauvre bête. Finette lui tourna le dos, un œil sur le troupeau, l'autre sur son ravaudage. Quelques secondes s'écoulèrent silencieuses, des secondes qui s'étiraient, lourdes d'angoisses

— Dis quelque chose, chante-moi une chanson, réclama Jules. Les couturières chantent toujours quand elles cousent.

— Laissez-moi tranquille.

Puisqu'elle ne le voulait pas, c'est lui qui en poussa une, un refrain composé pour la circonstance. « Les p'tites couturières quand elles ont vingt ans, ne sont pas peu fières d'avoir tant d'amants. »

Il passa le reste de sa journée à rêver sans pour autant délaisser son boulot. De temps en temps il se reposait sur son outil pour se dire qu'il avait la couturière dans le sang. Il en avait de la chance, ça n'était pas donné à tout le monde de vivre des émotions tardives.

Le soir, il guetta son retour à la gerbière du grenier. Il se pencha à la trappe pour l'admirer quand elle rentra les bêtes à l'étable. Elle les attacha à leurs boucles, puis elle se débarrassa de ses vêtements de vachère et retrouva sa jolie silhouette. C'est vrai qu'elle était belle, Finette. Elle ne ressemblait pas aux filles des paysans généralement rougeaudes et grassouillettes. Elle avait le teint clair, la peau aussi fine qu'un organdi de soie, le corps menu quoique généreusement pourvu des atouts féminins. Son visage avait la douceur des figures de madones qui illustraient les images des souvenirs de communion. Ses yeux grands et profonds, son sourire à peine joyeux, le plus souvent triste, lui donnaient un charme trouble et émouvant. Elle avait de longs cheveux châtains et brillants qui cachaient son cou quand elle ne les relevait pas en chignon ou pour les enfermer dans un fichu. Elle était une fleur née du croisement entre une inconnue et un étranger, une jolie plante qui avait pris ce qu'il y avait de plus beau aux sources de ses origines. La jeune fille avait fini sa journée, la traite et le foin étaient l'affaire de Pierrot au retour de l'école. Elle se lava les mains dans un seau et les essuya au torchon qui pendait au-dessus. Comme elle se penchait pour prendre l'eau, Jules admira sa belle croupe et la naissance de ses tétons. Elle tira un morceau de glace ébréchée et un peigne qu'elle avait apportés du bourg et remisés dans un trou du mur chaulé. Le moment parut propice au chasseur. Il descendit l'échelle et avança vers sa proie en lui coupant l'accès de la sortie.

— Autant te le dire, Finette, tu me fais de l'effet.

Il avait pensé à elle toute la journée. Elle pourrait être gentille avec lui, au moins une fois. Il saurait la récompenser, elle n'aurait pas affaire à un ingrat. Il avança ses grosses pattes vers sa poitrine.

— Je t'écarterais bien les cuisses, moi.

— Vous n'êtes qu'un vieux cochon, répliqua Finette.

Elle arma son bras et gifla les joues ruisselantes du porc en y mettant tout son cœur.

— Estimez-vous heureux que je n'ai pas crié pour prévenir votre femme.

Charlotte la vit s'échapper de l'étable. Elle s'étonna de la voir courir si vite, elle n'était pas en retard. La petite n'allait pas remonter au bourg sans passer à la cuisine chercher son souper tout de même. La fermière lui proposa de prendre un café, du bon, du frais passé.

— Non merci, madame Le Reculou.

— Laisse-toi tenter, et puis ne me dis pas toujours madame Le Reculou, t'es grande maintenant, appelle-moi Charlotte comme tout le monde.

Finette baissa la tête pour dissimuler les larmes qui lui montaient aux yeux. Elle entrevoyait le jour où Jules n'hésiterait pas à user de sa force pour arriver à ses fins, le soir où elle n'aurait plus assez de vigueur pour lui résister.

— Qu'est-ce que tu as ? Pourquoi tu pleures ? demanda Charlotte.

— C'est rien, un petit coup de cafard.

— Oh, tu as des problèmes de cœur toi ! Faudra que tu me racontes ça ! Pauvre Charlotte, elle ne comprenait jamais rien qui ne lui fût expliqué par a plus b, ou dont elle n'eût la preuve par neuf.

Finette se sentit coupable envers la fermière, elle la trompait, elle la trahissait, elle se rendait complice du vieux bouc en cachant qu'il lui tournait autour. Jules entra dans la cuisine, il fit l'innocent.

— T'es encore là, toi ?

Ça tombait bien, il voulait connaître la date de la venue de Tintin en permission. Le soldat était en manœuvre, il serait de retour dans trois semaines. Comme il l'avait déjà dit, Jules confirma qu'il l'attendrait pour tuer le cochon. Cela laissait le temps à son père de publier les bans.

— On fera d'une pierre deux coups.

— Qu'est-ce que tu veux dire ? demanda Charlotte.

Jules martela la table de ses poings comme pour enfoncer dans le crâne de sa femme la décision qu'il avait prise. Célestin et Léontine se marieraient à la fin du mois et le repas de noce se ferait à la ferme avec la viande du cochon.

— On est un peu de la famille, non ?

Finette releva la tête. Elle ne répondit pas mais Jules comprit à son regard foudroyant qu'il ne s'arrogerait jamais le droit d'être des siens.

— Bonsoir, Charlotte.

— A demain, Finette.

— Oui à demain. La vachère s'éclipsa.

— La nuit porte conseil, cria Jules qui ne voulait pas s'avouer vaincu.

Quand ils furent seuls, Charlotte demanda à son mari ce qu'il laissait entendre par ces mots.

— T'occupes, répondit-il, ça veut dire ce que ça veut dire.

Il ouvrit le buffet et mit la main sur la bouteille.

Finette croisa son petit frère sur le chemin du bourg. Il traînait la jambe, il avait le visage tuméfié, la lèvre coupée, le nez sanglant. Il s'était battu seul contre tous les salauds et les cons qui se moquaient de son père.

— C'est vrai qu'il va se remarier papa ?

Le garçon paraissait si contrarié et si malheureux que Finette lui mentit en lui assurant que rien n'était moins sûr.

— Si ! c'est sûr. Ils me l'ont dit, les cons, les salauds !

Il se pressa de rentrer à la ferme pour cacher sa douleur. Il vint se placer au-dessus de l'auge où s'abreuvaient les bêtes et vit dans l'eau l'eau le reflet de sa peine. Il serra les mâchoires et décida qu'il se vengerait. Il nettoya ses plaies, puis remonta vers la maison, les oies l'accompagnèrent jusqu'à la porte.

A l'intérieur, le patron riait tout seul. Pierrot reconnut la voix éraillée de l'homme sous l'emprise de l'alcool.

Après le souper, l'enfant fit ses devoirs à table pour profiter de la lumière électrique. Jules roulait une cigarette. Son esprit embué ne l'empêchait pas d'avoir des idées, d'échafauder des projets. Il s'en foutait de dépenser, ils pourraient même boire son eau-de-vie, il n'y avait pas mieux que son verger pour faire un repas de noce et pour danser le soir sous les pommiers. Charlotte lui fit remarquer qu'il n'avait pas à décider, ça n'était pas lui qui se mariait.

— C'est pas moi qui me marie, t'en sais rien.

Ce qu'il pouvait déraisonner quand il était soûl. Il affirma qu'il était lucide. Il savait ce qu'il disait, elle ne pouvait pas comprendre, Charlotte, elle avait la tête trop dure et c'était tant mieux, il pouvait fomenter ses mauvais coups sans lui faire de peine. Il se mit à chanter à tue-tête : « Les p'tites couturières quand elles ont vingt ans, ne sont pas peu fières d'avoir tant d'amants... »

— Tais-toi donc ! lui dit Charlotte, tu vois bien que tu gênes Pierre. Tu ne peux pas le laisser faire ses devoirs en paix ?

Des devoirs ! Pourquoi des devoirs ? A quoi ça servait de faire des devoirs ? Jules n'en avait jamais fait. Il n'avait pas usé assez longtemps ses fonds de culottes sur les bancs des écoliers. Il n'y avait que les fainéants qui allaient à l'école. Il vint s'asseoir près de Pierrot pour lui hurler à l'oreille qu'il était un fainéant. Les mots devoir et fainéant lui plaisaient, ils allaient bien ensemble. Il les répéta en y mettant de plus en plus de hargne.

— Fainéant ! Parfaitement, un fainéant ! Donne-moi ça !

Il lui arracha son cahier des mains.

— Regarde ce que j'en fais.

— Arrête, Jules ! Ils vont nous le faire payer.

— Nous le faire payer ? Je voudrais bien voir ça.

Il repoussa sa femme brutalement, elle s'affala et faillit rouler sur la terre battue. Elle comprit qu'il ne fallait plus le contrarier, il allait devenir méchant. Il déchira le cahier en deux, en trois, en quatre morceaux.

— Il n'a jamais eu de cahier, il n'a jamais eu de livres. T'en as vu, toi ?... Non... Moi non plus.

Il prit les manuels d'histoire et de géographie, le recueil de fables, les traités de grammaire et d'arithmétique et les jeta au feu dans la cheminée. Charlotte mit la main devant les yeux de Pierre pour qu'il ne vît point brûler.

— Ah si ! il en a eu, reprit Jules, je m'en souviens maintenant, il les avait pendus dans les chiottes, il se torchait le cul avec.

L'ivrogne regretta de ne pas s'en être souvenu plus tôt, il n'aurait pas mis ceux-là dans le foyer, il aurait fait une économie de papier. Le diable ricanait en regardant se consumer le savoir. Les flammes ranimées rougirent son visage et le rendirent encore plus inquiétant. Charlotte et Pierrot se réfugièrent au grenier, ils tirèrent l'échelle et y passèrent la nuit.

Le lendemain, Pierre entra dans la classe la musette vide. Les écoliers vidèrent leurs cartables, ils ouvrirent leurs cahiers, inscrivirent la date en haut d'une page blanche et copièrent la maxime du jour : « Bonne renommée vaut mieux que ceinture dorée. »

— Qu'est-ce qu'il t'arrive, Pierre ? Tu as oublié tes affaires ?

Pierre ne répondit pas, il se leva, croisa les bras, baissa la tête et prit l'attitude de l'élève pris en faute. La maîtresse ne crut pas à la culpabilité de son « cul chéri » comme le surnommaient les jaloux, elle devina qu'il avait un secret qu'il voulait taire. Elle descendit de son estrade et vint se placer devant Pierrot. C'est presque à voix basse qu'elle lui demanda.

— Où sont tes livres et ton cahier ?

— Je les ai perdus, madame.

Il ne voulut pas dénoncer Jules. Il refusa d'étaler l'âpreté de sa vie pour qu'on ne s'en réjouisse point autour de lui.

« Dans le cochon tout est bon, de la queue au menton. » Traditionnellement la tuerie du cochon était célébrée en famille. Il y avait la mort proprement dite, l'égorgement, le trempage dans la cuve d'eau chaude pour décoller la soie, le rasage et l'éventrage pour sortir la courée. La bête était alors pendue par les pattes arrière et coupée en deux de l'entre-cuisse au sommet de la poitrine.

La nuit entière, la viande séchait dans le cellier. Jules contempla l'animal. Il ne s'était pas foutu de la gueule de Célestin, il était beau le fi de garce, ses côtelettes étaient aussi larges que celles d'un bœuf.

A table, on mangea des pommes acides cuites dans le sang que Tintin récupéra dans une bassine et qu'il touilla énergiquement pour éviter les caillots.

Le lendemain, on travailla la viande. La cuisine fut mise sens dessus dessous et chacun œuvra selon ses compétences. Pierrot tourna la manivelle de l'entonnoir à saucisse. A l'autre extrémité, Charlotte conduisit les boyaux qui se gonflèrent de chair. Elle estima les bouts qui couraient dans sa main et les arrêta par un tortillon quand elle jugea qu'ils avaient atteint la longueur requise. Finette, quant à elle, s'occupa du pâté, elle hacha la viande, dosa le mélange lard et maigre, assaisonna la mixture, emplit les terrines. Elle les recouvrit avec de la crépine qui trempait dans une soupière d'eau fraîche afin de protéger la croûte durant la cuisson. Tintin prépara l'andouille, il enfila les intestins l'un sur l'autre, du grêle au côlon, il les enroula autour de fines lanières de viande coupées dans le gras de l'abdomen. Assis derrière son verre et sa bouteille, Jules arrosa la mort du cochon. Il faisait face à la tête de la bête dont les yeux ouverts toisaient encore le bourreau. Sa langue tirée hors de sa gueule pendait sur le bord du plat comme une dernière provocation. Jules lui rendit la pareille, il lui présenta la sienne du plus long qu'il put l'extraire de sa bouche.

— Combien tu pesais déjà ?

Tintin se fit le porte-parole du porc qui ne pouvait plus répondre. Sur pied il faisait ses deux cents livres, il battait son propriétaire d'une dizaine de kilos. Jules réjouit l'assistance en déclarant qu'il était presque bon à égorger lui aussi.

— Vous pouvez rigoler, bien salé, bien poivré, je ferais du bon pâté.

En attendant il fit l'andouille, il lui vint une idée de jeu comme il était le seul à pouvoir en inventer. Il se leva de sa chaise, plongea la main dans le seau à saucisse et en tira deux bouts d'un mètre qu'il détacha des autres avec son couteau. Il avança vers Finette qui se retourna pour fuir son regard.

— Qu'est-ce que tu fais ? s'inquiéta Charlotte.

— De quoi tu te mêles ? répondit Jules, tu vas bien voir ce que je fais. Il contourna la jeune fille.

— Viens là ma belle que je t'offre un beau collier.

— Ne te laisse pas faire, cria l'épouse.

Finette n'opposa aucune résistance, Jules lui passa son présent autour du cou. Elle était transie de peur, le contact de la chair foide et morte avec sa gorge chaude et vivante la paralysa.

La colère de Charlotte prouva qu'elle était jalouse, elle s'inquiétait de voir son mari frétiller devant la jeunesse.

— Tu es devenu fou ma parole.

— Voilà ce qui se passe après vingt-cinq ans de mariage, dit Jules à Finette, on n'a plus le droit de s'amuser.

Il avait dit cela en dévidant le chapelet de saucisses du cou de la couturière par le sommet de sa tête. Ses yeux tristes faillirent émouvoir la jeune fille.

Tintin ne manquait jamais de parler quand il fallait se taire.

— Si c'est au bout de vingt-cinq ans, dit-il, ça va.

Oh non ! ça venait plus vite. Jules avala son verre d'une traite, il s'en servit un autre et laissa divaguer son esprit. Il rêva d'un ailleurs où les mœurs n'étouffaient pas les émotions, où les usages ne ligotaient pas les envies, où la morale n'interdisait pas le plaisir. Ah ! ils n'étaient pas cons dans les pays chauds, ils avaient trouvé le remède, ils prenaient plusieurs femmes. Il y en avait toujours une qui devait être prête à rigoler pour emmerder les autres. C'est là-bas que Jules aurait dû naître. Charlotte haussa les épaules.

— Je te remercie, lui dit-elle.

— Pas de quoi, répondit-il poliment.

Ce soir-là, plus encore que les autres jours, Finette rentra à la maison rompue et cafardeuse. Elle expédia le souper et envoya vite ses petites sœurs au lit. Demain elles marieraient leur père, il leur fallait passer une bonne nuit pour affronter l'événement.

Perrine s'inquiéta de savoir ce qu'elle deviendrait quand la nouvelle femme de papa s'installerait à la maison, elle ne voulait pas avoir son lit près de celui de sa marâtre. Mélanie lui répondit qu'elle n'avait pas à s'en soucier, en aucun cas leur père n'accepterait que sa deuxième épouse dorme à la place de la première. A partir du lendemain puisqu'il en aurait le droit, c'est lui qui coucherait chez Léontine. Les petites resteraient seules la nuit avec leur grande sœur. C'est ainsi qu'il en avait été décidé après discussion entre adultes.

— Vous ne dormez pas encore ? dit Finette en entrant dans la chambre.

Elle les embrassa après avoir bordé leurs couvertures. Perrine se tourmenta de nouveau. Elle imagina le pire.

— Et si tu te maries toi aussi, qu'est-ce qu'on va devenir ?

Finette la rassura, elle n'allait pas se marier, elle n'avait pas d'amoureux et c'est pas demain qu'un garçon viendrait la chercher ici.

— A cause de nous ? demanda Mélanie.

— Mais non pas à cause de vous.

Elle s'allongea et conseilla aux gamines de chercher le sommeil. Perrine réclama l'histoire de Cendrillon pour alimenter ses rêves.

— S'il te plaît, pas ce soir.

— Une plus courte alors.

— Je t'en supplie, Perrine, demain.

Finette était trop lasse pour raconter une histoire.

Par souci d'économie le promis ressortit le costume sombre qu'il portait quand il épousa Joséphine. Sa silhouette n'avait guère bougé, Finette avança les boutons de la veste d'un centimètre et demi, elle n'eut pas de retouches à faire au pantalon. Elle exposa l'ensemble aux courants d'air pour chasser l'odeur tenace de la naphtaline.

La promise tailla dans sa robe de mariée. Elle la raccourcit à mi-mollet, fronça la taille et la teignit en bis dans un bain de thé. Elle trouva chez une chapelière de Dinan un bonnet de dentelle qui rappelait le port du voile des vierges. Elle rayonnait.

Ce fut un mariage peu ordinaire. Les occasions étaient rares de voir les veuves d'âge moyen s'embarrasser d'un époux. La plupart du temps, elles préféraient la solitude plutôt que de tenter une expérience nouvelle auprès d'un homme mûr dont il faudrait satisfaire les caprices et soigner les douleurs. Les curieux, nombreux, se pressèrent sur le passage du cortège. Chacun devina les pensées du voisin, les fantômes de Léon et Joséphine accompagnèrent les mariés jusqu'aux portes de l'église. Monsieur le curé fut heureux d'accueillir son bedeau pour célébrer avec lui un sacrement joyeux. Il lui souhaita de connaître auprès de Léontine le bonheur qu'il méritait et qui l'avait fui dans des circonstances si tragiques.

Léontine avait eu elle aussi sa part de malheur. Elle entrait ce jour dans une famille honnête et courageuse, elle épousait un bon et brave homme, il lui offrait son cœur, elle lui donnait le sien, elle devait remercier le Ciel de les avoir conduits l'un vers l'autre.

— Quelles actions de grâces, ô mon Dieu, pourraient égaler la faveur que vous me faites aujourd'hui de me permettre d'unir la vie de Célestin à celle de Léontine...

Maria laissa perler quelques gouttes sur ses joues quand ils échangèrent le oui qui les liait pour le restant de leur vie. Des cheveux argentés encadraient à présent son visage triste.

Elle n'avait pas su attirer le bedeau, elle qui habitait si près de la maison du bon Dieu. Elle avait tant de fois rêvé qu'avec un peu d'astuce et d'ingéniosité Célestin aurait fait passer les cordes des cloches par son toit et sonné l'angélus de son lit. C'eût été si beau d'ouvrir les yeux le matin et de le voir s'envoler vers le plafond.

Inconsolable, elle dut quitter l'église. Elle rentra chez elle et se coucha fiévreuse. La journée se passa dans la bonne humeur — sauf pour la vieille fille.

Durant le repas Célestin et Léontine se mangèrent des yeux autant qu'ils firent honneur aux plats de Charlotte. Le cochon fut servi à toutes les sauces, en gelée, au caramel, au cidre et au madère.

Jules n'avait plus ses noirs desseins en tête, il ne semblait jouir que du bonheur qu'il donnait à la compagnie. Les enfants Lecoq oublièrent petit à petit le motif de la fête pour laisser libre cours à la joie d'être réunis. Adèle était la plus gaie d'entre tous. Sa place de bonne à tout faire ne lui offrait que peu l'occasion de retrouver les siens. Son entrain était tel qu'elle dérida instantanément Finette et Pierrot aux caractères moins insouciants et plus mélancoliques.

La réunion de famille prit fin avec l'arrivée des étrangers à l'heure du dessert.

— Approchez ! dit Jules, buvez un coup, prenez du gâteau, ça ne coûtera pas plus cher au marié, c'est moi qui régale aujourd'hui.

Les nouveaux venus envahirent les tables dressées sous les pommiers du verger. Les hommes paraissaient rudes et sauvages. Les femmes, empruntées, avançaient cachées derrière leurs maris pour dissimuler leur honte d'avoir à débarquer en pleine assemblée. Aucun n'avait fait grand frais de toilette, ils s'étaient lavé le bout du nez, avaient échangé leurs tenues de travail contre des habits propres, troqué leurs bottes crottées pour des chaussures légères et cirées qui leur permettraient de mieux gigoter au son de l'accordéon d'Eugène. Ils étaient les amis et les voisins que Jules et Charlotte avaient conviés pour les remercier d'avoir été invités aux mariages de leurs enfants. Jules qui n'avait pas de descendance s'était dit que l'occasion était belle de leur rendre la pareille.

— Ça ne te dérange pas, Léontine ? demanda Charlotte.

— Pas le moins du monde. Il a bien fait, répondit la mariée.

— Et toi, Célestin ?

— Plus on est de fous, plus on rigole, renchérit le marié qui voulait être aimable avec ses hôtes.

Par tradition, les gâteaux se dégustaient accompagnés de vin doux et de rengaines. Jules pria Finette d'enchanter l'assistance de sa jolie voix. La jeune fille hésita, elle n'avait malgré tout pas le cœur à chanter. Il fallut que Léontine insistât. Finette ne pouvait se faire prier trop longtemps au risque de créer une fausse note dans le bon déroulement de la fête.

— Fais-le pour ton papa, lui dit-elle en aparté, il va être si content, et moi aussi.

La jeune fille se leva. Elle toussa pour s'éclaircir la voix et entonna un air qui, elle en était sûre, toucherait son père au plus profond de son âme.

Des garçons du village il était le plus beau. Il me disait Margot surtout reste bien sage, prends-moi pour ton époux, tes goûts seront mes goûts, t'aimer et te chérir feront tout mon plaisir...

Son regard perdu passait au-dessus des têtes et flânait sur les fleurs blanches d'un champ de blé noir qui naissait là où s'arrêtait le verger, une mer calme et pure caressée par un vent d'est qui la ridait d'un frisson d'écume. Dans le silence qui accompagnait sa ballade, elle entendit le cri des mouettes et des goélands qui chantaient leur liberté.

Et moi toute éprise d'entendre ses bêtises, je lui dis, je veux bien, Célestin prends ma main.

Les hommes et les femmes joignirent leurs bras et se balancèrent pour rythmer le refrain qu'ils reprirent tous en chœur.

Lune de miel, ô mes amours, vous devriez durer toujours.

Les bustes chaloupaient, épaule contre épaule, d'un mouvement orchestré par Jules qui leur faisait face et battait la mesure. Déjà des têtes tournaient, des cœurs souffraient du mal de mer. « Lune de miel, ô mes amours, vous devriez durer toujours. »

La sérénade avait mis Jules en émoi. La face rubiconde, il applaudit bruyamment. Peu lui importaient les protestations de Charlotte qui lui réclamait le silence pour laisser Finette entamer le deuxième couplet, il passa outre.

Le rustaud n'avait plus qu'une idée en tête : voler un baiser à l'interprète.

— Quand une chanteuse a bien chanté, tous les hommes ont le droit de l'embrasser, s'époumonait-il. Exécutez ! ajouta-t-il avant de se précipiter pour jouir de la faveur qu'il s'accorda avec la fougue et l'indélicatesse des êtres brutaux dépourvus de manières.

Finette poussa un cri quand il lui mordit le cou.

— Ô ma toute belle ! lui gloussa-t-il à l'oreille.

Son plaisir fut de courte durée. Célestin et les autres hommes faisaient la queue pour embrasser la chanteuse.

— Ça suffit ! ordonna-t-il, vous allez user ses joues à force de la lécher.

Certains devinèrent la jalousie qui sous-tendait ses propos. Prudemment, ils firent demi-tour. L'attitude de Jules changea, rien n'allait plus assez vite à son gré, il avait soudain des fourmis dans les jambes. Bousculant les usages, il décida d'ouvrir le bal avant la tombée de la nuit.

— Eugène, en avant la musique !

Une fois de plus Charlotte tenta de freiner l'ardeur de son mari.

— Attends un peu ! on n'a pas bu le café.

Ce fut peine perdue.

— Qu'importe, on le boira plus tard.

Il poussa l'accordéoniste et les danseurs vers la piste, un plancher que le menuisier du pays louait pour les bals en plein air, et qu'il calait lui-même dans l'herbe afin d'en assurer l'assise. Il lui arrivait, lorsque les clients acceptaient d'en payer le supplément, de planter des poteaux aux quatre coins du rectangle qu'il ornait de bouquets et de guirlandes de papier. Jules fut au bout de la dépense, pourvu que l'on chantât ses largesses sur tous les toits de la commune.

Au son de la valse, les mariés entrèrent les premiers dans la danse. Les enfants les rejoignirent à la demande du père. Ils se mirent en couple. Tintin avec Finette, Adèle et Louis, Henri et Mélanie. Pierrot resta à demi caché comme s'il ne méritait pas de s'exhiber aux feux de la scène avec le reste de la famille. Perrine n'avait pas de cavalier, elle le traîna sur la piste.

— T'as le droit, toi aussi.

La nature avait privé Charlotte du bonheur d'être mère, elle contempla les enfants du cordonnier avec envie. Elle maudissait souvent cette injustice qui l'avait rejetée dans le rang des femmes sèches, des ventres inféconds. Parfois, comme aujourd'hui, elle en souffrait.

Pour masquer son amertume elle se réjouit ouvertement de la situation de Léontine. La mariée trouvait un beau cadeau dans sa corbeille. Elle était vernie, Léontine, elle entrait dans une belle famille, comme avait dit monsieur le curé. Etaient-ils pas beaux tous ces gosses qui valsaient autour d'elle ? Sûr qu'elle avait de la chance, ils étaient siens désormais et elle n'avait même pas eu la peine de souffrir pour les mettre au monde.

— Qu'est-ce que tu crois ? dit Jules, ça lui arrivera de couiner à elle aussi, ils ne vont pas s'arrêter là, ils vont doubler la mise. Je le connais, le marié, c'est un vrai lapin, quant à Léontine...

Charlotte lui mit la main sur la bouche pour lui faire ravaler la grossièreté qu'il avait au bord des lèvres. Elle l'exhorta à plus de tenue en la présence de la jeunesse qui se trémoussait devant eux avec la grâce de l'inexpérience.

Jules n'avait d'yeux que pour Finette. Elle était si légère quand elle tournait que c'était un péché de la voir conduite par un aussi piètre cavalier. Il était temps d'intervenir. Il sauta sur la piste et invita les spectateurs à l'y rejoindre. On annonçait la deuxième danse. Il arracha le permissionnaire des bras de sa frangine et l'envoya s'occuper de Charlotte.

— Elle adore l'uniforme, j'étais soldat quand je lui ai fait ma demande, pas vrai ma bonne femme ?

— Si, même qu'en habit de fantassin, tu paraissais plus grand, mon bonhomme.

Jules se fondit dans les couples pour se faire oublier. Il serra la jeune fille contre lui et prit tant de plaisir à sentir son corps bouger, ses jambes se mêler aux siennes, qu'il la retint et continua de danser quand la musique s'arrêta.

Comme un jeune amoureux il se croyait seul au monde, il enfouit sa tête dans le cou de sa cavalière pour y déposer un baiser. Finette se raidit, elle tenta vainement d'échapper à une nouvelle morsure.

L'attitude de Jules créa des remous dans l'assistance. Les uns étaient amusés, d'autres, mal à l'aise. Les visages des hommes se gonflèrent de désir. Des rires épais agitaient les bedaines.

Eugène enchaîna vite une polka pour couper court à la gêne de la jeune fille, pourpre de honte. Charlotte clamait à qui voulait l'entendre que son homme se conduisait de la sorte pour amuser la galerie, mais elle confia à Pierrot qu'elle trouvait Jules bien émoustillé et qu'elle avait quelques craintes pour la suite.

— Va falloir qu'on fasse attention, il a déjà trop bu et la journée n'est pas finie.

Pierre aurait dû surveiller le patron, en renversant le contenu de ses verres en cachette sous la table. Mais il n'en eut pas le courage.

Discrètement, il prit le large.

La nuit tombait, claire, le ciel se constellait peu à peu d'étoiles. Pierre avança dans la campagne. Après le tintamarre de la noce, les bruits du soir. Le chant des alouettes effaça le son de l'accordéon qui mourut dans le lointain. Il se faufila entre les croix du cimetière pour arriver près du tombeau de sa mère. L'enfant se signa et resta debout un moment muet, sans même réciter une prière. Il pleura et dut attendre que ses sanglots fussent dissipés, ses larmes séchées, pour dire bonsoir à sa maman. Il s'assit sur sa tombe comme autrefois il grimpait dans son lit, il caressa la terre comme s'il sentait sa présence au-dessous. Il n'avait pas envie de lui parler de la noce et pourtant il était venu pour ça.

— Juste un petit peu, si tu veux. Papa fait mine d'être

content, mais je suis sûr qu'il est malheureux, il n'arrête pas de penser à toi.

Tous pensaient à elle. Finette avait même chanté la chanson que Joséphine interprétait elle-même dans les grandes occasions, elle n'avait pu aller jusqu'au bout, elle avait trop envie de pleurer. Papa aussi avait la larme à l'œil. Pierre confia à la mère ce que Léontine lui avait dit dans l'après-midi. Elle aimerait qu'il revienne vivre en famille. Finette serait soulagée d'une partie du travail de la maison, maintenant que leur belle-mère allait s'occuper d'eux.

— Moi, je sais pas quoi faire, dit Pierre comme s'il attendait un conseil de sa maman.

De toute façon ça n'était pas pour demain, Jules avait encore besoin de lui la nuit pour veiller sur les bêtes.

Las de sa journée, des émotions et des bouleversements qui intervenaient dans sa vie, l'enfant s'étendit sur la pierre du monument funéraire. Il posa sa tête au pied de la croix, il imagina sa mère dans le ciel et s'endormit.

Sultan le réveilla au milieu de la nuit. Le chien était impatient de remonter à la ferme pour lécher les fonds de casseroles et nettoyer les assiettes.

La noce touchait à sa fin. L'accordéon se plaignait, Eugène avait des crampes dans les doigts, les danseurs, des ampoules aux talons. Les vieux buvaient un dernier verre, ils luttaient pour tenir leurs yeux ouverts et grognaient comme des porcs.

Seuls Jules et les jeunes avaient encore envie de s'amuser. Ils jouèrent à un jeu particulier qui se pratiquait deux par deux, garçon et fille, hommes et femmes sous les regards avides de ceux qui attendaient leur tour. Le premier couple se plaça au milieu du cercle des témoins. Le jeune homme prit le mouchoir de la jeune fille, il le fit disparaître dans une poche de son pantalon. La donzelle s'approcha pour récupérer son bien, le voleur défendit sa prise en maintenant la main de la malheureuse au fond du piège. C'était un jeu sans rires, sans plaisanteries, presque sans paroles. Les adversaires s'affrontaient et goûtaient aux préludes de l'amour, leurs mains s'enlaçaient et se caressaient. Le garçon ne lâchait prise que lorsqu'il était assuré que sa complice le suivrait dans le noir lui prouver sa tendresse.

— Ça va être notre tour, murmura Jules à Finette.

Il chercha son mouchoir dans les plis de sa robe. Elle le repoussa et le renversa en se levant du banc sur lequel ils étaient assis côte à côte. Jules se redressa en titubant. Il se promit de mater la fille, de la dompter. Il la dresserait comme une taure ou une pouliche rétive. Il bavait du vin rouge qui coulait de son menton et dégoulinait sur le plastron de sa chemise. Ses yeux injectés de sang exprimaient sa hargne. Il la soumettrait la garce, elle céderait la mijaurée.

— Musique ! cria-t-il pour mettre un terme au jeu qui ne pouvait continuer à se dérouler sans qu'il en fût l'acteur. Finette se réfugia dans le groupe des vieux.

— Vous n'avez pas vu Pierrot ? leur demanda-t-elle.

— Ma foi non, répondit Charlotte.

— Il est peut-être allé dormir.

— Sûrement, tu vas le trouver couché. Il n'aime pas être en société, dit-elle à ses voisines.

Finette descendit vers la ferme chercher la compagnie et la protection de son petit frère. Elle ne vit point Jules lui emboîter le pas. Elle oublia sa peur en s'éloignant du verger. Seule dans la nuit, elle se sentit plus forte qu'au milieu des hommes sauvages qui la convoitaient et l'auraient assaillie si Jules n'avait pas montré qu'il était le premier sur la liste de ses courtisans, s'il n'avait pas exhibé d'emblée ses privilèges de patron, s'il n'avait fait comprendre que la chasse était gardée. En ces temps-là dans nos campagnes, le droit de cuissage était une pratique courante. Il s'ensuivait des hontes, des célibats forcés, des grossesses illégitimes, des naissances cachées, des abandons d'enfants, des fausses couches volontaires, des morts d'anges et de mamans coupables. Les maîtres s'enorgueillissaient de croiser leurs bâtards dans les chemins, plus ils étaient nombreux et plus leur réputation de coq de basse-cour forçait l'admiration des autres hommes et faisait le malheur des pauvres femmes. Les jeunes filles étaient prévenues du danger par des mères impuissantes qui parfois avaient dû elles-mêmes céder aux avances du maître. Ces idées couraient dans la tête de Finette, la trouille la reprit en longeant un bouquet d'arbustes. Au frémissement des feuilles, se mêlaient les soupirs du garçon et de la fille qui s'étaient précipités à l'abri du fourré le plus proche encourir les risques d'un divertissement ô combien plus périlleux que celui du mouchoir.

Elle dévala le chemin de la ferme.

A l'approche des bâtiments, instinctivement, elle ralentit. Elle traversa la cour vide et silencieuse. La lueur de la lune jetait sur les murs des ombres inquiétantes. Elle entra dans l'étable. Les vaches la reconnurent malgré l'obscurité et la saluèrent.

— Bonsoir, Nénette, ça va, la Rouge ? Et toi, ma Juju, tu ne dors pas ?

Elle avança vers le nid du petit frère et l'appela doucement pour ne pas le réveiller en sursaut.

— Pierrot ! Pierrot ! On va s'en aller dans pas longtemps.

Elle grimpa sur l'escabeau.

— Si tu veux, tu peux venir dormir chez nous ce soir, pour une fois qu'on est tous réunis.

Elle releva le rideau qui bouchait l'entrée du lit clos. Il était vide.

Elle entendit le pas d'un homme dans la paille. Elle se retourna. Ses yeux s'étaient habitués à l'obscurité. Elle devina la silhouette du patron dans le noir. Elle demeura un instant glacée, immobile en haut de l'échelle. Une main enserra sa cheville. Une autre, tremblante, agitée remontait sur son mollet. Finette sursauta.

— Lâchez-moi ! cria-t-elle.

Les mains maintenant lui pétrissaient les cuisses et la forcèrent à descendre de l'échelle. Jules voulut la garder prisonnière dans ses bras. Il avait les yeux exorbités, les paupières rougies.

— Oh, ma belle ! grogna-t-il.

— Lâchez-moi, je vous dis.

Elle vit son visage ravagé par l'ivresse, ses traits convulsés. Il empestait le vin rouge qui coulait de sa bouche comme d'une gargouille. Il chercha les lèvres de la jeune fille. Elle se raidit. Hurla. Se défendit avec toute l'énergie du désespoir.

La force brutale du paysan eut raison de sa résistance. Il lui broya les poignets, ses bras la bloquèrent comme des mâchoires d'étau. L'alcool avait décuplé son énergie.

Il plaqua sa main contre la bouche de sa victime pour étouffer ses cris. Finette fut comme paralysée, sans force et sans défense. Jules la sentit capituler. Il la renversa sur la paille fraîche, près de la porte. La vierge pleurait désormais sans plaintes et presque sans larmes. Elle parut résignée.

— Vous ne devriez pas, dit-elle à son agresseur. Jules, je vous en supplie, ne faites pas ça.

C'était la première fois qu'elle l'appelait Jules. Le paysan y vit une raison d'insister. Sa main retourna explorer sa robe, ses caresses se firent plus précises.

— Eh ben ! tu vois, lui dit-il, c'est-y pas mieux comme ça.

Finette poussa une plainte déchirante. Elle se débattit. La lutte reprit, inégale.

Brusquement, la porte de l'étable s'ouvrit. C'était la pleine lune. Finette vit Pierrot s'avancer. Le vacher attrapa la longe qui pendait au piquet et frappa Jules.

— Laissez-la, patron ! Laissez-la, je vous dis ! implora le garçon.

Jules demeura un moment hébété. Puis il poussa un cri rauque de bête sauvage. Un rugissement lourd de menaces. Il roula sur le côté et libéra sa proie. Finette s'échappa. Jules bondit, les dents serrées, le visage ignoble, l'expression redoutable.

—De quoi tu te mêles ? enragea-t-il. Hein ? De quoi tu te mêles ?

Un liquide épais et blanchâtre ruisselait sur ses joues. De la sueur nourrie de graisses dissoute dans un trop-plein d'alcool.

Il avançait sur Pierrot. L'enfant reculait. Il fouettait le monstre à la tête. Celui-ci continuait de marcher, insensible à la douleur. Plus le gosse avait peur, plus il frappait fort.

— Qu'est-ce que t'es venu foutre ici ?

Jules arracha la longe des mains de Pierrot. Le gamin leva les bras pour se protéger. Il se faufila au milieu des bêtes qui s'agitaient.

— Ah, les salopes ! aboya Jules voyant qu'elles protégeaient le vacher.

Il concentra toute son énergie sauvage dans sa volonté de retrouver Pierrot et de le punir. De se tenir debout au milieu des vaches épouvantées. De frapper tout ce qui remuait devant lui.

Les événements se précipitaient. Tout se déroula dans

l'espace de quelques secondes. Le chien hurla à la mort. Jules s'acharna sur les bêtes. Elles tirèrent sur leurs chaînes à les briser. Elles s'enfuirent. Rien ne les arrêta, pas même Jules qu'elles terrassèrent et qu'elles piétinèrent en meuglant.

— Ah, les salopes ! rugit-il une dernière fois.

Le vacher courut avec ses bêtes sans se retourner. Il n'entendit pas sa sœur qui l'appelait.

— T'en va pas, Pierrot ! Attends-moi !

Dans le verger des voix éraillées chantaient accompagnées par l'accordéon d'Eugène.

C'est-y toi qui t'appelles Charlotte ? c'est-y toi ? c'est-y toi ? ou c'est-y pas toi ? Si c'est toi, viens donc là qu'on ribote...

Pierrot n'interrompit sa course qu'une fois assuré qu'on ne viendrait pas le chercher là où il se trouvait. Il avait franchi trois talus, traversé un marais et s'était tapi dans un massif de fougères, de ronces et d'orties que les blaireaux et les renards eux-mêmes ne fréquentaient pas. Là, il reprit ses esprits. Il dressa l'oreille comme une bête traquée, il retint son souffle et écouta la nuit. La chanson à la gloire de la patronne avait pris fin. Au loin, Pierrot entendit Charlotte crier le nom de son homme.

— Jules !

La fermière s'inquiétait, flairait le malheur, elle se dirigeait vers la ferme et reprit ses appels, sa voix se fit de plus en plus rauque.

— Jules !

Quelques hommes partirent à sa recherche, leurs silhouettes gesticulèrent dans les chemins, autour des bâtiments de la ferme. Elles s'avancèrent dans la cour et découvrirent le drame. Léontine supplia Charlotte de ne pas s'approcher de l'étable.

— C'est mieux si tu ne le vois pas tout de suite.

— Si, je veux le voir, je veux voir mon Jules.

Le fermier gisait à l'entrée, le corps inerte, le visage sanglant. Charlotte poussa un cri si long et si puissant que la nature tout entière se réveilla et se joignit à sa plainte.

Pierre sortit de sa cachette. Il courut droit devant lui dans le noir. Il fallait fuir. Pour toujours. Il se sentait en partie responsable des malheurs du patron, la preuve, la poursuite s'organisait à ses trousses. Il reconnut les voix de son père et de ses frères qui partaient à sa recherche.

— Pierre ! Pierre !

Un court instant, les phares de l'auto du médecin éclairèrent sa fuite.

La vue du blessé dégrisa les hommes. Ils le chargèrent sur le brancard qui avait servi à transporter le cochon mort de l'arrière de la maison où Jules l'avait saigné, jusqu'à l'entrée de la buanderie où Charlotte avait empli la cuve d'eau chaude pour sa toilette. Le sang à peine séché de la bête se raviva au contact de celui, tout frais, de son assassin. Les infirmiers de fortune ne purent franchir la double porte de la maison et de la cuisine, les ouvertures se suivaient à angle droit dans un étroit corridor. Ils durent le passer par la fenêtre que franchissaient, pour les mêmes raisons, tous les cercueils des habitants les jours du grand départ. Ils présentèrent le brancard à hauteur de la table et renversèrent leur charge sur son plateau. Le corps de Jules roula et faillit glisser de l'autre côté. Amélie et Léontine se précipitèrent pour le retenir.

— Attention ! dit Charlotte, vous allez le tuer.

Il était peut-être déjà mort, pensa-t-elle. Personne n'avait eu l'idée de le vérifier. Elle se courba au-dessus de son homme pour s'assurer qu'il vivait encore. Un souffle incertain passait entre ses lèvres.

— T'as du mal à respirer, mon pauvre bonhomme.

Elle voulut alors connaître les causes de l'accident, les raisons de la catastrophe. Personne ne sut lui répondre, personne ne put témoigner. Seul Jules pourrait parler, quand il reprendrait connaissance.

— Mon Dieu, on était si joyeux, on s'amusait si gentiment.

Charlotte sentit le besoin de se lamenter. Elle répétait que Jules avait eu l'idée de faire la noce à la ferme pour faire plaisir à Célestin et Léontine et leur éviter des dépenses. Forcément depuis le temps, des liens s'étaient noués entre l'échoppe et la ferme.

— On s'entend souvent mieux avec la famille qu'on choisit plutôt que celle qui vous est imposée à la naissance, vérité que Jules assenait souvent et à laquelle Charlotte rendit hommage.

Les paroles de Charlotte sentaient déjà les propos de veillée funèbre, elle enterrait son homme alors qu'il respirait encore.

— Je n'avais pas imaginé qu'il s'en irait de la sorte. Il ne m'a même rien dit... Ah si ! qu'il allait pisser, dit-elle naïvement.

Eugène fut pris d'un rire nerveux qu'il eut du mal à dissimuler. Il sortit pour s'esclaffer en cachette. Les autres affichaient des mines graves. Ils étaient touchés par la franchise de leur hôtesse.

La mariée chuchota dans l'oreille d'Amélie qu'il fallait l'excuser, dans ces cas-là, on perdait facilement le contrôle de ses actes et de ses dires, c'était bien compréhensible. Elle redonna à la pauvre femme le courage d'espérer. Jules s'en sortirait, il était trop costaud pour flancher, il lui en fallait plus que cela pour passer l'arme à gauche.

— Que tu crois, Léontine.

— J'en suis sûre, ma Charlotte.

— Si tu pouvais dire vrai.

Ils entendirent l'auto du docteur dans la cour. Ils se turent pour l'accueillir comme s'ils voulaient rendre l'instant solennel.

A peine entré, le médecin leur fit reproche de leur inconséquence.

— Pourquoi l'avez-vous transporté jusqu'ici ? Fallait le laisser sur place, vous auriez pu l'achever.

Il ausculta la victime, regarda le blanc de l'œil, vérifia son pouls, palpa ses membres et son corps pour déceler les fractures. Impatiente, Charlotte le pressa d'établir son diagnostic.

— Léontine dit qu'il va vivre, vous le croyez vous aussi, docteur ?

— Si Léontine l'a dit !

Le médecin refusa de se prononcer. Il annonça cependant que Jules avait la chance de ne pas avoir le thorax enfoncé, le poumon n'était pas déchiré. Les bêtes lui étaient passées sur le dos, pas sur la poitrine, il avait eu le réflexe de se retourner, c'est peut-être ça qui allait le sauver.

— Merci, docteur.

— Ce n'est pas moi qu'il faut remercier.

— Oh oui ! merci, mon Dieu, dit Charlotte.

Elle pria Léontine de commander à monsieur le curé, par l'intermédiaire de Célestin, la célébration d'une messe le jour de la Saint-Jules. Son saint patron avait fait un miracle, il l'avait pris sous son aile pour le protéger, il méritait bien qu'on lui rende grâce.

— Mon pauvre bonhomme, tu reviens de loin.

Charlotte ressuscita son homme aussi promptement

qu'elle l'avait tué quelques minutes auparavant. Le docteur l'incita à plus de pondération. Ses jambes ne répondaient plus, dans le meilleur des cas il avait une fracture du bassin et dans le pire la moelle était atteinte.

— Il ne va pas rester paralysé ?

Le médecin ne répondit pas. Mais sa moue en dit plus long qu'un discours. Charlotte tomba de tout son poids sur une chaise que Léontine avait judicieusement placée derrière elle — la mariée pressentait que les nerfs de Charlotte se relâcheraient durant la visite. La paralysie lui sembla la pire des épreuves, un malheur plus effrayant que la mort.

— Mon Dieu ! qu'est-ce qu'on va devenir ?

Tous comprirent qu'elle redoutait d'avoir à vivre auprès d'un infirme qui ne manquerait pas de lui faire supporter son infortune. On la plaignit déjà, l'irascibilité des malades allait prendre chez Jules des proportions qu'on n'osait imaginer.

— Que va-t-on devenir si tu ne peux plus marcher ?

Elle s'inquiéta de savoir s'il entendait. Le docteur pensait que oui, par contre il ne pouvait répondre, l'usage de la parole ne lui reviendrait que lorsqu'il ne serait plus commotionné.

— Mon Jules, qu'est-ce que tu avais à faire dans l'étable à cette heure-là ?

Jules l'entendit. Elle parlait trop, la musique de sa voix le dérangeait dans son face à face avec la douleur. Il bascula la tête sur le côté, ses paupières se levèrent en frémissant, ses cils battirent puis se stabilisèrent, il écarquilla les yeux et lui lança un regard terrible.

— Il me regarde comme si c'était ma faute, gémit Charlotte.

— C'est bon signe, dit Amélie qui n'avait guère plus de finesse que sa voisine.

L'assistance fut soulagée. Charlotte lui caressa la main. Jules agrippa celle de sa femme, la pinça, la griffa, tordit sa peau pour lui rappeler qu'elle ne pouvait pas encore jouir de la tranquillité des veuves.

— Jules ! tu me fais mal.

La vie était soudain redevenue normale. Le docteur recommanda de ne pas bouger le blessé, de ne rien lui donner à boire avant l'arrivée de l'ambulance et le transport à l'hôpital. Les invités envahissaient encore la cour, l'événement était historique, il valait la peine qu'on en suivît le déroulement jusqu'à sa fin. Léontine accompagna le docteur à son auto. Elle lui confirma qu'aucun d'entre eux ne savait ce qu'il s'était réellement passé. Jules était soûl bien entendu, est-ce qu'il s'était mis en colère après ses vaches ? Est-ce qu'il les avait frappées ? On l'avait trouvé gisant dans la bouse, la cravache autour du poignet. Etait-il devenu fou ? Quelle mouche l'avait piqué ? Les gens chantaient, ils n'avaient perçu aucun bruit, entendu aucun appel. C'est à la vue de Finette tremblante comme une feuille qu'ils avaient pressenti le drame.

— Elle ne vous a rien dit ?

— On l'a bien questionnée mais elle n'arrivait pas à s'exprimer.

— Où est-elle ?

Elle était descendue au bourg avec ses petites sœurs sans avoir pu prononcer un seul mot.

Le soleil se leva sur le champ Ichon. Il fut surpris de ne pas trouver Jules devant son tas de fumier, mais ô combien ravi de voir autant de monde dans la cour pour honorer son réveil. Il ralentit sa montée dans le ciel pour laisser à ses adorateurs le temps de le vénérer. Les astres eux-mêmes ont leurs défauts, l'orgueil n'étant pas le moindre. Aux alentours les prairies et les chemins étaient peuplés de silhouettes qui déambulaient dans le brouillard du petit matin. Les unes recherchaient le vacher, les autres tentaient de capturer les bêtes prises dans les marécages.

— Pierre ! criait Célestin.

Ses fils reprenaient avec l'écho.

— Pierrot !

Raymond remonta vers la ferme en poussant Juju. Traumatisée par les événements de la nuit, la bête ne reconnaissait plus son chemin. Henri demanda à Raymond s'il n'avait pas vu son petit frère.

— Non.

Célestin était livide, il imagina le pire.

— Pourvu qu'il n'ait pas essayé de retenir une vache par son lien.

L'animal aurait traîné son fils dans les ronces et les cailloux.

Il vit sa tête heurter un tronc de chêne ou un rocher à fleur de terre. L'enfant avait perdu connaissance ou plus grave encore. Le cordonnier nourrit son angoisse des suppositions les plus effrayantes.

— On va retourner sur nos pas, les gars. Il fait plus clair, on est peut-être passé à côté sans le voir.

Ils rebroussèrent chemin. L'angélus du bourg ne sonna point, ce matin-là.

Etonnés par le silence, les habitants de Bécherel s'étaient rassemblés sur la place. La nouvelle avait déjà fait le tour du pays, une procession de curieux suivit l'auto du médecin jusqu'à la porte du bedeau.

— Alors, docteur ? demanda Louisette.

— Qu'est-ce que vous voulez que je vous dise ? Qu'il est mort ? Eh bien non, il est vivant.

La déception marqua le visage des commères, elles s'étaient levées pour des prunes. Maria fut la seule à s'en réjouir, elle pensa que la mort du paysan aurait pu nuire à celui qu'elle aimait encore et malgré tout.

— Tant mieux. Pauvre Célestin, il ne s'en serait jamais remis.

La bouchère inventa d'autres raisons de cancaner, il lui fallait matière à converser avec ses clientes. Elle s'étonna de voir le docteur entrer dans la maison du cordonnier.

— Ils ne sont pas pourtant pas rentrés.

— Si, les filles, dit Maria qui avait guetté le retour de la noce derrière sa fenêtre.

— Tiens... laquelle vient-il voir ?

La bouchère se souvint alors d'une certaine histoire qu'on racontait à propos de Jules et d'une petite bonne qu'ils avaient eue à leur service.

Lorsqu'elle entendit s'ouvrir la porte de la chambre, Finette sursauta. Le docteur s'annonça et congédia les petites sœurs pour s'entretenir seul avec la jeune fille. Il lui caressa la joue pour calmer les tremblements qui la secouaient tout entière. Il la rassura, elle pouvait être tranquille, désormais Jules ne l'embêterait plus, il ne pourrait plus la suivre, ses jambes étaient mortes, il passerait le restant de ses jours dans une voiture d'infirme.

— C'est ma faute, docteur, gémit Finette. Tout est ma faute.

— Comment peux-tu dire une chose pareille ?

Elle avait tourné et retourné la scène dans sa tête. L'espace d'un instant elle crut l'avoir rêvée mais les douleurs qui meurtrissaient ses bras et ses jambes, le dégoût qui soulevait encore son cœur, l'épouvante qui transperçait son ventre et sa poitrine lui rappelèrent la réalité de son cauchemar. Elle s'accusa d'avoir eu peur dans le verger au moment où il n'y avait pas encore de danger. Elle s'en voulut d'avoir manqué de cran. Elle aurait dû repousser plus vigoureusement les avances de Jules devant son père, Charlotte et les invités, quand leur présence interdisait au chacal de la dévorer.

— Si j'étais restée avec tout le monde, il ne m'aurait pas suivie.

Elle avait confiance dans le docteur Gaudeul, il était comme le bon pain, il l'avait vue naître, il participait à tous les épisodes du feuilleton familial, qu'ils fussent heureux ou malheureux. Elle lui avoua que le paysan lui tournait autour depuis le premier jour où elle avait remplacé Pierrot à la garde des vaches. Plusieurs fois, il avait tenté d'abuser d'elle. Elle avait deviné les intentions de Jules dès l'annonce de sa proposition d'organiser et d'accueillir la fête. Finaud, il avait misé sur l'occasion et l'ambiance pour arriver à ses fins. La jeune fille ne se faisait aucune illusion. Au lieu d'un beau cavalier qui la courtiserait et lui parlerait d'avenir durant la noce, elle serait poursuivie par un cochon noir obscène.

— Tu vas me répondre franchement, Finette, est-ce qu'il t'a violentée ?

— Non, docteur. Sa voix tremblait, son regard, d'ordinaire si expressif, se perdait dans le vague.

— Il faut tout me raconter.

Elle poursuivit son récit, relata l'arrivée à l'étable, la découverte du lit inoccupé, la présence de Jules qu'elle n'avait pas entendu entrer derrière elle. Les mots lui manquaient pour décrire la violence avec laquelle il l'avait tirée de l'échelle, la brûlure de ses mains sur son corps, la chute dans la litière... Non, il ne l'avait pas eue, grâce à Pierrot qui avait surgi au moment où elle ne pouvait plus se défendre.

Le docteur ne lui posa plus de questions, il resta sur le bord du lit tandis qu'elle pleurait. Les images effrayantes qu'elle voyait défiler s'estompèrent et coulèrent dans ses larmes. Tous deux gardèrent le silence durant de longues minutes. Apaisée, elle sourit au vieux médecin et lui prit les mains pour lui manifester sa reconnaissance.

— T'en es quitte pour garder des manches longues pendant deux bonnes semaines, dit-il en voyant les bleus qui coloraient ses bras.

— Même s'il ne m'a pas... s'il ne m'a pas...

Elle ne put prononcer le mot terrible.

— Faut pas le dire, docteur. Si on sait qu'il a essayé, ça me poursuivra toute ma vie.

Le silence qu'elle implorait allait disculper Jules.

En refusant de dénoncer son agresseur, la victime laissait un violeur en liberté. Ce dernier à l'abri du soupçon pouvait perpétrer son crime et s'attaquer à d'autres proies, en toute impunité.

— Ne te fais pas de souci, personne ne le saura, et c'est bien dommage.

Le docteur lui donna un dernier conseil avant de la quitter : pour écarter les doutes, Finette devait sortir de la maison le plus tôt possible, se montrer dans le bourg comme si de rien n'était.

La pureté de l'aube pénétra dans la chambre.

L'ambulance quitta la ferme vers les huit heures. Jules n'avait toujours pas repris connaissance, ce qui facilita son transfert. Lucide, il aurait refusé qu'on le trimbale. Comme beaucoup de campagnards, il avait la hantise de l'hôpital : on y entrait debout, on en sortait la plupart du temps allongé, les pieds devant. Mourir pour mourir, il valait mieux que ce fût chez soi, à l'abri des regards indiscrets.

Charlotte prit sa gueule triste, comme disait son mari pour se moquer d'elle quand elle avait de la peine. Elle regarda la camionnette grimper la rabine et disparaître derrière la haie de chèvrefeuille. Elle rentra seule dans sa maison et referma la porte derrière elle sans un regard pour ceux qui avaient attendu le départ de Jules. Leur présence n'était plus souhaitée, chacun rentra chez soi. Léontine alla au-devant de Célestin et de ses trois beaux-fils qui entraient dans la cour. Aucune trace de Pierrot. Ils revenaient bredouilles et soucieux.

— C'est bon signe, risqua Léontine, s'il lui était arrivé quelque chose, vous l'auriez retrouvé.

Célestin libéra ses garçons, Tintin devait prendre le train du retour des permissionnaires. Henri et Louis étaient attendus par leurs patrons. Le cordonnier remercia ses fils d'être venus, en son nom et celui de Léontine.

— C'est bien normal qu'on vienne aux noces de notre père, répondit Louis qui avait le cœur sur la main.

— Sacré Louis, va ! dit le cordonnier, fier de ses gaillards et de celui-ci en particulier.

Il contempla ses trois beaux garçons — devenus des hommes — qui se tenaient devant lui. Il les embrassa par ordre de naissance, d'abord l'aîné, puis le cadet enfin, le plus jeune. Léontine leur faisait la bise en sens inverse. Contrairement à Jules, soucieux de ne montrer aucune préférence, la mariée s'était attardée dans les bras de Louis. Elle le considérait comme son meilleur allié, comme l'atout dont elle devrait user pour faciliter son entrée dans le clan des Lecoq.

Les nouveaux époux se retrouvèrent seuls et désemparés dans la cour de la ferme. Léontine pensait avec mélancolie à sa nuit de noces. Elle qui rêvait de douceur et de poésie depuis des mois, elle s'imaginait contempler la lune depuis la fenêtre, désirer les caresses d'un homme tendre et patient, s'abandonner aux bras d'un mari généreux. Ces dernières semaines, elle avait à nouveau ressenti des émotions de jeune fille, revécu les espoirs déçus par un premier mari accepté à la hâte, un oiseau aussi commun que les chevaliers sont rares. Célestin, lui, ne songeait qu'au dernier de sa couvée.

— Tu crois qu'on va le retrouver ?

— Bien sûr. Il a dû avoir si peur qu'il a couru des kilomètres, il finira par se montrer d'un moment à l'autre.

Elle avait répondu sèchement à Célestin et s'en voulut aussitôt. Dans le regard du cordonnier se lisait l'amour qu'il portait à sa progéniture. Elle devrait se contenter de la neuvième part de son cœur. Pour lui montrer qu'elle n'était pas jalouse et au contraire prête à chérir les enfants de son mari comme s'ils étaient siens, Léontine dit qu'elle avait proposé à Pierrot de s'installer au bourg quand il serait de retour.

— Si on doit des sous pour sa pension, j'en ai, je donnerai ce que m'a laissé Léon.

L'offre de Léontine bouleversa Célestin. Il la prit dans ses bras et lui donna le baiser qu'elle attendait depuis la veille. Sultan soupirait à la gerbière du grenier à foin, il se plaignit pour que les mariés l'entendissent.

— Le chien, on a oublié le chien s'écria Léontine, il va peut-être nous mettre sur sa trace ?

Sultan comprit ce qu'on attendait de lui. Il descendit l'échelle et entraîna les époux sur le chemin du bourg. Le chien parcourut une douzaine de fois la distance qui séparait le village de la ferme. Il allait et venait. Léontine et Célestin peinaient à le suivre. Léontine sautillait pour éviter les flaques et les ornières que Célestin enjambait aisément, il est vrai qu'il était mieux chaussé que sa compagne pour courir les chemins.

— Ne m'attendez pas ! cria Léontine, vous allez trop vite pour moi.

Ils patientèrent. Célestin enleva sa veste qu'il jeta sur son épaule. Léontine le rejoignit et s'arrêta pour souffler.

— D'ici qu'on le trouve à la maison.

— C'est pas possible, répondit Célestin, les filles nous auraient prévenus.

Ils repartirent, derrière Sultan. Après quelques minutes d'une course haletante, ils arrivèrent à la porte du cimetière. Le chien se coucha devant la grille. Il posa son museau sur ses pattes avant, il avait rempli sa mission.

— S'il nous a conduits ici, c'est que Pierre y est passé ce matin.

— Et s'il l'a fait, c'est pour qu'on y vienne nous aussi, ajouta Léontine.

Elle prit peur car elle croyait aux signes. Elle y vit un mauvais présage. Elle se sentit coupable. Elle eut froid et remonta son châle sur sa gorge. Les morts n'abandonnaient pas aussi facilement leurs vivants. Ils se vengeaient quand ils étaient offensés. Elle se souvint d'un conte que lui narrait sa mère à la veillée. Une veuve et son deuxième époux trinquaient le soir de leurs noces à la santé du mari défunt. Ils pensaient encore à lui quand ils se glissèrent dans les draps. Ils imaginaient la tête qu'il ferait s'il les voyaient allongés côte à côte. Soudain leurs cheveux se hérissèrent aussi raides que les poils d'un porc-épic. Le mort leur apparut assis à la table, devant la bouteille et les verres vides. Il se tint immobile et silencieux la nuit entière, les yeux rivés sur le lit, le sourire en coin aux lèvres. La peur emporta les nouveaux mariés, le soleil se leva sur deux cadavres punis de n'avoir pas su respecter les morts. Sa vengeance accomplie, le premier époux sortit de la maison. Il entra dans l'église et sonna lui-même le glas de ses victimes. Célestin et Léontine entrèrent dans le cimetière. Chacun alla se recueillir sur sa tombe. Famille Lecoq-Leroux d'un côté, famille Lefeuvre-Guilbert de l'autre. Les inscriptions gravées sur les croix les rejetaient dans leur clan d'origine. Elles leur rappelèrent que tout était préparé pour qu'ils fussent séparés dans la mort. Ils venaient de fonder une famille Lecoq-Guilbert, il leur faudrait creuser une nouvelle tombe, planter une nouvelle croix avec leurs noms dessus si l'envie leur venait de reposer l'un près de l'autre. Célestin rassura Joséphine après s'être recueilli et prié pour le repos de son âme.

— Te fais pas de souci pour Pierrot, il est pas perdu, on va le retrouver.

La nouvelle épouse vit son mari parler à sa première femme. Que pouvait-il bien lui raconter ? s'inquiéta-t-elle.

Pour ne pas être en reste, elle aussi conversa avec Léon. Tout allait bien, elle était heureuse. Pour autant, il ne fallait pas qu'il se fasse du mauvais sang, elle ne l'oubliait pas. Il pouvait dormir tranquille.

— Et puis, ajouta-t-elle, je peux bien te le dire à toi, c'est pas vrai je suis pas si heureuse que ça. J'ai pas de chance, j'en ai jamais eu, il m'a toujours manqué cent sous pour faire dix francs.

Elle avait le cafard et elle était prête à pleurer. La fête avait été loupée, c'est sûr, mais c'était pas ça le plus important. Si Jules s'en remettait, elle serait la première à en rire plus tard quand ils s'en souviendraient les uns et les autres. C'était l'avenir qui la tourmentait. Elle redoutait par-dessus tout que ses beaux-fils et ses belles-filles lui fassent payer cher son droit d'entrée dans la famille.

— Faut pas que t'en rajoutes, mon Léon, ne me reproche rien, je suis déjà assez malheureuse. Je t'apporterai des fleurs dimanche.

Ils se signèrent, leur prière dite. Sultan ne les suivit pas quand ils remontèrent au bourg, il pensa que Pierre ne manquerait pas de revenir au cimetière. L'enfant rendait visite à sa mère chaque soir au retour de l'école, ou sa journée finie quand il restait à la ferme. Célestin quitta son costume de noce et se remit au travail. Il n'avait pas l'esprit suffisamment tranquille pour se reposer. Il préférait veiller et attendre des nouvelles de son fils, qu'elles fussent bonnes ou mauvaises.

Léontine retrouva sa maison plus triste que la veille. Elle se sentit plus seule. Pour se changer les idées, elle décida de faire sa lessive.

Finette remplaça son père pour l'angélus de midi. Elle sortit de la maison la tête haute. Elle avait dissimulé ses bras bleuis sous des manches longues et noué un foulard autour de son cou pour cacher les marques laissées par les morsures de Jules. Elle traversa la place et sentit les regards qui l'épiaient derrière les portes et fenêtres. Des passants gênés l'évitèrent. D'autres s'approchèrent.

— Je donnerais cher pour savoir ce qui s'est réellement passé dans l'étable, dit Eugène quand il la vit devant son café.

— Tu ne vas pas me faire croire que t'as pas ton idée, ajouta un client qui avait la sienne.

La rumeur née de la nuit s'amplifia.

— On ne va pas la juger sans savoir, siffla, perfide, Henriette qui avait la réputation de sorcière.

Anna, une belle et pure jeune fille, prit le parti de Finette et répliqua :

— S'il s'est passé ce que vous insinuez, vous n'allez quand même pas la rendre responsable. Pas vous surtout, qui avez affolé tous les gars du pays dans votre jeune temps.

— Insolente, c'est ta mère qui t'a dit ça.

— Oui, c'est elle qui me l'a dit, vous avez même tourné autour de mon père alors qu'ils étaient fiancés.

— Elle est encore jalouse, la vieille pie.

— Jalouse ? sûrement pas.

— Si j'avais insisté, elle ne l'aurait pas eu. Je lui ai laissé. Elle me faisait pitié, faut dire qu'elle n'était pas trop bien tournée. J'avais peur qu'elle reste vieille fille.

— Vous et votre fille, vous n'êtes que des vipères.

— Toi aussi tu es jalouse de ma Louisette ?

Anna gifla Henriette.

— De la part de maman, dit-elle.

Et comme la punition ne lui paraissait pas à la hauteur de l'offense, elle doubla la mise.

— Et de la mienne !

L'événement raviva les rancœurs. La guerre fut déclarée dans le pays, il y eut les pour et les contre, les partisans de la vierge et ceux du présumé violeur. Les deux armées allaient en découdre jusqu'à ce que vérité fût faite et justice rendue. Madame Gervin héla Finette à sa sortie de l'église.

— Entre donc me dire bonjour.

— C'est que je n'ai pas beaucoup de temps, madame Gervin.

— T'as bien cinq minutes à perdre.

Finette repensa au conseil du docteur Gaudeul, elle accepta l'invitation pour prouver qu'elle n'avait pas honte. La bourgeoise s'excusa de se présenter en déshabillé, elle avait traîné pour suivre les péripéties de la nuit. Elle s'était levée tard et n'avait pas eu le temps de s'apprêter.

— Veux-tu du café ?

L'heure était passée de s'attabler pour prendre un jus. Finette accepta néanmoins par politesse et pour le plaisir de voir son hôtesse sortir le beau service à fleurs bleues liséré d'or qu'elle tenait de sa tante Eudoxie. Dans la porcelaine, le café lui paraissait meilleur. Madame Gervin elle-même préférait se passer de champagne plutôt de le boire dans un verre à moutarde. Ce jour-là il ne fut pas question de leur goût sur les arts de la table.

— Ce qui vient d'arriver est bien embêtant, dit madame Gervin.

Elle s'expliqua. Quand on n'avait pas le fin mot d'une histoire, le doute planait dans les esprits. Les gens étaient curieux, ils cherchaient à savoir et, dans l'ignorance, ils inventaient.

— Avant que tu ne croises trop de monde, je voudrais te raconter un fait que certains d'entre nous ont encore en mémoire.

L'histoire remontait à une vingtaine d'années. Charlotte avait accumulé les fausses couches. Trop faible pour assumer son travail à la ferme, elle avait engagé une petite bonne pour lui venir en aide. La gamine lui avait été recommandée par le vicaire. C'était une pauvrette d'une paroisse qu'il venait de quitter dans le sud du diocèse. Elle s'appelait Suzanne, elle était mignonette...

Finette interrompit le récit avant sa fin.

— Avec moi il ne s'est rien passé, madame Gervin.

La bourgeoise se mit à rire pour montrer qu'elle était soulagée. Elle pourrait garder sa couturière.

— As-tu des nouvelles de Pierrot ? demanda-t-elle pour changer de conversation.

La jeune fille fit non de la tête et baissa les yeux.

Pierrot courait la campagne. Il descendit d'abord vers le sud-ouest en direction de Saint-Pern. Il traversa les jardins du château de Caradeuc que l'on surnommait ici le petit Versailles breton, puis il se perdit dans les champs. Il fut repéré une première fois par un chien de ferme. L'animal tira sur sa chaîne et montra les crocs pour chasser le vagabond. C'était l'heure du casse-croûte, le maître et son ouvrier agricole se lavaient les mains dans un seau près de la porte de la maison.

— Qu'est-ce que t'as, Milou ? demanda le maître à son chien.

— Il a vu passer un romanichel, dit l'ouvrier.

— Où ?

— Là, dans le chemin.

— Un homme ?

— Non, un gosse, il s'est échappé en courant dès qu'il nous a vus.

Le patron appela sa femme. Elle apparut sur le seuil.

— As-tu du linge à sécher sur l'herbe ?

— Oui, pourquoi ? s'étonna la femme.

— Cours le ramasser, y'a des romanos.

— C'est pourtant pas la saison.

Elle courut serrer ses draps et ses chemises. Les hommes eurent une discussion au sujet des gitans. Ils s'étonnaient qu'il y eût une saison pour les romanichels comme il y avait celles des oies sauvages, des canards ou des hirondelles. Et pourtant c'était bien vrai, la patronne avait raison, comme toujours, on n'en voyait pas toute l'année. Ils venaient avec le beau temps et repartaient avant les premières gelées.

Pierrot se remit à couvert pour peu de temps. Bientôt la faim le fit sortir du bois. Devant lui s'étalait une prairie entourée d'une clôture. Des vaches y paissaient sans surveillance. Il rampa vers le troupeau. Quand elles le virent s'approcher, les génisses s'enfuirent en ruant du train arrière.

Elles sautillaient en fouettant la queue et remuaient les hanches qu'elles avaient généreuses. Les mères et les grand-mères étaient moins exubérantes, moins farouches aussi. Pierre choisit d'avancer vers une grosse normande. Il la jugea avec ses connaissances de vacher, c'était une bonne laitière, pas forcément une beurrière. Jules lui avait appris à reconnaître la différence à la forme du pis. Il en est des vaches comme des femmes lui avait-il dit pour plaisanter, elles n'ont pas toutes les mêmes mamelles. C'est pas toujours les plus lourdes qui donnent le plus de lait mais c'est souvent les plus fermes qui font le meilleur beurre. Voilà comment il parlait, Jules, quand il était de bonne humeur. Pierrot était si bien avec lui dans ces moments-là.

Il flatta la Normande, la caressa, puis se glissa sous son ventre. Il prit un trayon et fit couler le lait dans sa bouche. Comme le jour où ses frères et sœurs l'avaient couché sous la chèvre.

Il entra dans Saint-Pern à la tombée du jour. Evitant la rue principale, l'enfant s'introduisit dans l'église par la petite porte qui donnait dans le jardin du presbytère. Il prit l'eau bénite et se signa. Une religieuse priait dans l'avant-chœur. Toute à son recueillement, elle ne fut pas distraite par l'arrivée de Pierre. Elle ne le vit ni ne l'entendit se tapir dans le confessionnal. Quand elle fut parvenue au bout de ses litanies, elle décrocha le trousseau de grosses clefs qui pendaient à sa ceinture.

Pierrot suivit ses pas qui résonnaient sur les dalles du transept latéral et de la nef. Il attendit les bruits de serrures des portes des chapelles et de l'entrée principale pour sortir de sa cachette. Le soleil disparut derrière la côte de Plouasné, il plongea l'église dans la nuit. Le petit fut impressionné par le silence qui n'était troublé que par le bruit de sa marche et celui régulier de la pendule du clocher. Le bois des bancs craquait sous l'effet du froid et de l'humidité qui s'installaient pour la nuit. La lueur d'un cierge allumé perçait l'obscurité. Il brûlait sous la statue de sainte Anne, mère de Marie et patronne des Bretons. Il se consumait pour une intention particulière ou le repos de l'âme d'un pécheur condamné à un séjour au Purgatoire.

Pierre ralluma tous les moignons de bougies éteintes. Il les chargea d'éclairer la sainte et de lui transmettre sa supplication.

— Sainte Anne faites que Jules soit pas mort, faites qu'il soit pas mort.

Craignant que sa voix ne lui fasse peur ou ne le signale à d'éventuels promeneurs nocturnes, il entonna en silence le cantique des Bretons. *Sainte Anne, ô bonne mère, toi que nous implorons, entends notre prière et bénis tes Bretons.*

Ses paupières tombaient sur ses yeux fatigués. Il pénétra dans le chœur. Il prit les coussins sur lesquels s'agenouillaient les enfants qui servaient la messe, et les utilisa en guise d'oreillers. Un pour reposer sa tête, l'autre qu'il enferma dans ses bras. C'était sa peluche, son Nounours d'enfant pauvre. Il s'allongea dans une des stalles en chêne, décorées de feuillages et de têtes humaines. Il n'avait jamais eu un lit aussi beau. Le sommeil le prit aussitôt et l'emporta au doux pays du rêve. Il entendit des nonnes joyeuses, chanter et rire des notes de musique. Il vit un essaim de religieuses bourdonner au-dessus de sa tête, des visages souriants ornés de cornettes qui volaient dans le ciel comme de grands oiseaux blancs.

Les premiers rayons du soleil éclairèrent les vitraux de l'Annonciation et de la fuite en Egypte. Ils se colorèrent de vert, de rouge et de bleu. Ils réchauffèrent le visage de Pierrot qui se réveilla, surpris d'entendre une voix de prêtre rappeler aux communiants qu'ils n'étaient pas dignes de recevoir leur Dieu.

— Domine non sum dignus...

Il se leva. Devant lui se tenaient une rangée de sœurs et de bigotes courbées devant la Sainte Table. Sans honte, elles tiraient de leurs bouches édentées et malodorantes des langues chargées de blanc pour accueillir le corps du Christ. Elles se dressèrent et poussèrent un cri d'effroi quand elles virent le diable surgir des stalles. Le Malin avait pris la forme d'un enfant sale, hirsute et déguenillé.

Profitant du désordre qu'avait créé cette apparition, le gamin prit à nouveau la fuite. Il décida de modifier le cap de sa fugue. Il abandonna l'idée de progresser vers l'ouest et remonta au nord-est en direction de Hédé.

Après une matinée de marche il atteignit les berges du canal d'Ille-et-Rance qu'il longea jusqu'au lieu-dit de la Madeleine. Treize écluses s'y superposaient pour grimper de la plaine de Tinténiac au plateau de Guipel. On les voyait toutes à la fois tant leurs biefs étaient courts. L'endroit impressionnait par sa beauté. Autant dire que la circulation fluviale y était encombrée. Les péniches, chargées au port de Saint-Malo, descendaient vers Rennes. Elles approvisionnaient la capitale en bois, en papier, en charbon et autres denrées nécessaires. Des petits bateaux, insuffisamment armés pour doubler le raz de Sein et naviguer en mer d'Iroise, remontaient de La Roche-Bernard jusqu'à la cité des corsaires au calme des eaux douces. Il leur arrivait aux uns comme aux autres de séjourner deux jours à la Madeleine pour franchir les treize écluses. Pierre repéra un chaland isolé qui attendait son tour en amont de la septième. Il fut pris du désir de partir par un chemin où il ne laisserait pas de trace. Il eut l'envie d'embarquer et de prendre le large. Il attendit patiemment le moment propice pour monter à bord. Le marinier descendit à la salle des machines. Pierre bondit. Il se cacha à la proue, au plus loin de la cabine. Il imagina son voyage. Il se vit traverser Tinténiac qu'il connaissait déjà pour s'y être rendu au comice agricole en la compagnie de ses maîtres. La faim qui faisait gronder son estomac lui rappela les odeurs de saucisses grillées et le goût des galettes qu'on enroulait autour. Il se souvint de la douceur de la couenne du bébé cochon qu'il avait porté dans ses bras. Il entendit les chants grivois que braillait Jules sur le chemin du retour. Il avait rencontré trop de copains à la buvette, il pissait tous les kilomètres. Après Tinténiac la péniche coulerait vers Saint-Domineuc. Charlotte y avait une cousine qu'elle ne fréquentait pas. Jules la trouvait trop bête, la plus bête de sa belle famille qui comptait un grand nombre d'idiots.

Il ne connaissait pas les noms des pays qui suivaient. Il débarquerait à Saint-Malo et là, tenterait d'aller chez sa sœur Adèle. Elle le cacherait sûrement dans la cave de ses patrons. Elle le nourrirait avec les restes des repas des domestiques. Les assiettes étaient tellement pleines que personne n'arrivait à tout manger, avait-elle affirmé un jour à la maison. Elle lui trouverait une vieille couette et des couvertures pour la nuit. S'il devait rester longtemps elle lui couperait les cheveux, elle avait appris à le faire. Il savait qu'il pouvait compter sur elle, elle le dénoncerait pas.

Hélas ! Quand son tour fut venu de passer l'écluse, le marinier remonta le long de son chaland pour larguer les amarres de la proue. Il découvrit son passager clandestin et le chassa.

Pierre n'eut d'autre alternative que la marche. Il se

déplacerait la nuit comme les animaux nuisibles, il dormirait le jour sur des lits de verdure, à l'abri de cabanes qu'il construirait avec des branches. Sa décision prise, il attendit le soir pour se mettre en route.

Le renard glapit et sortit du bois en même temps que le vagabond. Il rôda autour d'une ferme et s'approcha de son garde-manger. La bête eut la surprise de voir une ombre pénétrer dans le poulailler avant lui, la silhouette d'un garçon qui sema la panique dans la basse-cour endormie.

Francis et Marie veillaient dans leur cheminée immense où fumaient l'andouille et le flétan acheté aux marins malouins qui le pêchaient sur les bancs de Terre-Neuve.

— V'là encore ce maudit renard, dit Francis, j'ai pourtant réparé le grillage.

— Presse-toi ! conseilla Marie, il va encore nous en tuer une.

Le paysan s'arma de son fusil et partit en guerre. Il contourna le pigeonnier pour surprendre le prédateur. Une fois de plus, l'animal avait détalé. Francis vérifia l'état de la clôture, le renard n'y avait pas fait de nouvelle brèche, il s'était enfui par la porte entrouverte. Le chasseur rentra bredouille.

— En a-t-il tué ? demanda Marie.

— Je sais pas, y'a de la plume en tout cas.

Le fermier rangea son fusil derrière l'armoire. Il revint s'asseoir près du feu et se plongea dans ses pensées. Il rumina longuement, puis s'écria :

— T'as pas fermé quand t'as rentré les poules ?

— Ah si ! se défendit Marie, même que j'ai vérifié à deux fois.

— V'là qu'il ouvre les portes maintenant, dit gravement Francis.

— Qu'est-ce que tu racontes ? C'est pas possible.

— Je te dis que si !

Le paysan connaissait les ruses du renard mais de mémoire d'humain il n'avait jamais entendu dire qu'il tirait les taquets ou levait les crochets des portillons. Il allait alerter le châtelain au plus vite, il fallait organiser une battue pour exterminer l'ennemi.

— Dès demain, ajouta Marie. Non seulement il mange nos poules, mais il peut aussi nous amener la rage.

— Tais-toi ! dit Francis, tu vas nous attirer le malheur.

En cette nuit de lune descendante, la faim condamnait Pierre à tuer. Il lia les pattes de la poule et la pendit à une branche de pommier. Il saisit son cou et lui ouvrit le bec pour la saigner. La bête savait sa dernière heure arrivée. Ses yeux brillèrent sous la lune d'un éclair qui condamnait le tueur. Pierrot n'oublierait jamais ce regard accusateur. Il craignit de voir le sang couler et la vie s'éteindre dans l'œil de sa victime. Il retira la lame du gosier.

La poule épargnée courut en voletant retrouver ses compagnes. Elle dut coucher à la belle étoile, la porte étant fermée.

Le lendemain, Francis et huit fermiers des alentours se rendirent au manoir de Pleugueuneuc. Monsieur Courtois, leur propriétaire, les accueillit.

Il était châtelain, vétérinaire et lieutenant de louveterie. A ce dernier titre, il était chargé par l'Administration des Eaux et Forêts d'organiser les chasses aux loups, aux renards et autres bêtes nuisibles. Il écouta les doléances de ses fermiers.

— Ils viennent un peu chez tout le monde, se plaignit Francis, mais il y en a un qui me rend visite toutes les nuits.

Le châtelain aimait rire de tout et de pas grand-chose. Un rien malicieux, il lui demanda pourquoi il ne montait pas la garde. Il connaissait la réponse.

— Il a mieux à faire, dit Roger, un paysan jovial et coloré.

Les rires fusèrent autour du veinard.

— C'est pas donné à tout le monde d'avoir une belle femme ! répliqua monsieur Courtois.

Flatté du compliment, Francis remercia son propriétaire. Ils passèrent ensuite aux affaires sérieuses. Le lieutenant de louveterie distribua ses ordres. Les chasseurs se diviseraient en deux goupes. Une unité ratisserait la partie arrière du château et les terres attenantes. L'autre repartirait avec Francis dans la direction de sa ferme. Il s'excusa de ne pas être des leurs, la battue n'était pas son sport favori, une manière élégante de leur avouer qu'il répugnait à participer au carnage.

— Et merde ! leur cria-t-il, avant de les lâcher dans la nature.

Un grand enclos entouré de murs interdisait l'accès du château. Pour entrer chez lui, monsieur Courtois dut emprunter le pont qui franchissait un « saut de loup » devant la grille monumentale. Une douve creusée pour se protéger de la méchanceté des animaux et de la malice des hommes. Cette définition du saut de loup plaisait au châtelain. Il l'avait lue dans les archives de son domaine, il la citait chaque fois qu'il passait le portail en compagnie d'un invité. Parfois il s'amusait à en inverser les termes pour dire que son fossé le gardait de la malice des bêtes et de la méchanceté des humains.

Il ne manquait jamais de servir de guide au visiteur. Il renseignait sur l'origine des constructions d'époques diverses et de caractères différents. Il expliquait comment elles avaient été ajoutées les unes aux autres au cours des siècles. Il faisait admirer l'art des bâtisseurs d'antan. Il demandait qu'on levât les yeux pour s'émerveiller des toitures couvertes d'ardoises dont le noir bleuté luisait à l'orient et se vert-de-grisait à l'occident porteur de crachins et de giboulées. Bien qu'il fût seul, il s'arrêta machinalement à la grille et porta son regard sur les trois tours dont les toits en forme de cloche étaient surmontés de campaniles. Il aimait la fantaisie de ces trois niches qui égayaient le sommet de l'édifice et le sauvait d'un classicisme trop rigide. Madame Courtois apparut à une fenêtre et vint le troubler dans sa contemplation.

— Que se passe-t-il, Edouard ?

— Rien, Madeleine.

— Comment rien ? Ils avaient bien une requête.

— L'autorisation de massacrer du renard.

— Tu la leur as donnée.

— Oui, Madeleine.

— Pauvres bêtes.

— On voit bien que tu n'as pas de poulailler.

Elle haussa les épaules et disparut dans sa grande demeure.

La meute fila à la queue leu leu le long d'un petit sentier. Elle se dispersa à l'entrée du bois. A cette heure de la matinée, les renards se reposaient dans leurs terriers des longues courses de la nuit. Pierrot en fit autant, il avait pris les mœurs des bêtes sauvages. La forêt cernait en partie le château. C'était un massif de feuillus coupé de landes et d'étangs. La roche vive apparaissait çà et là au pied des hêtres et des chênes. Les pierres à légendes se dressaient aux carrefours des allées. Leur présence nourrissait les croyances et l'imagination des autochtones. Le rocher entaillé aurait, paraît-il, servi d'autel à des sacrifices humains. Le caillou creux abrita un ermite aveugle. Il délivrait les mourants des tourments qui précédaient le trépas en les aspergeant de l'eau de sa fontaine. On y venait encore tremper les vêtements des malades, les linges qui couvraient la partie de leur corps dont ils souffraient. L'eau purificatrice chassait la maladie. Les femmes stériles imploraient le grand menhir. Elles venaient s'accroupir devant la pierre levée les nuits de nouvelle lune et repartaient fécondes.

Il y avait aussi la grotte aux loups. Le pays en comptait encore quelques-uns. De temps en temps les paysans en repéraient sur la lande. Ils les reconnaissaient à leur museau pointu, leurs oreilles dressées, leur queue touffue et pendante. On les disait particulièrement féroces. Ils s'attaquaient à l'homme dont ils goûtaient la chair. Ils tenaient cet appétit de leurs ancêtres qui dévoraient les cadavres abandonnés sur les champs des batailles, nombreux aux portes de la Bretagne.

Pierre le savait. Il le tenait de Jules qui lui apprenait tout. Le matin il était entré dans la grotte, pensant s'y réfugier pour la journée. Mais il avait senti l'odeur du loup et s'était enfui à toutes jambes. Il préféra tisser un toit de branchages dont il couvrit un trou dans lequel il s'endormit. Il ne se méfia pas du loup-garou, l'homme-bête dont la cruauté surpassait de beaucoup celle de l'animal.

Les yeux des chasseurs fouillaient les fourrés et les broussailles. Francis évita une branche fraîchement cassée. Il s'accroupit pour examiner l'empreinte de la bête. Comme un chien il dressa la tête, tendit l'oreille, huma l'air dans la direction indiquée par la trace de celui qu'il poursuivait. Il aboya. De vrais chiens lui répondirent. Ils poussèrent un coup de gueule et accoururent vers lui, la queue frétillante.

Dans son terrier, le renard trembla. Pierre souleva son toit. Il vit les hommes courir derrière la meute et l'exciter de leurs cris.

— Avec un peu de chance on va en tuer deux, dit Francis.

Les chiens découvrirent l'entrée du terrier. Déjà, l'un d'eux affrontait le renard à l'intérieur tandis que les autres grattaient pour élargir le trou. Pierrot paniqua. Il jaillit au milieu des ronces et des genêts. Un éclat de voix retentit.

— Là !

Un tireur visa la boule sombre qui surgit au sommet d'un talus. Il tira ses deux cartouches. Pierre trébucha et s'abattit sur le sol. Tout près de là, les chiens déchaînés se ruaient sur le renard qu'ils avaient fini par faire sortir de sa tanière. Les paysans penauds revinrent avec leur prise, une bête et un enfant qu'ils transportèrent sur une civière de fortune, deux triques jointes par des branches entrelacées recouvertes de fougère. Ils s'arrêtèrent en vue du château.

— Quelqu'un vient avec moi ? demanda Francis.

Il n'y eut pas de volontaire.

— Vous êtes vaches, c'est quand même pas moi qu'ai tiré.

— Oui, mais c'est toi qui as commandé, lui reprocha Roger qui cherchait à lui faire endosser la responsabilité de l'accident.

Francis remercia ses complices pour leur courage, dès qu'il y avait un emmerdement tout le monde se carapatait comme d'habitude. Il s'en fut seul au-devant de son propriétaire qui les avait vus sortir de la forêt. Il se découvrit et courba l'échine. Monsieur Courtois flaira la mauvaise histoire.

— Vous voilà déjà !

— Oui, monsieur.

— Alors ?

Francis dressa le tableau de chasse. Ils avaient eu une renarde. Par bonheur la femelle était pleine, c'était autant de petits en moins à grandir dans le coin.

— Et la bête que vous promenez sur vos bouts de bois ?

Francis perdit son sourire. Il avait une autre nouvelle, moins plaisante à dévoiler.

— Monsieur, il nous arrive une drôle d'histoire. On a trouvé un enfant dans les bois, avoua le chasseur.

— Il était perdu ?

— C'est bien possible.

— Tu le connais ?

— Non, et mes collègues non plus.

Ils lui avaient parlé pourtant, mais le gosse n'ouvrait pas la bouche.

— Amène-le, commanda le propriétaire.

— J'aimerais autant que vous veniez le voir, monsieur Courtois, enfin, si cela ne vous dérange pas.

L'affaire était sérieuse. Le châtelain s'approcha et découvrit l'enfant, inerte. Intrigué, monsieur Courtois questionna son fermier qui rechignait à raconter de lui-même.

Les hommes formaient un cercle autour de l'enfant et du vétérinaire. Ils avaient tous enlevé leur casquette et affichaient des mines coupables. Leur regard implorait le pardon, mais monsieur Courtois décida de ne pas se laisser attendrir.

— Où l'avez-vous touché ?

— Dans le gras des fesses, aux cuisses et aux mollets, répondit Francis.

Le sang coulait jusqu'aux chevilles.

— Donne-moi ton couteau !

Le vétérinaire rassura l'enfant. Il voulait juste échancrer les jambes de sa culotte pour mieux examiner ses blessures.

— Vous ne l'avez pas loupé. Dis-moi, mon garçon, t'as rien de cassé ? Est-ce que t'as pris des plombs ailleurs que dans l'arrière-train ?

Pierrot ne répondit pas. Il claquait des dents, de douleur et de froid. Une lueur sauvage animait son regard.

— Il est secoué le pauvre gosse. Est-ce qu'il en a dans le dos ?

— Je ne crois pas, dit Francis. Il n'en a pas si haut, hein les gars ?

— Non, répliquèrent-ils en chœur.

Sa vie n'était donc pas en danger.

Monsieur Courtois exigea un compte rendu détaillé. C'était bon signe. Les chasseurs qui étaient au garde-à-vous se détendirent et prirent la position du repos, l'arme au pied, la main sur la boucle du ceinturon. S'ils avaient tout perdu de l'enseignement de l'école, ils n'avaient rien oublié de l'instruction militaire.

Francis prit la parole. D'entre tous, il était celui qui s'exprimait avec le plus d'aisance. Il expliqua qu'il avait vu bouger ce qu'il prenait pour un renard dans le fourré. Au moment où les chiens allaient plonger dessus, il crut que la bête s'échappait. Trop loin pour assurer son tir, il alerta ceux qui longeaient le talus. Roger avait épaulé. Il avait fait feu de ses deux canons.

— Heureusement qu'il vise mal, commenta-t-il.

Monsieur Courtois se mit en colère. Il fallait leur faire peur pour éviter d'autres pépins, des drames que la chasse engendrait.

— Bougre de couillon, imagine un peu, si tu l'avais tué, quelle tête tu ferais maintenant. Tu ne pouvais pas attendre de voir la bête avant d'épauler ?

Francis eut pitié de son camarade. Il tenta de l'excuser en s'accusant d'avoir commandé le tir.

— Oh ! je sais, poursuivit monsieur Courtois, hors de lui, vous êtes tous bons à mettre dans le même sac. Il n'y en avait pas un pour racheter l'autre. Ça les démangeait d'appuyer sur la détente. Pourquoi ne tiraient-ils pas sur tout ce qui bougeait ? Ils pourraient en faire des tableaux et des cartons. Ils en auraient des exploits à raconter le dimanche au café. Ils méritaient qu'on les désarme et qu'on leur supprime pour toujours le permis de chasser. La menace était terrible. Leur ôter le droit de courir le lièvre, de lever la perdrix et de tirer la bécasse, les priver du bonheur de retrouver les copains et de jouer au soldat le dimanche, c'était leur prendre le seul plaisir qu'ils s'octroyaient dans la vie. Monsieur Courtois le savait. Il les laissa mariner quelques instants dans leur inquiétude.

— Soyons de bons chasseurs, bon Dieu !

Les hommes étaient soulagés. Cette ultime recommandation du lieutenant de louveterie fut la preuve qu'ils n'étaient pas condamnés. Madame Courtois ouvrit une des quarante-trois fenêtres de son manoir. Elle apparaissait à l'une d'entre elles chaque fois qu'un événement inattendu venait troubler la monotonie de sa vie de châtelaine.

— Qu'arrive-t-il, Edouard ?

— Ces messieurs ont la fâcheuse manie de faire parler les plombs avant leurs cervelles. Ce qui prouve qu'ils n'en sont guère pourvus.

— C'est bien le moment de faire de l'esprit, lui reprocha sa femme en montrant une certaine impatience.

— Je n'ai guère envie de plaisanter pourtant, dit-il à l'adresse de Roger et de Francis qui transportaient Pierrot sur le brancard.

Madame Courtois dévala l'escalier. Elle arriva justa à temps pour ouvrir la porte.

— Mon Dieu ! un enfant ! c'est un enfant.

Brusquement la vue de cet adolescent blessé fit resurgir le traumatisme qu'elle avait subi après la mort de son fils unique.

— Edouard, que va-t-il encore nous arriver ?

Le mari qui n'en savait rien marmonna que cela n'était pas le moment de s'affoler.

— Dis à Antoinette de faire chauffer de l'eau. Apporte-moi des serviettes.

— Qu'est-ce que tu vas faire ?

— Lui extraire les plombs pardi. Il en a les fesses truffées le pauvre gamin.

Il commanda aux brancardiers de le suivre. Le ciel noircit par le sud. Le tonnerre se fit entendre. De grosses gouttes de pluie annoncèrent l'averse.

— Et voilà l'orage, dit madame Courtois comme si elle s'attendait à ce qu'il fût exact au rendez-vous.

Les salles, les escaliers, l'intérieur du château jusqu'alors si calme résonna des cris de la châtelaine.

— Antoinette ! Antoinette !

— Voilà, voilà on arrive.

— Fais bouillir de l'eau, mon mari va opérer.

— Dans le château ?

— Voyons, Antoinette, il ne s'agit pas d'une vache ou d'un cheval mais d'un pauvre enfant.

— Il est arrivé un malheur ?

— Presse-toi ! je te raconterai plus tard.

Antoinette était la fille du forgeron de Pleugueuneuc. Quand elle avait échoué au certificat d'études, madame Courtois l'avait prise à son service. Elle nourrissait envers elle les sentiments d'une tante ou d'une cousine à la mode de Bretagne. Antoinette était plus qu'une servante, elle était le sourire et la jeunesse de la maison. Elle n'était pas tenue de donner du « monsieur » ou du « madame » quand elle adressait la parole à ses maîtres. Devant le monde, par respect, et pour rester à sa place comme elle disait, elle avait décidé d'ajouter le patronyme.

— Madame Courtois est servie.

Ce laisser-aller choquait parfois les hobereaux des environs et la haute bourgeoisie locale, à cheval sur les principes.

Dans l'intimité du quotidien Antoinette utilisait le « on », pratique et passe-partout.

— On va le faire dormir au château.

— Presse-toi donc au lieu de jacasser.

— Je demandais ça pour savoir si on avait l'idée de la chambre à préparer.

— File, je te dis.

— On verra ça plus tard alors ?

— Oui.

Antoinette disparut dans le couloir qui menait à l'office. Francis et Roger avaient déposé le blessé dans le bureau de monsieur Courtois.

Le propriétaire congédia ses fermiers sans ménagement, il ne supportait plus de les avoir dans les pattes comme les chiens qui quémandent une caresse.

— Allez-vous-en ! je vous ai assez vus pour aujourd'hui.

Il décida d'opérer sur la table de son bureau qu'il débarrassa de la lampe, du sous-main, des dossiers et des encriers. Antoinette le recouvrit d'un drap du dessous plié en deux pour éviter les taches de sang. Le vétérinaire eut beau bavarder pour distraire son patient, l'intervention fut douloureuse car l'homme dut charcuter dans le vif.

— Je sais que je te fais souffrir, mon bonhomme, mais

il vaut mieux que je te débarrasse de ces plombs tout de suite. Autrement, ils risquent de se balader un peu partout dans ton corps et de se nicher dans des endroits difficiles à localiser. Alors là, ce sera plus compliqué de les extraire.

Madame Courtois était assise près de la tête de Pierrot. Elle lui caressait ses cheveux sales. Elle n'hésitait pas à lui embrasser le front quand il avait mal.

— On dirait qu'il ne t'entend pas.

— Si, il m'entend. Il est effrayé par ce qui lui est arrivé, petit à petit il va se remettre, hein bonhomme ?

Madame Courtois lui donna un autre baiser long et sonore.

Elle profitait de l'occasion et de l'immobilité du garçon pour se rassasier d'embrassades, de caresses et d'étreintes maternelles. Elle en était privée depuis si longtemps déjà.

— Comment t'appelles-tu ? Tu ne veux pas nous le dire ?

Le vétérinaire pinça un nouveau plomb. Il l'arracha du mollet d'un coup sec. Pierrot sursauta.

— Attention, Edouard ! Tu oublies que c'est un enfant, pas un veau ou un mouton. C'est un chat, un petit matou, répétait-elle attendrie.

Edouard déposa le plomb dans le plateau d'argent que lui présentait Antoinette.

— Ça fait combien ?

— On en a retiré sept.

— Tu devais avoir la jambe lourde. Elle est plus légère maintenant.

— N'essaie pas de le faire rire, dit sa femme. Tu vois bien qu'il n'en a pas envie. Pauvre minet, dans quel état il est.

— Il doit mourir de faim, on ne voit que ses yeux dans son visage, fit remarquer Antoinette.

— Veux-tu manger?

Monsieur Courtois conseilla plutôt de lui donner à boire. Antoinette emplit un verre d'eau. Madame Courtois l'approcha des lèvres de Pierre. Il n'ouvrit pas la bouche.

— On se méfie, chuchota la servante à l'oreille de sa maîtresse.

— Faut pas avoir peur de nous, nous ne sommes pas méchants. Tu vois, nous te soignons pour que tu n'aies plus mal.

De guerre lasse, Pierre se laissa convaincre.

— Regarde, Edouard, il boit, il commence à s'apprivoiser.

Quand le vétérinaire eut extrait les sept plombs du mollet, les treize de la cuisse et les dix-neuf du fessier, il commanda qu'on lessivât le petit cochon.

— Il sent le bouc l'animal.

— Non, Edouard, il sent le chat mouillé.

Monsieur Courtois commanda à Antoinette de le briquer dans la cuisine. Son épouse s'y opposa et ordonna qu'on l'amène dans « sa » salle de bains. Le jeune homme avait atteint l'âge d'être pudique.

Pierrot n'avait jamais vu de salle de bains de sa vie. Celle-ci était de marbre blanc. La baignoire reposait sur des pieds de lions qui sortaient leurs griffes. Deux vasques scellées côte à côte servaient de lavabos. Les robinets étaient de vermeil doré, fondus en forme de gargouilles. L'eau coulait de la gueule du lion dans la baignoire, de becs d'aigles au-dessus des cuvettes. Tout lui renvoyait son image, les miroirs, les murs, le sol. La tommette était si propre et si lustrée qu'on aurait pu manger dessus. Madame Courtois invita Pierre à se dévêtir derrière un paravent chinois. Il ne bougea pas d'un centimètre.

— Tu préfères que je m'en aille ?

Elle lui indiqua l'emplacement du savon, du shampooing, du gant de toilette et des serviettes.

Elle lui conseilla de ne pas mouiller les bandes velpeau qui lui entouraient le mollet et la cuisse ni les pansements que monsieur Courtois lui avait appliqués sur le fessier. Puis elle sortit lui choisir des vêtements propres.

Pierre bâilla à s'en décrocher la mâchoire inférieure, il était épuisé, rendu.

Madame Courtois pénétra dans la chambre de son fils, François. Une sorte de musée dans lequel elle faisait revivre chaque jour ses souvenirs de mère heureuse. Elle y avait exposé ses jouets d'enfants et ses instruments de jeune homme sportif, du hochet aux raquettes de tennis, de la luge aux skis de montagne. Ses photos encadrées ornaient les murs et couvraient les meubles. La dernière le représentait en tenue de jeune officier de cavalerie. Elle avait été prise au début de l'année 1914, quelques mois avant qu'il ne soit tué. A Noël, cette année-là, sa mère accrocha le portrait à la tête du lit qu'elle ouvrit chaque soir et refit chaque matin durant de longs mois, refusant d'admettre sa mort. Elle ne se résigna que lorsque le corps de son fils lui fut restitué, un jour d'orage.

Elle regarda la photo, lui dit en souriant :

— Je ne vais pas avoir beaucoup le temps pour te parler aujourd'hui, François, j'ai à faire, comme tu as pu le constater.

Elle ouvrit l'armoire et la garde-robe. Elle en tira des sous-vêtements, chemises et costumes pour habiller l'enfant. Elle les étala sur le lit pour faire son choix. Elle avait gardé ses habits au cas où François aurait eu un petit frère. Qui n'était jamais venu.

A la vue de cet étalage, l'émotion fit briller ses yeux.

— Il m'en a fallu des boules de naphtaline pour les sauver des mites.

Elle s'interrogea sur la taille qui siérait à l'enfant

— Voyons, estima-t-elle. Il est plus petit que tu ne l'étais à son âge... celui-ci devrait lui aller.

Elle huma l'odeur du veston qu'elle avait retenu.

— Oh ! il est temps que je leur fasse prendre l'air.

Elle ouvrit une fenêtre. Inquiète de ne pas entendre de bruit d'eau dans la salle de bains, elle colla son oreille à la porte.

— Tout va bien ?... Tu as tout ce qu'il te faut ? Elle n'obtint pas de réponse.

N'osant ouvrir la porte elle-même, elle descendit chercher son mari. Edouard remettait de l'ordre dans son bureau quand il la vit surgir dans tous ses états. Elle lui expliqua qu'elle avait laissé l'enfant dans la salle de bains pour ne pas le gêner et qu'elle ne l'entendait plus. Elle lui avait parlé derrière la porte mais il ne répondait pas.

— Ne t'affole pas, Madeleine, laisse-le se contempler. Il n'a pas dû se voir bien souvent dans un miroir.

Il fallait toujours qu'il cherche à plaisanter ou à faire un mot d'esprit, même dans les moments les plus graves. Cette tranquillité de façade finissait par agacer son épouse.

— Ça suffit, Edouard ! J'ai comme un pressentiment, s'il s'était évanoui dans la baignoire ?

Cette fois, le mari fut le premier à courir dans l'escalier. Les kilos superflus l'essoufflèrent. Il découvrit Pierre allongé sur le tapis de bain. Il dormait.

La nuit tombée, la meute des chiens répondit aux glapissements des renards et des loups. Madame Courtois ne trouvait pas le sommeil. Comme une jeune mère, elle se leva pour s'assurer que Pierre respirait normalement. L'enfant, fiévreux, ruisselait de sueur qu'elle épongea. Puis elle lui rafraîchit le visage avec un linge imbibé d'eau de Cologne.

Edouard dormait quand elle revint se coucher. Elle le réveilla.

— Edouard ?

— Oui, Madeleine.

— Nous allons le garder ?

— Garder qui, garder quoi ? répondit-il, agacé d'avoir été interrompu dans son sommeil.

Puis il réagit.

— Ah, l'enfant ! Mais enfin Madeleine, on verra cela demain. Ce n'est pas aussi simple... Il faudra se renseigner pour savoir d'où il vient, qui il est, s'il a des parents.

— Je t'en supplie, Edouard, laisse-moi m'en occuper un peu, le temps qu'il guérisse.

— Dans un jour ou deux il sera sur pied.

— Non, il a attrapé du mal. Il est fiévreux, il transpire, il respire difficilement.

— Alors disons huit jours.

Elle avait obtenu ce qu'elle voulait, se tourna sur le côté et s'endormit.

L'enfant se réveilla au beau milieu de la nuit. Où était-il ? Rêvait-il ? Non. C'était bien lui, Pierrot, qui était couché dans un lit à colonnes, comme il en avait vu dans un livre de contes. C'était bien lui, Pierrot qui se trouvait dans une chambre lambrissée du haut en bas des murs. A qui appartenaient ces jouets ? Qui figurait sur les innombrables photographies posées çà et là sur les meubles ? A qui étaient destinés ces beaux habits étalés sur les chaises et les fauteuils ? Il chercha ses nippes. Il ne les trouva pas et sortit nu de la chambre.

Il eut la frousse dès qu'il fut sur le palier et hésita à descendre l'escalier monumental qui plongeait dans un trou noir. Autant il lui semblait facile d'errer dans les bois, autant il lui apparaissait périlleux de se promener la nuit dans les châteaux.

Du haut de la balustrade il entendit les ardoises claquant dans le vent commes les castagnettes des Andalouses.

A cet instant lui revinrent à l'esprit toutes les histoires qu'on avait pu lui raconter sur les fantômes qui animaient la nuit dans les châteaux. Il imagina les revenants se faufilant sous les toitures que la brise soulevait pour leur livrer le passage, se poursuivant, jouant à cache-cache et dansant sur des airs macabres dans les greniers.

Il entrevit la fin du bal et les fantômes regagnant le sous-sol. Ils se réunissaient alors aux cuisines pour souper. Malheur aux humains qui oubliaient de garnir leurs placards de bonnes nourritures car la fureur des esprits était à la mesure de leur déception.

Dans ces moments, ils cassaient tout ce qui pouvait être brisé par la main de l'homme, et davantage, s'ils le voulaient. Leur colère les poussait parfois jusqu'à allumer des feux, des incendies qui brûlaient les pierres et les gens. Au contraire, s'ils trouvaient de quoi remplir leurs estomacs, ils leur arrivait de laisser derrière eux quelques marques de leur gratitude en transformant en or le cuivre des casseroles et les barres des fourneaux. Lorsqu'ils avaient trouvé bonne chère et bons vins, ils emplissaient de louis les tonneaux vides.

Aux premières lueurs du jour, ils se groupaient dans la cheminée par où ils s'élevaient pour regagner le monde des ténèbres. C'est encore Jules qui lui avait affirmé cela.

Pierre dévala l'escalier, la trouille au ventre. Il était en nage et tremblait de froid. Il déambula dans les immenses pièces du rez-de-chaussée, craignant de rencontrer un fantôme derrière chaque porte. Il traversa la Vieille Salle des gardes, pavée, austère et rude, aménagée jadis pour le repos des soldats au retour des batailles. Puis, le Grand Salon, au plancher de bois ciré, lieu des réunions élégantes et mondaines, des bals et des festins. Pierre fut terrifié par son ombre qui se profila sur les murs, par son image que lui renvoyaient les glaces et les vitraux.

Il trouva le salon qui tenait lieu de vestibule, et en secoua la porte de toutes ses maigres forces pour faire céder la serrure. Une voix connue le fit sursauter. Il se retourna et vit un revenant vêtu d'une robe de chambre. Il avait l'apparence de monsieur Courtois.

— N'essaie pas, mon gars, tu ne vas pas y arriver.

Pierre recula dans l'encoignure de la porte. Le châtelain avança vers lui doucement, prudemment. Il continua de parler pour l'amadouer.

— Pourquoi as-tu si peur? On ne te veut que du bien. Comprends-tu ce que je te dis? Sais-tu parler?

Il réussit à le toucher, à lui prendre les mains, à l'attraper à bras-le-corps. Pierre se défendit comme une bête sauvage, il voulut mordre. Il n'eut pas la force de serrer les dents sur le bras de l'homme qui le capturait. Les chiens, les renards et les loups se turent. L'orage grondait à nouveau. Il était arrivé l'après-midi par le sud, par la terre. La nuit il vint de la mer et apporta plus de vent que de pluie. Monsieur et madame Courtois recouchèrent Pierre et le veillèrent. Quand il fut calmé, Madeleine invita son mari à regagner sa chambre.

— Il est tranquille maintenant, va te reposer, je reste auprès de lui.

Edouard comprit que sa femme souhaitait demeurer seule avec l'enfant. Il l'embrassa et sortit sur la pointe des pieds. Madeleine sortit de sa manche un beau mouchoir de soie. Elle le passa sur le front de l'enfant. Elle lui caressa la joue et fredonna une berceuse qu'elle chantait autrefois :

J'ai descendu dans mon jardin,
j'ai descendu dans mon jardin,
pour y cueillir du romarin.
Gentil coquelicot mesdames,
gentil coquelicot nouveau.

Pierre regardait les éclairs traverser la chambre. Ils dessinaient sur les murs des ombres inquiétantes.. Il entendit une voix, une voix de femme qu'il reconnut. Sa maman chantait pour l'endormir. « Gentil coquelicot mesdames, gentil coquelicot nouveau. »

L'arrivée des gendarmes mit la place en émoi. De toute part on accourut aux nouvelles, les enfants d'abord, les adultes ensuite. Les pandores posèrent leurs bicyclettes le long du mur du cordonnier. Ils prirent l'allure du fonctionnaire en mission officielle, le corps raide, le visage grave. Ils évitèrent de croiser les regards de leurs poursuivants et ne laissèrent rien filtrer de la teneur du message dont ils étaient porteurs pour lui garder toute son importance. Dès qu'ils furent entrés, les curieux se groupèrent sur le trottoir de chaque côté de la porte. Les langues s'agitèrent. Toutes les hypothèses étaient permises, toutes furent donc envisagées. Célestin blêmit quand il vit les gendarmes pénétrer dans son échoppe. Le marteau lui échappa des mains, les clous qu'il retenait entre ses lèvres à la mode des tapissiers tombèrent en pluie sur son tablier.

— Faites pas cette tête-là, monsieur Lecoq, dit le brigadier après avoir fait le salut réglementaire. On a retrouvé votre fils.

Célestin se leva de son tabouret et serra la main que lui tendait le chef.

— Vous m'avez fait peur, avoua-t-il. En vous voyant, j'ai craint le pire.

— Quand on annonce un malheur on ne vient jamais seuls, répliqua le sous-brigadier. Et...

Le gradé coupa la parole à son subordonné, il ne lui avait pas donné la permission de s'exprimer.

— Dans ce cas-là, monsieur le maire nous accompagne, ajouta-t-il.

Il annonça au père que son fils était à Pleugueuneuc, au château du lieutenant de louveterie. Il avait été trouvé dans les bois par des chasseurs qui couraient le renard.

— Pauvre Pierrot, il en a fait des kilomètres. Comment il va ?

— Nos collègues de Pleugueuneuc ne nous ont pas fourni de précisions, nous n'avons que cette information à vous transmettre.

— S'il lui était arrivé quelque chose, vous seriez au courant ?

— Certainement, monsieur Lecoq, mais nous ne serions pas tenus de vous en avertir, le code stipule de ne pas alarmer les familles des accidentés.

— Vous êtes sûrs qu'il n'a rien.

— Vous pensez bien, monsieur Lecoq, que je ne vous aurais pas dévoilé l'article 47 du règlement si j'étais porteur d'une mauvaise nouvelle.

— Merci, messieurs.

— A votre service, monsieur Lecoq.

Dehors le temps parut long à celles qui attendaient. On entendit une voix d'homme crier.

— Léone ! y'a ton lait qui bout.

Léone se détacha du groupe et retourna mollement chez elle en maudissant son mari. Il l'avait privée de l'information capitale de la journée. Certaines se souvenant qu'elles avaient elles aussi une casserole sur le feu durent battre en retraite avant d'être renseignées. D'autres, plus malines, avaient pris soin de tout enlever du fourneau avant de quitter leur cuisine. Finette arriva accompagnée de madame Gervin.

— Qu'est-ce qu'ils ont dit ?

— Rien, répondit Louisette.

Finette se réfugia dans les bras de la bourgeoise, elle n'osa pas entrer chez elle.

Puis, ce fut enfin la délivrance. Les têtes se tendirent à la sortie des gendarmes et du cordonnier. Au sourire de son père, Finette comprit que Pierre était sauvé.

— On a retrouvé Pierrot ? dit Maria qui voulait entendre le son de la voix de celui qu'elle aimait en secret.

— Oui, dans les bois de Pleugueuneuc.

— Merci mon Dieu, fit Louisette en se signant.

Déjà Célestin descendait la rue à grandes enjambées. Il allait rassurer Léontine.

— Vous pourriez nous en dire plus tout de même, réclama madame Gervin.

— Il ne peut pas, faut qu'il en garde pour son épouse, dit Maria, jalouse.

Finette pleurait, ses nerfs avaient lâché. Elle entraîna madame Gervin à l'église mettre un cierge à Notre-Dame du Bon-Secours. Chacun rentra chez soi, heureux pour le gamin et sa famille et frustré de ne pas avoir plus de détails à colporter. Au besoin, ils en inventeraient.

Célestin n'eut pas besoin de parler à Léontine. Sa visite était inhabituelle à cette heure de la journée, sa gaieté retrouvée prouvait qu'il était enfin délivré de sa hantise. Elle bondit dans ses bras qu'il tendait pour l'accueillir.

— Tu viens le chercher avec moi ? demanda Célestin.

— Es-tu sûr que c'est ma place ?

— Oh oui ! répondit-il.

Le retour de Pierre chassait aussi les angoisses et les remords de Léontine. Tout était sa faute. Elle en était persuadée. Elle était celle par qui le malheur était arrivé. Elle embrassa son mari avec la passion contenue durant les jours d'attente et d'angoisse. Un long baiser d'amour qu'ils prolongèrent sur le lit. Leur cauchemar avait pris fin. Désormais leur vie serait tranquille. Ils pourraient, sans arrière-pensée, jouir du bonheur d'être ensemble. Ils s'étaient perdus, ils se retrouvèrent. Quand ils se furent donnés l'un à l'autre, ils restèrent immobiles, dans une sorte de sommeil éveillé. Ils avaient trouvé la paix. Finette les vit sortir de la maison.

— Les voilà qui s'en vont.

— Ils en ont mis du temps à se décider, dit madame Gervin.

Elle vint à la fenêtre pour assister à leur départ qu'elle décrivit à Finette comme si elle n'avait pas d'yeux pour les voir.

— Tiens, elle lui a prêté le vélo de Léon. Tu me diras, il vaut mieux lui faire prendre l'air que de le laisser rouiller dans le cellier. A sa place, je lui en ferais cadeau. Quelle heure est-il ?

Elle consulta l'horloge de l'église.

— Il est dix heures, ils seront rendus aux alentours de midi. C'est toi qui vas sonner l'Angélus. Ça m'étonne que ton père soit pas venu te le demander. C'est vrai qu'il a la tête ailleurs. Il aura peut-être deviné qu'on y penserait.

Les voyageurs enfourchèrent leurs bicyclettes et quittèrent la place. Madame Gervin s'inquiéta de savoir d'où venait le vent. Elle souleva ses rideaux pour interroger le coq en haut du clocher. Il avait la tête en direction de Saint-Thual.

— Il souffle de côté jusqu'à Tinténiac, et de face le

reste du chemin. Ce sera plus facile pour le retour, à moins qu'il ne tourne vers Irodouer. Voyons voir ce que dit le baromètre.

Elle avait pris l'habitude de parler seule depuis qu'elle avait perdu son mari dans les brumes du Groenland deux ans après leur mariage. « N'épouse jamais un marin, disait-elle souvent à Finette, même un capitaine comme était mon Emile. Le danger est pareil pour tout le monde à bord d'une goélette. Femme de marin, femme de chagrin. » Elle s'était habituée à commenter le moindre de ses gestes, à raconter à voix haute tout ce que ses yeux découvraient. S'entendre parler meublait sa solitude.

— A leur place j'aurais pris un caoutchouc, l'aiguille a tendance à baisser. On va avoir de la pluie avant la fin de la journée.

Les amoureux pédalaient joyeusement dans la campagne qui brillait d'un soleil ardent avant la montée des nuages qui s'annonçaient à l'ouest. Ils s'attaquèrent à la côte des Iffs.

— Comment tu te sens sur le vélo ? demanda Léontine.

— Il roule bien. La selle est un peu haute.

— Arrête-toi. Y'a des clefs dans la sacoche.

Célestin réajusta la selle à la longueur de ses jambes.

— Il était plus grand que moi, Léon.

— Peut-être pas plus grand mais il avait les fesses plus hautes, répondit Léontine avec le sourire coquin des femmes malicieuses.

Madame Gervin avait calculé juste, ils arrivèrent à midi et demi au bout de l'avenue qui conduisait au château. Léontine pensa qu'il valait mieux laisser les bicyclettes dans le chemin avant de se présenter à la grille.

— On n'a pas apporté de cadenas, dit Célestin.

— Qui veux-tu qui nous les vole ici ?

Ils franchirent le saut de loup et doublèrent les deux pigeonniers réunis par les douves.

Léontine se sentit épiée par vingt-huit paires d'yeux postées derrière les fenêtres de la façade. Elle remit de l'ordre dans ses vêtements et sa coiffure.

— Tes pinces ! dit-elle à son mari.

— Quoi.

— Tes pinces !

Célestin enleva les pinces qui enserraient ses chevilles et évitaient aux bas du pantalon de flotter et de se prendre dans le pédalier ou de se graisser au contact de la chaîne. Il le fit sans stopper sa marche ce qui l'obligea à sautiller d'un pied sur l'autre comme un enfant qui joue à la marelle. Léontine jugea son geste déplacé, vu l'endroit. Elle ne le reconnut pas, lui d'habitude si réservé, le voilà qu'il ne contrôlait plus son maintien devant elle. Elle en fut peinée.

— Célestin ! attention ! peut-être bien qu'ils nous regardent.

— Qu'est-ce que j'ai fait de mal ?

— Range tes pinces dans ta poche et boutonne ta veste.

Elle lança un regard sur sa gauche, vers la chapelle. Elle se signa comme chaque fois qu'elle passait devant un calvaire ou une église. Ils pénétrèrent dans la cour d'honneur. Le crissement de leurs pas sur le gravier leur parut indiscret. Ils étaient de plus en plus impressionnés, de plus en plus mal à l'aise.

C'est alors qu'ils découvrirent et reconnurent l'auto du docteur Gaudeul. Célestin s'affola, les gendarmes lui avaient caché quelque chose, le brigadier lui avait menti. Léontine tenta de le lui faire retrouver son calme.

— C'est peut-être pas pour lui qu'il est là.

— Pour qui veux-tu que ce soit?

Célestin se précipita à la porte, il sonna la cloche. Elle lui rappela celle de l'orphelinat, son tintement était identique, aigre, douloureux. Elle résonnait comme une casserole, elle n'avait pas le chant mélodieux des cloches fondues à Villedieu-les-Poêles. Il l'entendit comme un mauvais présage. Antoinette ouvrit.

— Madame et monsieur Lecoq ?

— Oui.

— Entrez, on vous attend.

Elle les pria de patienter dans le salon bleu le temps qu'elle annonçât leur arrivée.

— Mademoiselle ?

— Oui, monsieur.

— Le docteur, c'est pour notre fils.

— Oui.

— Qu'est-ce qu'il a, mademoiselle?

— Une forte fièvre, je n'en sais pas plus. Le docteur vient juste de monter.

Elle disparut dans l'escalier.

— Tu vois, j'en étais sûr, dit Célestin à Léontine.

— Il a couru pendant huit jours, il a dormi sur la terre humide, c'est normal qu'il ait de la fièvre, ça ne veut pas dire que c'est grave.

Célestin ne l'écoutait pas, il ne pensait qu'à lui et à Pierrot, au malheur qui les poursuivait depuis si longtemps déjà.

— *Tylko pada na zwilzóny,* se dit-il à lui-même.

— Qu'est-ce que tu racontes?

— Il ne pleut que sur les mouillés. C'est une expression de chez moi qui dit que la malchance n'arrive qu'aux malchanceux.

Léontine lui reprocha de ne voir que le mauvais côté des choses. Il devrait être content, on avait retrouvé Pierrot, c'était le principal. Le docteur Gaudeul saurait le soigner, et s'il n'avait pas le bon médicament on ferait cuire de la verveine dans du vinaigre, il n'y avait rien de tel pour chasser la fièvre. Elle jeta un œil sur le grand salon. Elle chercha à distraire son mari.

— Regarde, Célestin, on se croirait à Versailles.

— Où ?

— A Versailles.

Antoinette réapparut et les fit monter à l'étage. Léontine prit la main de son homme pour lui donner le courage qui lui manquait. Monsieur Courtois les accueillit dans le couloir. En deux mots, il expliqua la situation pour éviter qu'ils fussent impressionnés en voyant leur garçon.

— Ils auraient pu le tuer, dit Célestin quand il apprit que Pierre avait été la cible des chasseurs.

— Non, ils visent trop mal, répliqua le châtelain qui se montrait affable et souriant malgré les circonstances ou à cause d'elles.

Ils entrèrent dans la chambre en se retenant de respirer.

— Ah ! te voilà, Célestin, dit le docteur. Tu arrives bien. Bonjour, Léontine.

— Bonjour, docteur, répondirent-ils ensemble et timidement.

Madame Courtois était assise à la tête du lit. Elle se leva de sa chaise quand le couple s'approcha pour voir Pierrot. Elle reconnut le bedeau qui, dix années plus tôt, marchait dans la campagne en portant son petit. Elle se retourna vers Pierrot, elle retrouva les traits du bébé sur son visage souffrant, elle s'étonna une fois encore de la longueur de ses cils qui donnaient à ses yeux un charme troublant. Sa surprise fut immense, son émotion aussi.

— Mon Dieu ! Edouard.

Elle s'appuya sur le bras de son mari. Elle lui parla à l'oreille. Edouard regarda le bedeau et Pierre à tour de rôle, il interrogeait sa mémoire et cherchait à se souvenir. De l'eau coulait sur les joues du malade. Il avait le souffle court, le regard anxieux. Il essaya de faire bonne figure à son papa pour lui demander pardon du tracas qu'il lui causait une fois encore. Célestin détourna son regard vers le médecin. Il ne pouvait plus soutenir celui de son fils.

— Qu'est-ce qu'il a, docteur ?

— Une pleurésie. Tu vas venir avec moi, on va l'emmener à l'hôpital.

Léontine embrassa Pierrot.

— Tu as mal ?

— Non, répliqua le gamin.

Le docteur emprunta deux couvertures aux Courtois pour le protéger du froid pendant le trajet. Pierre sortit du château dans les bras de son père, bien emmitouflé.

Léontine maintenait la couverture fermée sur sa poitrine. Ils s'arrêtèrent pour remercier les châtelains de leurs bienfaits.

— Ce n'est rien, répondit monsieur Courtois, les châteaux sont aussi faits pour accueillir...

Il allait dire les malheureux, il chercha vite un autre mot pour éviter de froisser la dignité des pauvres gens qu'il avait devant lui.

— ...pour accueillir les malchanceux. Lorsqu'on a le privilège d'avoir une grande maison, il faut en faire profiter ceux qui ont besoin d'un abri momentané.

Célestin reconnut la formule. Il y a dix ans, il avait déjà parlé de privilège quand le cordonnier l'avait remercié de l'avoir fait monter dans son automobile.

— Est-ce que je vous dois quelque chose ?

— Vous voulez rire, dit madame Courtois.

Elle ne quittait pas l'enfant des yeux.

— Je passerai te voir quand on ira en ville, je t'apporterai des douceurs. Allez vite, monsieur, plus tôt vous serez arrivés, mieux ça vaudra pour lui.

Elle les laissa faire quelques pas avant de les rappeler.

— Comment s'appelle-t-il déjà ?

Le *déjà* prouva à Célestin qu'elle les avait reconnus.

— Pierre.

— Bonne chance, Pierre.

Le père grimpa à l'arrière de l'auto tandis que le docteur prenait congé des « bons riches », comme on les distingue des mauvais dans l'Evangile. Il colla Pierre contre lui pour le maintenir et lui éviter les chaos de la route.

— Oh oui ! tiens-le bien, conseilla Léontine. Et garde la couverture en haut de son cou. Avec la vitesse il va y avoir des courants d'air.

La voiture du médecin était ouverte à tous les vents. C'était une Citröen décapotable, une torpédo quatre places qu'on appelait « coupé docteur » en raison du succès qu'elle obtint dans le monde médical.

— Comment tu vas faire avec les deux vélos ? s'inquiéta Célestin.

— T'occupe pas, je vais me débrouiller.

Le docteur monta à son tour dans l'auto. Il plaisanta avec ses passagers pour les encourager à garder le moral.

— En route, mauvaise troupe, et ne vous faites pas de bile, on va le sauver ce gars-là.

Léontine et madame Courtois regardèrent la voiture s'éloigner dans l'avenue bordée de chênes séculaires. L'une voyait partir l'enfant auquel elle s'était attachée, l'autre le mari que les soucis éloignaient d'elle.

— Ça va être dur de rentrer seule, voulez-vous que monsieur Courtois vous raccompagne ?

— Merci, madame, répondit Léontine. Il faut que je ramène les vélos.

Elle allait prendre congé quand elle sentit le besoin de justifier sa présence.

— Vous trouvez sans doute bizarre que ce ne soit pas moi qui accompagne Pierrot, c'est un peu normal, je ne suis pas sa maman. Je ne suis que sa belle-mère. Sa maman est morte quand il avait deux ans. Elle venait de mettre au monde une dernière petite fille, son huitième enfant.

Léontine parla du passé de son époux avec une réelle émotion. Son chagrin fut grand à la mort de sa première femme. Ils s'entendaient si bien, ils étaient si heureux. C'est la raison pour laquelle il ne s'était pas remarié tout de suite. Il avait vécu de longues années avec le souvenir de sa Joséphine.

— C'est quelqu'un de bien, vous savez.

Elle décrivit la misère qu'il avait eue pour élever sa nombreuse famille. Il avait même dû se séparer de Pierrot pour avoir une bouche de moins à nourrir. Depuis ce jour-là, l'enfant n'avait pu se fixer de façon durable.

— Maintenant qu'on l'a retrouvé, j'espère qu'on va le garder.

Un projet qui vint contrarier le rêve de Madeleine Courtois. Léontine entreprit le voyage de retour, la poitrine étreinte par l'anxiété. Elle prit un guidon dans chaque main et marcha entre les deux bicyclettes. Elle raidit ses bras pour écarter les vélos et éviter de raboter ses tibias contre les pédales. La route serait longue, Elle aurait tout le temps de penser, et donc de se faire du mouron. Elle chercha un sujet de distraction. Elle n'en trouva pas, ni dans sa vie, ni dans celle du voisinage. De rage, elle se mit à chanter : « Lune de miel, ô mes amours, vous devriez durer toujours. » Un refrain qu'elle répéta et qui la fit pleurer.

Au château, madame Courtois envisageait l'avenir avec l'espoir de revoir Pierrot et, qui sait, de le garder. Il lui vint une idée qu'elle voulut immédiatement soumettre à son mari. Elle savait qu'elle le trouverait dans son bureau et pourtant elle l'appela depuis le salon bleu.

— Edouard ! Edouard !

— Oui, Madeleine. Que me veux-tu ?

Madame Courtois s'installa sur un fauteuil recouvert d'une tapisserie au point de Flandres, sur le dossier duquel un renard et un cygne se disputaient un poisson mort. Elle réfléchissait pour énoncer clairement son idée.

Edouard ne dit mot, il savait qu'elle ne tarderait pas à poser la question qui la turlupinait. Il lui sourit.

— Bien, puisque tu me le demandes, dit-elle, j'ai une proposition à te soumettre, plutôt une question à te poser.

— Pose, Madeleine, pose.

— A condition que tu ne te moques pas de moi.

— C'est promis.

Elle se leva du fauteuil et s'approcha du bureau de son mari.

— Tu sais ce dont je veux te parler.

— Je devine.

— A ton avis, il a une grand-mère ce petit ?

— Ah ! je ne pensais pas que c'était par ce biais que tu allais aborder la question.

— En quoi cela est-il un biais, veux-tu me le dire ? Encore une fois, tu te moques car tu ne peux t'en empêcher.

— Mais non, mais non. Voyons, réfléchissons...

Monsieur Courtois ne connaissait pas encore l'histoire

de Pierrot, il ne pouvait donc pas savoir si l'enfant avait encore ses grands-parents. Le seul renseignement qu'il avait obtenu de son ami Gaudeul était que le chemin de Pierre avait été difficile, très difficile même. Le temps et les circonstances ne lui avaient permis d'en savoir plus. Monsieur Courtois avait toutefois son opinion.

— Il y a une chance sur deux pour qu'il n'ait pas de grand-mère.

Il développa son point de vue. Quand on naissait pauvre depuis des générations, dit-il, on héritait rarement d'une bonne santé. Ils n'étaient pas si nombreux les malheureux qui avaient la chance de voir la naissance de leurs petits enfants et plus rarement encore d'assister à leur communion solennelle. Madeleine se leva et vint déposer un baiser sur le front de son mari.

— Merci, Edouard ! dit-elle, folle de joie.

Elle sortit du bureau, le cœur plein d'espoir. Déjà, Antoinette défaisait le lit dans la chambre du fils défunt. Elle entendit le pas lourd et vif de sa patronne marteler le couloir pavé de terre cuite. Qu'avait-elle donc de si urgent à lui dire ? A peine entrée dans la chambre, madame Courtois ordonna de refaire le lit avec des draps et des taies d'oreiller propres. La servante devinant les intentions de sa maîtresse lui demanda :

— Il va revenir ?

— Pas aujourd'hui, pauvre innocente. Quand il sera guéri.

Elle regarda la photo de François. Antoinette eut à peine le dos tourné qu'elle mit son fils disparu dans la confidence.

— Même s'il ne revient pas tout de suite, on va préparer la chambre pour forcer le destin.

Antoinette revint de la lingerie les bras chargés de nouvelles garnitures, des enveloppes de traversin et d'oreiller ajourées, un drap de lin brodé pour le dessus, un autre plus simple pour le matelas. Avant de les déplier, elle ne put se retenir de dire ce qu'elle avait sur le cœur.

— On a tort de faire le lit dans la chambre de monsieur François.

— Qu'est-ce que tu me chantes là ?

— Ça ne va pas nous porter chance.

Antoinette croyait aux légendes. Elles vivaient dans son cœur aussi intensément que dans celui de ses ancêtres. Le jour de son baptême, sa marraine l'avait conduite à l'église par la porte du cimetière afin qu'elle reçût le secret de l'au-delà. Toute petite elle sut que les âmes étaient immortelles, que le décès des corps n'était qu'un moyen de voyager vers l'éternité. Elle découvrit que l'autre monde n'était pas situé dans le ciel ou dans les profondeurs de la terre, comme le disait le prêtre au catéchisme. Sa grand-mère — car elle en avait une — lui enseigna que les défunts ne partaient pas dans des régions inconnues, inaccessibles aux vivants. Ils émigraient tout simplement dans un monde invisible. Ils étaient là dans l'air que l'on respirait, sur les chemins qu'on arpentait, dans les maisons qu'on habitait. Elle lui indiqua les précautions à prendre pour vivre en leur compagnie et en bonne entente. Qu'il n'était pas bon de balayer chez soi après le coucher du soleil et que le risque était grand de blesser ou de chasser les âmes avec la poussière, car c'était la nuit qu'elles rendaient visite à leurs vivants. Qu'il ne fallait jamais plaisanter des disparus sous peine de trouver à qui parler. Elle lui apprit aussi à reconnaître le bruit du passage de l'Ankou, l'ouvrier de la mort qui se déplaçait la nuit en charrette en brandissant sa faux. Oui, Antoinette croyait aux légendes, aux signes et aux intersignes qui annonçaient les grands malheurs. La veille au soir, elle avait entendu l'âme de monsieur François pénétrer dans la chambre. C'est lui qui avait donné la fièvre à l'inconnu qu'il avait découvert dans son lit, blessé de coups de feu qui n'étaient pas mortels, lui qui était tombé sous des balles assassines. Elle en tremblait encore.

— Les morts n'aiment pas être dérangés dans leurs habitudes, dit-elle. Ils n'aiment pas qu'on les remplace.

Madame Courtois n'avait pas la même foi ni les mêmes peurs, du moins ne les vivait-elle pas avec autant de conviction que sa servante. Elle décida cependant de suivre son conseil, impressionnée par l'exaltation d'Antoinette et la passion de ses propos. Pour se rassurer, elle se donna une raison commune de changer d'endroit pour accueillir son petit protégé. Elle risquait de le désoler en lui imposant de vivre dans son univers de deuil et de mélancolie.

— Tu as raison, dit-elle, nous l'installerons dans la bibliothèque, ce sera plus gai pour lui.

L'état de Pierrot s'était aggravé durant le voyage. Il n'eut pas conscience de son arrivée à l'hôpital. Il ne vit pas le mur voisin de l'orphelinat, ni le tour d'abandon qui faisait face à l'entrée du pavillon des malades. Son père, lui, les regarda. Le docteur sortit l'enfant de la voiture et le porta dans ses bras.

— Attends-moi ici, dit-il à Célestin dans le vestibule, je l'emmène dans la salle de soins.

Le pauvre père resta seul perdu dans cet endroit qui sentait l'éther et le baume tranquille, le liniment qui adoucit les peines et calme les douleurs. Un lieu glacial que les sœurs avaient aménagé en une sorte de chapelle pour inciter les visiteurs au silence. Célestin tourna en rond, puis s'assit sur un banc de bois ciré. Il posa ses coudes sur ses genoux, se courba et cacha son visage dans ses mains. Il resta prostré, insensible au va-et-vient des convalescents qui faisaient les cent pas pour occuper leur temps en attendant l'heure de la soupe. Il ne vit pas, quelques instants plus tard, passer Pierrot, allongé sur un chariot que poussait sœur Armelle. La petite sœur continuait d'expier sa faute de jeunesse, elle gagnait son paradis au sevice de l'humanité souffrante. Le docteur Gaudeul lui toucha l'épaule.

— Tout va bien, j'ai trouvé une infirmière. Espère encore un peu, je reviens lorsque j'aurai rencontré le chirurgien.

Célestin se releva pour s'agenouiller sur un prie-Dieu de paille placé devant une statue de saint Vincent. Il l'invoqua machinalement comme au premier jour.

La salle commune était immense. Deux rangées de vingt-quatre lits identiques alignés de part et d'autre de l'allée centrale. Quatre douzaines de malades dont une au moins était condamnée à mourir. Le médecin aida sœur Armelle à déposer Pierre dans le seul lit inoccupé. Il était au bout de l'alignement de droite, près de la porte qui donnait sur le passage au bloc opératoire.

— Je vais prévenir le docteur Amelin, je pense qu'il n'en a plus pour très longtemps, c'est une appendicite.

— Merci, ma sœur.

En attendant son arrivée, le docteur Gaudeul salua les trois patients qu'il avait à l'hôpital. Une hernie, un ulcère et un accident. L'accident, c'était Jules.

— Bonjour, Jules.

— Bonjour, docteur.

— Comment te sens-tu aujourd'hui ?

Il souleva le drap pour regarder les jambes de son blessé.

— Je ne peux toujours pas les remuer. Même mes orteils, ils refusent de bouger. Regardez, on dirait qu'ils sont morts.

Le docteur saisit un pied, puis l'autre. Il massa la voûte plantaire pour susciter une réaction qui ne vint pas.

— Je ne sens rien. Moi qui suis si chatouilleux d'habitude, plaisanta Jules, on peut à peine me toucher que je saute au plafond.

Le docteur le recouvrit. Jules interrogea son regard, y chercha une raison d'espérer.

— Est-ce que ça reviendra, docteur ? J'ai l'impression qu'on ne me dit pas tout.

— Non Jules, on ne te cache rien. Il faut attendre de voir comment ça évolue, c'est tout ce qu'on peut te dire pour l'instant.

Il était prématuré de mettre Jules sur la voie de la vérité, de lui donner au compte-gouttes les renseignements qui, ajoutés les uns aux autres, l'amèneraient à découvrir son infirmité. Il était trop tôt encore pour lui faire le terrible aveu. Il fallait d'abord qu'il fût guéri de toutes ses blessures.

— J'en ai marre d'être ici, se plaignit-il.

— Encore un peu de patience. Je t'ai amené de la compagnie.

— Qui ça ?

— Pierrot.

— Pierrot ? Vous l'avez retrouvé ?

— Oui.

— Où ça ?

Il n'obtint pas de réponse. Le chirurgien entra dans la salle, suivi d'un aréopage d'élèves et d'infirmières. Il salua le docteur Gaudeul et l'entraîna au chevet de Pierrot. Jules fit de gros efforts pour se redresser dans son lit et tenter d'apercevoir son vacher à l'autre bout du dortoir. Célestin, lui aussi, chercha à voir son fils par l'entrebâillement d'une des portes de la salle commune. Il l'aperçut à peine, au hasard des mouvements des médecins et des religieuses qui s'agitaient autour du lit. Le docteur Gaudeul prit congé de son éminent confrère lorsqu'il eut terminé l'exposé de son diagnostic et fourni toutes les autres informations qu'il jugea utiles au chirurgien. Alors, il rejoignit Célestin.

— Viens, on s'en va, il est entre de bonnes mains.

— Je ne peux pas lui dire au revoir.

— Non. On a la chance d'être arrivés avant les visites du soir, ils peuvent s'en occuper tout de suite. Laissons-les travailler.

Il referma la porte et poussa Célestin vers la sortie.

— Qu'est-ce qu'ils vont lui faire ?

— Une ponction pour vider l'eau de ses poumons et faire tomber la fièvre.

— Pauvre Pierrot, il va souffrir.

— C'est sûr, ça n'est pas indolore, dit le médecin, mais on n'a guère le choix si on veut le sauver.

Ils reprirent la direction de Bécherel, silencieux tant qu'ils furent en ville. Célestin jugea prudent de ne pas déranger le docteur Gaudeul. Il lui fallait garder toute son attention pour conduire son auto dans les passages étroits de la rue de l'Horloge et de la rue du Léhon. La circulation des piétons, des cyclistes et des voitures à chevaux s'écoulait sans discontinuer. Ils croisèrent même plusieurs automobiles avant de passer la porte Saint-Louis. Ils franchirent le viaduc de Lanvallay sans admirer la vallée de la Rance. Ils avaient l'esprit ailleurs.

— Te tourmente pas plus qu'il ne faut, conseilla le docteur à Célestin.

— Il a pas de veine, Pierrot, répondit le malheureux père. Il n'en a jamais eu. Maintenant qu'il est malade, je ne voudrais pas qu'il lui arrive malheur.

— Pourquoi penses-tu au pire ? A son âge on a des ressources pour combattre la maladie, et la médecine est là pour l'aider à guérir.

— Je m'en veux, docteur.

Il se reprocha d'avoir engendré huit enfants sans avoir les moyens d'assurer leur bien-être. Il se sentait coupable vis-à-vis de Pierrot, surtout lui. Il avait connu tant de difficultés, vécu tant de misères depuis qu'il était au monde.

— Ce sera le plus armé de le famille, dit le docteur Gaudeul. Il ira loin le Pierrot.

Il n'était pas devin mais il était prêt à parier que tout allait lui sourire lorsqu'il serait guéri. Célestin fit remarquer que le pauvre gosse avait eu plus de peines en douze années, que d'autres pendant toute une existence. Et pour comble de malheur, il fallait qu'il fût en danger de mort pour que son père s'en rende compte.

— C'est pas le moment de flancher, Célestin.

— J'ai du remords, docteur, quel mauvais père j'ai été.

— On ne fait pas toujours ce qu'on veut, répliqua le médecin. Le sait-on seulement, ce qu'on veut ?

Il jeta un coup d'œil sur son passager et vit que celui-ci faisait des efforts surhumains pour retenir son chagrin.

— Allez bonhomme, pleure un bon coup, lui conseilla-t-il. Ça te fera du bien. N'aie pas honte. Ça restera entre nous deux, tu entends, seulement nous deux.

La voiture tourna sur la droite au carrefour de Saint-Solen et prit la route d'Evran. Elle emportait avec elle la détresse du cordonnier.

Tout l'après-midi, Finette avait fait le guet derrière sa

fenêtre. Elle s'était imaginé le retour de Pierrot. Il ferait sensation dans le bourg. Elle avait décrit la scène à madame Gervin. Léontine déboucherait la première sur la place. Son père et son petit frère suivraient à une bonne demi-minute, Pierre assis sur le cadre ou sur le porte-bagages. Elles ne se souvinrent plus si le vélo de Léon en était pourvu. Leur retard, c'est dans la côte du Bas-mouillé qu'il l'auraient pris, la dernière côte, la plus pentue, celle qui grimpait sans discontinuer du marais au sommet du tertre sur lequel le village était accroché. Ces trente secondes permettraient à Léontine de parader et d'annoncer à coups de trompette l'arrivée de son beau-fils.

Elles décidèrent de ne pas lui laisser le temps de jouer les bonnes belles-mères. Elles se précipiteraient pour récupérer Pierrot et le cacher dans la maison. Elles le sauveraient des pattes des commères dont aucune ne manquerait à l'appel pour l'assommer de questions.

Rien ne se passa comme elles l'avaient prévu. Léontine apparut au pignon de Maria, éprouvée, défaite, pitoyable. Sa randonnée tragique l'avait anéantie. Derrière son carreau, Finette cria sa stupeur.

— Madame Gervin ! Venez vite, madame Gervin ! Pierrot n'est pas là, papa non plus, Léontine est toute seule.

La bourgeoise flaira la catastrophe, elle ôta son tablier et se précipita vers la porte. Finette la vit courir au-devant de Léontine, déjà stoppée par Louisette, Maria, Léone, Henriette, Fonsine, Fifine et Maryvonne, la fine fleur des porteuses de rumeurs, de médisances, de ragots et de nouvelles sur les unes et les autres Elles faisaient leur miel de toute information qui permettait, à mots couverts, d'évoquer la façon d'être et de faire des gens du village.

Finette tenta de traduire les gestes de sa belle-mère. Ils

ne disaient rien de bon. Elle eut envie d'aller sur la place. Elle y renonça. Elle savait que sa présence allait échauffer les esprits. Attiser le feu si la flamme était trop pâle, si le compte rendu de Léontine ne satisfaisait pas leur goût du tragique. Elles épieraient, interpréteraient, jugeraient la moindre de ses mimiques. Elles y trouveraient matière à nourrir leurs ragots. Le cœur battant, elle attendit le retour de madame Gervin. Dès qu'elle fut rentrée, Finette prit les devants. Elle ne se sentait pas la force d'entendre le pire.

— Ne m'annoncez pas une mauvaise nouvelle, madame Gervin.

La bonne dame prit une chaise et vint s'asseoir près de la machine à coudre.

— Je ne peux pas te le cacher, il est malade.

— C'est grave ?

— Ton père et le docteur l'ont emmené à Dinan.

— A l'hôpital ?

— Oui.

— Qu'est-ce qu'il a ?

Madame Gervin lui rapporta ce qu'avait dit Léontine. Elle avait parlé de pleurésie, mais est-ce qu'elle en était sûre ? Elle n'était pas fine Léontine, elle pouvait se tromper.

— Si elle a dit ça, c'est qu'elle l'a entendu.

— Tu sais les noms des maladies, ils se ressemblent tous. C'est facile à confondre. Attends que ton père revienne avant de te faire du mauvais sang, il saura ce qu'il a, lui.

Madame Gervin mit de l'eau à bouillir. Elles burent un café sans chicorée frais passé pour tenir le coup.

C'est à la nuit tombée que l'auto du docteur déposa le cordonnier devant sa porte. Célestin voulut d'abord passer chez lui avant de se rendre chez Léontine. Il avait besoin de souffler, après les émotions de la journée. Il paraissait plus fatigué que s'il avait fait la route à pied. Il voulait aussi prévenir ses enfants de son retour et les tranquilliser.

Il s'assit sur le banc au coin de la cheminée avec Perrine et Mélanie sur ses genoux. Finette surveillait la soupe près du fourneau. Les trois filles, impatientes, attendaient que le père prenne la parole.

— Pauvre Pierrot, dit-il en guise d'introduction, et il raconta les mésaventures de son fils.

Les fillettes écoutèrent, captivées, le récit des malheurs de leur frère. Son histoire ressemblait à celle du petit Poucet, perdu dans la forêt. Aussi tremblèrent-elles quand elles apprirent que Pierre avait passé plusieurs nuits à la belle étoile, au milieu des loups et des sangliers féroces. Pour fuir cet univers hostile, il s'était tapi dans un buisson dont il avait fait son refuge. C'est alors que les chasseurs l'avaient blessé.

A l'orée du bois, se dressait un château habité par un monsieur et une dame dont le cœur était aussi grand que leur maison. Ils l'avaient recueilli, soigné ses blessures, mais ne pouvaient le guérir du mal qu'il avait attrapé sous la pluie et dans le froid. On avait consulté le docteur Gaudeul qui l'avait conduit à l'Hôtel-Dieu.

— On ira le voir ? demanda Perrine.

— Pas tout de suite, le docteur nous dira quand ce sera possible.

— Il n'a pas eu peur d'aller à l'hôpital ? s'inquiéta Mélanie.

— Oh non ! il a tellement de fièvre qu'il ne se rend compte de rien. On pourrait l'emmener n'importe où.

— Où il dort ?

— Dans la salle commune, avec les hommes.

— Pourquoi il n'est pas avec les enfants ?

— Parce qu'il a douze ans, répondit Mélanie.

— A douze ans, c'est pas un homme ?

— Presque, dit Mélanie, elle-même pressée de devenir une jeune fille.

La soupe était chaude. Finette retira la marmite du fourneau et commanda aux filles de se mettre à table.

— Il est avec Jules ? demanda-t-elle à son père.

— Sans doute, répondit Célestin.

Il n'avait pas vérifié. Il n'avait pas eu le temps de prendre de ses nouvelles. Par ailleurs, l'accès de la chambre lui avait été interdit, l'heure des visites étant passée.

— Tu les as laissés le mettre avec lui ?

Pas un instant le cordonnier n'avait pensé à Jules. Il était trop soucieux du sort de Pierrot.

— On n'a pas eu assez de malheurs et il faut encore que tu le fourres dans la gueule du loup.

Depuis qu'elle avait la charge de la maison, Finette sermonnait son père comme une épouse. Elle lui reprochait ses erreurs et ses inconséquences, le secouait quand elle le trouvait faible et nonchalant. Célestin en avait pris l'habitude, il acceptait ses remontrances.

— Qu'est-ce que tu veux dire ?

Finette regarda ses petites sœurs et décida de se taire.

— Va-t'en chez Léontine, elle doit être pressée de savoir que tu es rentré.

— Finette ! implora-t-il.

— Vas-y, je te dis ! De toute façon, y'a pas assez de soupe pour nous quatre.

Célestin quitta la table. Il embrassa Perrine et Mélanie. Finette se raidit quand il lui caressa la joue.

— Finette ! répéta-t-il.

— Ce que tu peux être niais, marmonna-t-elle entre ses dents, la mâchoire crispée.

Il se pencha et lui fit un baiser qu'elle accepta malgré tout.

— Bonne nuit, les filles.

— Bonne nuit, papa.

Perrine le regarda sortir. Elle avait pitié de son père.

— Pourquoi t'as dit à papa qu'il n'y avait pas assez de soupe ?

— Parce que c'est vrai.

La petite monta sur le banc. Elle souleva le couvercle et vérifia le contenu du faitout. Il était rempli aux trois quarts.

— Menteuse ! accusa-t-elle, y'en a plein la marmite.

— Tant mieux ! répliqua Finette, il en restera pour demain.

— Tu es méchante !

Pauvre gamine, elle ne savait pas sa sœur aussi malheureuse et tracassée au point de devenir nerveuse et méchante. Elle d'habitude si tendre et si pondérée.

Finette la gifla. Elle regretta aussitôt son geste. Ses tourments la rendaient injuste. Elle s'approcha de sa petite sœur pour la consoler.

— Excuse-moi, je ne voulais pas. C'est parti tout seul.

Perrine, vexée, plongea sa tête dans son bol.

— Perrine, je t'en prie, regarde-moi.

La gamine releva son visage. Deux larmes glissèrent sur ses joues humides des vapeurs de la soupe.

— Tu critiques toujours ce que papa fait, reprocha-t-elle à sa sœur aînée.

Chaque fois que Finette le houspillait elle prenait la défense de son père.

Célestin fut déçu de l'accueil de Léontine. Sa nouvelle femme ne lui procura point de réconfort. La journée serait maudite jusqu'à son terme, songea-t-il. Malgré leur fatigue, les deux époux restèrent éveillés au-delà de minuit et plus encore. Léontine se nicha au creux de son épaule. Célestin l'entoura de son bras. Ils restèrent figés l'un contre l'autre, sans nul désir, sans aucune passion. D'habitude avides de caresses et de volupté, leurs corps s'ignoraient. Ce fut leur première nuit sans amour.

Léontine dit tout haut ce qu'elle avait pensé tout bas en revenant de Pleugueuneuc. Elle avait eu le temps de réfléchir. Désormais elle voyait clair, elle avait été bien naïve de croire que pour une fois elle allait être heureuse. Le bonheur l'avait toujours fuie.

— On n'a pas eu raison de nous marier, Célestin, ce sera moins facile que tu le disais.

Léontine réfléchissait gravement à leur histoire. Elle avait eu tort de se laisser abuser par ses belles paroles. On ne balaie pas quinze années de vie pour un caprice d'amoureux. On ne reconstruit pas une famille sur un coup de tête. Pas un seul des enfants de Célestin n'avait accepté qu'elle ne remplace leur mère. Louis peut-être, pas les autres, surtout pas Pierrot.

— Qu'est-ce que tu vas te mettre comme idées dans la tête ? lui reprocha Célestin.

— Oh ! je ne te reproche rien, lui répondit-elle. Je ne t'en veux pas. C'est la vie qui est faite de cette manière. Faut croire qu'on n'est pas sur terre pour être heureux. D'autres ont plus de chance, à qui la faute ?

Elle se retourna sur le côté et continua de se colleter avec ses idées noires. Puis elle se releva et s'en fut s'asseoir près de la fenêtre.

— Qu'est-ce que tu fais ? lui demanda Célestin.

— Rien.

Elle regardait les nuages courir dans le ciel.

Soudain elle crut avoir compris ce qui s'était passé dans l'étable.

— C'est peut-être Pierre qui a affolé les vaches pour qu'on passe la nuit à leur courir après.

— Pourquoi tu dis ça?

— Il ne voulait pas nous voir partir ensemble, le soir de nos noces.

Le père défendit son fils :

— C'est pas possible. Il a pas mauvais cœur pour fomenter un coup pareil.

Léontine eut une pensée plus effrayante encore :

— Et s'il avait enragé le troupeau pour se tuer, lui? Si le pauvre Jules souffrait sur son lit d'hôpital pour avoir tenté de le sauver?

Célestin ne trouva rien à opposer à cette idée qui le terrifia.

Dans son sommeil, Jules entendit les plaintes du gamin.

— Laissez-la, patron!... Finette!...

Il gémissait à l'autre bout du dortoir à peine éclairé par la lumière bleutée de la veilleuse.

— Laissez-la, je vous dis!

Il s'agitait dans son lit et délirait sous l'effet de la fièvre.

— Sauve-toi, Finette!

Jules ouvre les yeux. Les images du drame défilent dans sa tête. Elles arrivent en désordre et se bousculent. Elles s'entrechoquent et lui font mal. Il voit Pierre lui faire face, la longe de cuir dans la main. Le gosse a peur, il recule mais il continue de le fouetter au visage. Sultan hurle à la mort. Finette réussit à se dégager et à s'enfuir. Nénette tire sur son lien. Pierrot court à quatre pattes dans la litière, sous les pis. Les vaches se rendent complices du vacher, elles le cachent.

Juju rue comme une jument. Il tape dessus, puis sur la Rouge qui meugle sous les coups. Le troupeau brise ses chaînes, il s'échappe. Rien ne l'arrête. Pas même Jules. Les bêtes renversent le fermier et le piétinent. Au loin les invités continuent de chanter. Enfin, le silence. Le vent. Des pas se précipitent dans la cour. Charlotte crie comme une louve. Une longue plainte qui n'en finit pas et se perd dans le lointain.

— Patron !

— Tais-toi ! hurla Jules.

Il ne supportait plus d'entendre Pierrot délirer. Il tendit le bras, accrocha les béquilles posées contre le mur. Il prit appui sur les deux bouts de bois et se redressa. Au prix d'un effort surhumain, il réussit à s'arracher du lit.

Toc, toc, toc.

Il avança dans l'allée centrale. Les pilons martelaient le sol carrelé et résonnaient dans le silence.

Toc, toc.

Ses pieds morts et froids traînaient à terre. Il avançait comme une bête immonde.

A mi-chemin il se reposa sur le coin de la grande table. Ayant repris des forces, il réussit à gagner le lit de Pierre. Il s'affala sur le gosse et lui colla la main sur la bouche pour étouffer ses cris.

— Tu vas la fermer, nom de Dieu !

Pierrot ouvrit les yeux et eut une vision effroyable. Il se crut encore dans l'étable.

Jules glissa le long du lit. Ses jambes ne le portant plus, il reprit appui sur ses coudes. Il tomba. Il se raccrocha à la table de nuit qu'il renversa. Le fracas de sa chute réveilla les malades, certains rouspétèrent, d'autres se plaignirent.

Sœur Armelle entra précipitamment, elle ouvrit la lumière.

— Que faites-vous là ? dit-elle en découvrant Jules.

— C'est le petit gars, ma sœur, il arrête pas de crier. Il fait des bonds dans son lit. J'ai voulu le calmer, j'avais peur qu'il tombe.

— C'est bien à vous de vous occuper de lui.

D'habitude si douce, sœur Armelle rétablit l'ordre avec l'autorité et l'énergie d'un caporal de chambrée.

— Dites plutôt que le petit vous empêche de dormir et que ça vous rend furieux comme à votre habitude.

Elle prit Jules sous les aisselles, redressa son buste et le tira dans l'allée. Elle s'arc-bouta, le hissa sur son dos, le transporta comme un sac de pommes de terre et le renversa sur son lit. Les barres de fer du sommier grincèrent sous le poids du corps inerte de l'infirme.

— Je voudrais que vous m'attachiez aux barreaux du lit, ma sœur, j'ai peur de passer par-dessus bord moi aussi.

— Non.

Elle le borda solidement pour éviter qu'il ne tombe. Elle retourna dans l'infirmerie voisine. De sa place Jules la vit réajuster sa cornette et remettre de l'ordre dans sa tenue. Elle emplit une cuvette et se lava les mains.

— Ma sœur !

— Qu'est-ce que vous voulez encore ?

— Je peux avoir une pilule pour dormir ?

— Vous en avez déjà eu une.

— Une, c'est pas assez pour moi, il m'en faut deux ou je passe une nuit blanche.

Sœur Armelle revint avec le calmant. Elle lui fit ouvrir la bouche et lança le cachet au fond de sa gorge puis elle lui fit boire de l'eau. Jules fit un mouvement brusque pour s'éloigner du verre. Il en renversa le contenu.

— Oh ! pardon, ma sœur.

— Pourquoi êtes-vous toujours aussi brutal ?

Elle essuya son cou avec le pan de son tablier.

— L'eau et moi, on n'est pas copains.

— Ça ! je l'avais deviné.

Sœur Armelle sourit. Jules l'avait séduite comme il avait enjôlé l'ensemble des religieuses. Elles lui pardonnaient son impatience, ses caprices, ses blagues, ses colères et ses mots grossiers. Il était rigolo même quand il était triste, et il avait du cœur. Elles l'avaient toutes remarqué.

— Qu'est-ce qu'il a le gamin ?

— Une pleurésie.

— C'est grave une pleurésie ? dit-il, la voix mal assurée.

— Nous prions pour lui, vous devriez bien en faire autant.

— Oh ! moi, le bon Dieu, il m'entend pas.

Son visage exprima soudain une telle détresse qu'il semblait le regretter. Sœur Armelle le vit, et en ressentit une violente émotion. Jules lui parut plus proche de Dieu que tous les saints de l'Église. Elle aimait dans cet homme le mélange de violence, de bestialité, d'amabilité et de délicatesse. Elle savait qu'il avait une belle âme à sauver.

— Il ne vous entend pas ? C'est vous qui le dites, pas lui. Si vous ne croyez pas, priez quand même, ça ne vous fera pas de mal et ça vous aidera à vous endormir.

Elle ferma la lumière après avoir jeté un coup d'œil circulaire sur la salle. Puis elle vint près du petit, et s'installa pour veiller sur lui.

— Je le connais, ma sœur, dit Jules de l'autre bout de la pièce.

— Chut !

Il sentait le besoin de se confier à la religieuse. Elle ne

le jugerait pas, et, au contraire, elle aurait de la compassion pour lui. Il voulait tout lui dire, depuis le début. Après il serait plus tranquille, il pourrait dormir. Il continua de parler doucement pour ne pas importuner les autres malades.

— Je le connais même bien, il est de mon pays.

— De votre famille ?

— C'est tout comme, c'est ma femme qui l'a élevé si on peut dire. Quand il est arrivé chez nous il n'avait pas trois ans, il venait de perdre sa mère. Son père était venu le placer pour qu'on le nourrisse. Il est pas riche, son père. Il est cordonnier. Il avait huit enfants qui se suivaient à un an d'intervalle.

Déjà sœur Armelle ne l'entendait plus. Elle s'assit lourdement sur la chaise, devant la table de nuit qu'elle avait relevée. Oui, c'était bien lui qui était là devant elle. Elle le reconnaissait. Son visage carré, son front proéminent, ses pommettes saillantes, ses mâchoires prononcées. Sa tête de petit Breton mêlé de Polonais. Ses grands yeux clairs, ses sourcils volontaires, ses cils qui n'en finissaient pas. Ses oreilles bien ourlées, son nez court et arrondi, son groin comme elle disait pour le faire rire en imitant le grognement du pourceau.

C'était Pierrot, son bébé qu'elle avait aimé comme une mère. Trop aimé. Son enfant qu'on lui avait volé. Elle avait tant souffert de ne pas avoir de ses nouvelles. Elle avait tant espéré sa visite. Chaque jour elle avait prié pour que sa vie fût bonne, et voilà qu'il lui revenait, aux portes de la mort.

Elle s'agenouilla près du lit. Elle toucha ses mains, les caressa, les embrassa, les posa sur sa poitrine. Elle aurait voulu le prendre dans ses bras et le serrer contre son cœur. Elle craignit de le réveiller et de le faire souffrir. Il respirait difficilement, elle entendait siffler ses bronches.

Elle s'affola. Non, Dieu ne pouvait pas le prendre pour l'emmener en son paradis alors qu'il venait de le lui rendre. Elle faillit le menacer de ne plus croire en lui, s'il ne guérissait pas Pierrot. Elle lui demanda aussitôt pardon car elle ne voulait pas le mettre en colère.

— Maintenant qu'ils sont grands, il a moins de soucis, poursuivait Jules. Les aînés ont chacun leur métier. La fille est couturière, elle a des doigts d'or. Si elle travaillait en ville, elle en gagnerait des sous.

Il s'aperçut que la sœur ne l'écoutait plus. Dommage, il était prêt à tout dire. Il craignit de ne plus avoir le courage de recommencer demain ou un autre jour. Il s'endormit à regret.

Pierre ouvrit ses paupières puis les referma. Il sourit à sœur Armelle, à ses caresses, à ses baisers. D'une voix à peine perceptible, il murmura :

— J'ai peur, ma sœur.

— Il ne faut plus avoir peur, Pierrot, je suis là.

— J'ai peur de mourir.

Des jolis yeux bleus d'Armelle coulaient des larmes de mère.

— Tu ne vas pas mourir. C'est la nuit qui te donne des mauvaises pensées. Quand il fera jour, tu iras beaucoup mieux.

Elle apaisa son petit en lui caressant le visage.

— Dors mon ange, dors.

Elle passa la nuit près de lui en prière.

A Bécherel, le soleil n'était pas encore levé. Les maisons assoupies se serraient les unes contre les autres et ne formaient qu'une masse sombre qui ceinturait la place. La fenêtre du cordonnier s'ouvrit la première. Finette avait pris une décision durant la nuit. Elle quitta la chambre en prenant soin de ne pas réveiller ses petites sœurs. Elle traversa la courette, pénétra dans la boutique, fouilla dans les étagères et trouva une paire de chaussures à sa pointure. Elle les mit au fond de son panier. Il contenait déjà quatre tranches de pain, deux pommes, et six morceaux de sucre qu'elle emportait pour couper sa faim du midi et du soir. Avant de sortir, elle relut le billet écrit à son père et le posa, bien en évidence, au milieu de l'établi.

Elle était déjà loin dans la campagne quand l'angélus sonna.

Comme tous les matins, Maria s'éveilla au son des cloches. Elle ouvrit ses volets pour saluer le bedeau.

— Bonjour, Maria.

— Bonjour, Célestin. As-tu des nouvelles ?

— Pas depuis hier. Le docteur a dit qu'il passerait ce soir ou demain.

— Pas de nouvelles, bonnes nouvelles.

— C'est ce qu'on dit. Bonne matinée, Maria.

— A toi de même, Célestin.

Ainsi démarrait, du lundi au dimanche, chaque journée de la vieille fille et du cordonnier. Ce matin-là et contrairement aux autres jours, Maria parut satisfaite de son sort. Elle se dit qu'elle avait le meilleur de Célestin, son premier sourire. Elle évitait ses tracas quotidiens, et qui sait, ses mauvaises humeurs. A maintes reprises, elle l'avait entendu grommeler en entrant à l'église. Autrefois Joséphine l'appelait le « bougonneur » tant il était ronchon. Maria le regarda descendre la place et sourit à sa silhouette dont elle connaissait le moindre défaut. Il penchait comme la tour de Pise. Son épaule droite, celle du marteau, était plus basse que la gauche, un déséquilibre qu'il compensait en raidissant la jambe du même côté. Son genou gauche, celui sur lequel il faisait ses coutures, restait légèrement ployé, par habitude. Son corps n'oubliait son métier que lorsqu'il était vêtu de ses habits du dimanche.

Albert accueillit son compagnon d'atelier, sifflant comme en plein midi. Célestin comprit qu'il avait quelque chose à lui dire. Il chercha autour de lui et vit le mot de sa fille. Le serin s'arrêta de chanter. Il regarda dans les étagères et s'aperçut que les chaussures de Jacqueline Kerguenon avaient disparu. Il prit le billet et sortit en courant.

Il arriva chez Léontine à l'heure tranquille où elle buvait son café et mangeait ses tartines. Le meilleur moment de sa journée, qu'elle disait.

— Finette est partie !

Il lui tendit le papier, elle le parcourut des yeux.

— Qu'est-ce qu'elle dit ?

— Tu l'as pas lu ?

— Je sais compter mais je sais pas lire, avoua-t-il, penaud.

— Tu connais le principal.

Elle le regarda avec tendresse, puis elle lut les quelques phrases de Finette : « Léontine, je sais que c'est à toi que papa va demander de lire ce que j'ai écrit. »

— A qui voulait-elle que je demande ?

— A Mélanie.

— Pour lui faire peur ? Quand on prend la peine d'écrire, en général c'est pas des bonnes nouvelles.

Léontine poursuivit : « Je suis partie voir Pierrot à l'hopital — elle a oublié l'accent circonflexe sur le o — S'ils ne me laissent pas entrer, j'attendrais dehors jusqu'à ce qu'ils m'ouvrent la porte. Je lui dois bien ça. Il m'a sauvé la vie. »

Ces derniers mots les rendirent perplexes.

— Comment ça, il lui a sauvé la vie ? dit Célestin.

— Ce serait de la faute à Jules ? murmura Léontine.

— De la faute à Jules ?

Ils se souvinrent ensemble de Suzanne, l'ancienne petite bonne de la ferme. Elle s'était plainte au presbytère que Jules lui tournait autour. On avait dit bien pire dans le bourg. On avait même raconté l'histoire avec des détails qui faisaient rire certains hommes et écœuraient toutes les femmes. Des précisions qui s'enrichissaient au fur et à mesure que la nouvelle cheminait dans les maisons.

Pour la première fois, Léontine vit la fureur s'emparer de son époux. Une colère froide, réfléchie, redoutable. Cela ressemblait à de la haine. Il menaça calmement :

— Si Jules a fait ça, il n'a que ce qu'il mérite. Et s'il a abusé de ma fille, il ne restera pas longtemps en vie après être revenu de l'hôpital.

Léontine ne lui connaissait pas cette voix grave. Elle paniqua.

— Attend d'être sûr avant de faire des bêtises, Célestin.

Il était déjà à la porte, prêt à bondir.

— Si j'avais su, j'aurais rien dit, pleura Léontine. V'là encore le meilleur moment de ma journée gâché.

Le soleil montra son front au-dessus du pavillon des orphelins, il éclaira les baies vitrées de la salle commune des malades. Pierrot cligna les yeux. Il entendit une voix mélodieuse qui s'adressait à lui.

— Pierre. Pierrot. Regarde le soleil. J'ai prié cette nuit pour qu'il fasse beau à ton réveil.

L'enfant respirait toujours avec peine, mais il était détendu, il se réveilla et se sentit en sécurité près de la religieuse. Il lui sembla être habitué à ce visage, au son de cette voix caressante, à l'odeur de celle qui se pencha sur lui pour l'embrasser.

Pourtant il ne reconnut pas sœur Armelle, il était trop petit quand il l'avait quittée et son séjour fut trop court à l'orphelinat pour en garder des souvenirs précis. Il n'avait dans la mémoire que quelques impressions de doux baisers, de jolis chants, de fraîches odeurs et d'un mur sur lequel des animaux parlaient et dansaient.

Elle n'avait pourtant guère changé, sœur Armelle. Elle s'était tout juste parée de quelques ridules dessinées de chaque côté de sa bouche. De petits sillons qui se creusaient quand elle souriait et qui retenaient, mieux qu'une peau lisse, les baisers des malades à qui elle n'hésitait pas à donner de l'affection au risque d'attraper leur mal.

— J'ai aussi demandé à Dieu qu'il me donne un peu de ta douleur, dit-elle à Pierrot. Si on la partage, elle sera moins dure à supporter.

Elle s'assit dans son lit, le redressa et l'adossa contre elle. Elle lui baisa les cheveux et le berça doucement dans ses bras. Tout paraissait moins dramatique que la veille.

— Tu vois, je te l'avais bien dit, tu vas mieux ce matin.

— J'ai encore mal, susurra Pierrot.

Sœur Monique arriva avec un chariot.

— Sommes-nous prêts ? claironna-t-elle.

Sœur Armelle l'invita à baisser le ton.

— Chut ! notre petit garçon est à peine réveillé, et il souffre encore. Nous allons encore te faire un peu de misère, Pierrot, mais c'est pour t'aider à guérir vite.

Elle le prépara à la nature des soins qui lui seraient donnés dans une salle remplie d'appareils et d'objets qui lui paraîtraient des instruments de torture et qui n'étaient, en fait, que des outils dont elle se servirait pour le sauver de sa vilaine maladie.

Elles le prirent par les épaules et par les jambes et l'installèrent du lit sur le chariot qui l'emporta vers la salle d'opération.

D'autres religieuses s'activaient dans le dortoir. L'une distribuait les thermomètres, l'autre récupérait les pistolets.

— Alors monsieur Le Reculou, dit sœur Anna, c'est le grand jour.

— Comment ça c'est le grand jour ? s'étonna Jules, méfiant. Vous n'allez pas me charcuter, ça jamais nom de Dieu ! Je refuse.

— Il n'est pas question de vous charcuter, vous n'êtes pas un cochon.

— Oh ! fit-il, coquin.

— C'est le grand jour parce que vous nous abandonnez ce matin.

— Bon Dieu ! c'est pas vrai ?

— Si ! Pourquoi vous insultez le bon Dieu ? Vous devriez le remercier au contraire.

Jules n'en revint pas. Il ne comprenait pas qu'on ne l'eût pas averti la veille. Le docteur Gaudeul ne lui en avait pas soufflé mot. Il ne devait pas être au courant. C'était une décision de dernière minute prise par le chirurgien, pensa-t-il. L'hôpital devait manquer de lits et on libérait les malades en voie de guérison. Oui, c'est ça, on voulait se débarrasser de lui pour faire de la place. Dommage pour Pierrot, il se serait senti moins seul au milieu de tous ces morts-vivants. Quelle qu'en fût la raison, il fallait profiter de l'aubaine sans trop demander d'explication au cas où le médecin changerait d'avis. Ah ! s'il avait pu sauter de joie.

— Je suis tellement content, ma sœur, venez là que je vous embrasse.

— Si ça vous fait plaisir, dit sœur Anna.

— Ça va pas être facile avec votre cornette.

— Pourquoi croyez-vous que nous l'ayons sur la tête ?

— Pour décourager les galants.

Qu'il était malin le Jules ! C'est pour cela aussi qu'il était devenu le préféré de toutes les infirmières.

Sœur Anna souleva les deux pans de sa cornette et offrit ses joues aux lèvres du séducteur.

— Vous voyez, on y arrive tout de même, dit-elle, guillerette.

— Vous en auriez trois ou quatre mètres de plus, ça ne vous empêcherait pas d'embrasser qui vous voulez. C'est si rusé une femme que ça arrive toujours à ses fins.

Les malades les plus valides applaudirent et se mirent à rire de bon cœur. Jules les encouragea à prendre du plaisir.

— Allez-y, les gars, c'est le meilleur des remèdes. Profitez-en, quand je vais être parti il n'y aura plus personne pour vous faire rigoler.

Sœur Anna revint avec un rasoir, un blaireau, du savon et un bol d'eau tiède. Une serviette et une glace. Elle étala le tout sur une tablette qu'elle posa sur les jambes mortes du clown.

— Vous allez faire un brin de toilette. Que vous soyez beau pour retrouver madame Le Reculou.

— Oh ! toilette ! fit-il comme si cela lui semblait superflu.

L'idée de quitter les lieux le rendait si jovial qu'il continua d'amuser la galerie tout en grattant sa couenne. Il fit ses réflexions à haute voix devant ses spectateurs attentifs. On eût dit qu'il était sur une scène de théâtre. Il ne manquait que les feux de la rampe.

— Mon retour ne va peut-être pas réjouir tout le monde. Si, Pupuce ma truie, elle doit se languir depuis que je suis parti. Vous la verriez, elle est intelligente. Elle tourne son cul pour que je lui caresse les jambons tous les matins quand je lui amène ses patates au petit lait. On dirait Charlotte.

La réplique eut le succès attendu. Encouragé par les rires et les applaudissements, l'acteur enchaîna.

— Elle me colle aux pattes toute la journée. Même quand j'ai tué son copain, elle ne m'a pas lâché d'une semelle. Elle savait que c'était pas son tour. Quand je descends au bourg, je suis obligé de l'enfermer dans la soue. Elle viendrait au bistro avec moi, ça ne la gênerait pas. Il ne lui manque que la parole. Des fois je me demande si elle n'est pas plus finaude que ma bourgeoise.

Il supposa que Charlotte avait dû couler des jours tranquilles toute seule à la ferme. Elle allait peut-être avoir la bouche de traviole quand elle le verrait arriver dans la cour. Il espérait qu'elle n'avait pas reçu trop de galants en son absence. Y'a toujours des drôles d'oiseaux qui rôdent et qui sont prêts à profiter de la situation. C'était pas le genre de sa femme mais on ne sait jamais, l'occasion fait le larron.

— Faut se méfier avec ces animaux-là.

— Si elle vous entendait, dit sœur Anna qui vint récupérer les accessoires de la toilette.

Jules oublia le spectacle, il fit un entracte et lui posa la question qui le turlupinait malgré tout.

— Dites-moi, ma sœur, je suis pas guéri et je croyais que j'avais encore besoin de soins ?

Sœur Anna détourna les yeux sous le prétexte de ranger le matériel et de nettoyer la tablette.

— Votre docteur vous les fera à domicile, vous serez quand même mieux chez vous.

— Il vous manque des lits, c'est ça?

— Oui, mentit sœur Anna.

— Je l'avais deviné.

La religieuse se défila. Elle avait de la peine pour cet homme qui entretenait encore un espoir de guérison. Au moins, sa vie n'était pas en danger. C'était la seule chose qui consolait tous ceux qui savaient que Jules ne marcherait plus.

Il prit son porte-monnaie dans le tiroir de la table de nuit et fit un clin d'œil à son voisin.

— Faut pas que je l'oublie celui-là.

Il se renseigna sur les usages, demanda s'il était bien venu de laisser une pièce aux religieuses pour leurs bonnes œuvres. Le voisin lui répondit qu'il ignorait la coutume.

— Y'a longtemps que tu es là? s'enquit Jules.

— Oui, longtemps.

— Tu sors quand?

— Moi? Jamais.

— C'est pas à toi qu'il faut que je demande alors.

Et il s'esclaffa sans penser à mal.

Personne ne prêta attention à la jeune fille qui se faufilait dans les couloirs de l'hôpital à cette heure inhabituelle pour les visites. Elle était si frêle qu'on eût pu la prendre pour une malade en quête d'admission.

Elle entrouvrit une porte, une deuxième. La troisième fut la bonne, la salle des hommes. Elle jeta un coup d'œil circulaire sur l'ensemble de la pièce espérant apercevoir Pierrot. Ne le voyant pas, elle s'avança dans l'allée sans remarquer la présence de Jules, à main gauche, près de l'entrée. Il fut si surpris par son apparition que le haut de son corps en fut lui aussi tétanisé.

Finette passa devant chaque lit, distribuant des sourires et des bonjours timides à leurs occupants. Un paravent masquait l'un d'eux. Elle se hissa sur la pointe des pieds, les chaussures de Jacqueline Kerguenou bâillèrent. Elles étaient trop grandes de deux pointures. Finette fit une terrible découverte, le panneau dissimulait un moribond. Le vieil homme avait la bouche ouverte, il râlait déjà. Il agonisait dans l'indifférence générale. Les rires de Jules ne l'avaient pas sauvé.

Cette vision glaça d'effroi la jeune fille et elle s'éloigna vite pour inspecter l'autre rangée. C'est alors qu'il l'appela :

— Finette !

Elle n'osa pas le regarder.

— T'es déjà là ? A quelle heure t'es partie ?

Elle se retourna et le vit assis sur son lit, habillé de pied en cap, prêt à s'en aller.

— C'est aujourd'hui que je sors. Je sais pas à quelle heure ils vont venir me chercher. Ça peut être maintenant ou cet après-midi, on ne sait jamais d'avance avec eux. Si c'est tantôt, tu pourras profiter de la bagnole, il suffira de leur demander.

Il lui parlait comme si rien ne s'était passé. Il espérait qu'avec le temps elle avait ravalé sa rancune et lui avait pardonné. C'était faire peu de cas du souvenir des violences qu'elle avait subies. Elle le fusilla du regard, se détourna et poursuivit sa recherche. Elle arriva à la hauteur du lit de Pierrot.

— C'est là, dit Jules.

Les draps étaient rabattus, le matelas retourné pour lui faire prendre l'air. S'il n'est plus là, c'est qu'il est mort, pensa Finette.

— Les sœurs t'ont pas prévenue ? Elles l'ont emmené de bonne heure ce matin.

Elle lança des regards inquiets aux autres malades. Pas

un ne lui dit qu'il était vivant. Elle s'évanouit et tomba au pied du lit.

— Ma sœur ! hurla Jules. Vite ! ma sœur !

Sœur Anna transporta Finette dans l'infirmerie et la ranima. Quand elle connut son identité, elle comprit la peur qui l'avait fait perdre connaissance. Elle énuméra les traitements que nécessitait l'état de son petit frère et la liste des soins qu'on ne pouvait lui prodiguer dans son lit.

— Il ne va pas mourir ?

— Mais non, il ne va pas mourir, nous allons le sauver.

— Vous en êtes sûre ?

— Je vous le promets.

Finette fut enfin soulagée. Elle s'inquiéta de savoir si elle pouvait le voir.

— On vous avait dit d'attendre quelques jours, je crois.

— Je n'ai pas pu, ma sœur.

— Si le docteur vous rencontre, il ne va pas être content. Il n'aime pas que l'on vienne fatiguer les malades qui ne sont pas aptes à recevoir des visites. Il est très strict là-dessus.

— C'est pas possible alors ?

— Si, mais pas longtemps.

Elle chuchota à son oreille pour lui signifier qu'elle lui accordait une faveur, un passe-droit.

— Restez sagement dans le fauteuil, je vous préviendrai quand il sera descendu.

Jules héla sœur Anna dès sa sortie de l'infirmerie, il s'impatientait.

— Qu'est-ce qu'on attend, ma sœur ?

— Qu'on vienne vous chercher.

— Qui ça « on » ?

— Les ambulanciers.

— Ils ne sont pas pressés.

— Vous n'allez pas râler juste au moment de partir, je garderais un mauvais souvenir de vous.

Elle réajusta son chapeau qui était bizarrement positionné à l'arrière de sa tête, et replaça un bouton de sa veste qui n'était pas dans la bonne boutonnière.

— Regardez comment vous êtes attifé, vous avez marié samedi avec dimanche.

Il releva son chapeau d'une pichenette dès qu'elle eut le dos tourné.

De sa place, il pouvait voir l'entrée de la salle de garde. Il se pencha pour tenter d'apercevoir Finette par la porte entrebâillée. Il l'appela à voix basse :

— Finette ! Finette !

Comme elle ne répondait pas, il s'agrippa à la barre de son lit et glissa jusqu'au pied. Il se retrouva face au couloir.

— Psst ! Finette !

Elle ne leva même pas les yeux. Pourtant il voulait se montrer gentil. Il cherchait à la rassurer. Il lui dit de ne pas se faire du mouron pour son frère. Ils soignaient bien ici et allaient le guérir. Le chirurgien c'était quelqu'un, une sommité comme ils disent entre eux. Et les bonnes sœurs n'étaient pas en reste. Elles n'hésitaient pas à se donner du mal pour s'occuper des malades, ce qui n'était pas le cas dans tous les hôpitaux. Il cita son exemple pour la convaincre.

— Regarde, moi, je suis pas passé loin. Il s'en est fallu de peu, cinq ou six vaches de plus et je me retrouvais au paradis. Eh ben, ils m'ont tiré d'affaire. La preuve, ils me libèrent. C'est le père Gaudeul qui va continuer à s'occuper de moi.

Comme elle ne réagissait pas, il essaya de l'attendrir. Il

continuait de jouer sa pièce de théâtre. Il poursuivit sur le ton de la tragédie un texte qu'il exprima avec la sincérité du héros et de l'interprète.

— De voir la mort en face, ça change un bonhomme, moi je te le dis. Après tu réfléchis. A partir de maintenant, je ne toucherais plus à la bouteille, elle m'a fait faire trop de conneries.

Puis il reprit son expression comique.

— Y'en a plus d'un et plus d'une qui vont en tomber sur le cul. A commencer par Charlotte. Elle n'aura plus besoin de fermer le buffet et de cacher la clef dans la boîte à sel. Elle croyait que je ne savais pas où elle la planquait. Elle s'étonnait de voir le niveau baisser dans le flacon et elle ne se posait pas de questions. Moi je lui disais que ses bouchons étaient de mauvaise qualité et que la goutte s'évaporait. Elle mordait là-dedans dur comme fer. Pauvre Charlotte, je crois bien que je vais lui raconter tout ça quand je vais la retrouver. Et puis non, ça la rendrait triste de penser que je lui ai menti si longtemps, bien avant nos noces. Aussi vrai que je te le dis, Finette, je ne téterais plus. Tu ne dis rien ? Ça ne te fait pas rigoler ?

Pourtant, il le jouait bien son rôle. Il vivait tous les sentiments qui habitaient le personnage. Il connaissait la dérision de son existence, il la savait pitoyable.

Ah ! s'il avait eu ses jambes, ça n'est pas la joie qu'il lui aurait fait sauter la rampe. Il se serait approché de Finette, agenouillé devant elle pour lui demander grâce.

— Qu'est-ce que tu veux ? Que je te demande pardon ? C'est ça que t'attends ? Eh ben pardon... pardon.

Elle restait immobile, recroquevillée dans son fauteuil. Il aurait tant voulu qu'elle le regardât, qu'elle le vît triste et repenti.

— Pardon de tout le mal que je t'ai fait.

Qu'elle pût lire dans ses yeux qu'il l'aimait aussi comme on peut aimer sa fille. Et comme pour la bouteille, que jamais il n'aurait plus de pensées vulgaires, de désirs incestueux.

— Tu me pardonnes, Finette ?

Enfin elle le regarda.

— Non, dit-elle.

Jules s'allongea sur le dos. Il attrapa la tête du lit et, d'une traction des bras, il remonta ses jambes mortes sur le matelas. Ses voisins virent qu'il avait perdu son sourire. Il n'avait plus l'air content de les quitter.

L'ambulance arriva dans la cour. Deux infirmiers en descendirent. Ils ouvrirent la porte arrière du véhicule et sortirent un fauteuil roulant de paralytique.

Dès que Jules vit entrer la voiture d'infirme, il comprit qu'elle lui était destinée et pas seulement pour la durée du voyage.

Sœur Anna salua les ambulanciers et les avertit de l'impatience avec laquelle ils étaient attendus.

— C'est pour moi cet engin ? demanda Jules en feignant de ne pas le savoir.

— Oui, répondit timidement la religieuse. C'est le dernier modèle. Il est très confortable et très maniable. Vous pourrez vous transporter là où il vous plaira sans avoir besoin de l'aide de qui que ce soit.

Jules lui répondit avec une violence d'abord contenue mais qui ne cessa de s'amplifier au point de devenir terrible.

— C'est pour avoir la paix que vous n'avez pas voulu m'annoncer la bonne nouvelle ? Dites-le que je ne marcherais plus ! Faut avoir du courage pour dire la vérité aux malades et vous n'en avez pas. Vous préférez mentir jusqu'au dernier jour.

Les infirmiers le prirent chacun d'un côté, le soulevèrent et l'assirent sur la chaise roulante.

— Mentir, insista-t-il, la rage au cœur.

Les malades qui n'étaient pas grabataires quittèrent leurs lits. Ils s'approchaient doucement. Leurs pieds chaussés de pantoufles glissaient sur le sol recouvert de linoléum. L'absence de bruit rendait leur marche inquiétante.

Ils entourèrent Jules pour mieux l'entendre. Leurs visages graves et menaçants cernèrent les infirmiers et la religieuse. On eût dit que le monde des malades se soulevait contre les bien-portants.

— Vous entendez, les gars, vous êtes prévenus, c'est une menteuse. Parfaitement, une menteuse. Il ne faudra plus croire ce qu'elle vous dit. Vous l'avez vue tout à l'heure, elle me faisait des mamours. Et que je te pelote et que je t'embrasse. Des baisers de Judas oui !

Sœur Anna ne savait plus vers qui se tourner. Elle tremblait de peur et d'effroi. Elle prit son crucifix, le porta à ses lèvres, l'embrassa et le tint devant son visage en larmes. Elle se servait du Christ comme d'un bouclier. Jules, qui s'en aperçut, la menaça :

— Vous pouvez l'appeler à votre secours, vous en aurez besoin devant saint Pierre. Vous n'irez peut-être pas au paradis, ma sœur. Tous ceux que vous avez envoyés de l'autre côté en leur affirmant qu'ils étaient tirés d'affaire vous attendent là-haut, et ils n'ont pas que de bonnes intentions.

Cet avertissement acheva de terroriser la religieuse. Elle se fraya un passage parmi les malades qui la fixaient de leurs yeux révoltés. Elle courut se mettre à l'abri dans la salle commune des femmes.

Jules fit ses adieux à ses compagnons de misère. Il ne

leur dit pas, à la prochaine, il ne les reverrait jamais. Plutôt crever que de revenir ici.

— Allons-y ! commanda-t-il aux infirmiers.

Ils s'engagèrent dans le couloir.

— Regarde, Finette, dit Jules en passant devant la jeune fille, regarde, ils m'ont fait cadeau d'une belle brouette.

Au fur et à mesure qu'il s'éloignait, l'infirme haussait la voix :

— Me v'là puni. T'as plus de souci à te faire, je ne pourrai plus courir après tes jupes. Ah ! ils vont rigoler dans le bourg quand ils vont me voir dans ma petite carriole. Ça va en faire des heureux. Tous les jaloux qui ne prennent plaisir qu'au malheur des autres.

Les malades regagnèrent leurs lits. Sœur Anna débarrassa celui de Jules pour y mettre des draps propres. Elle espéra y accueillir un bon chrétien, une âme résignée et docile.

Les infirmiers hissèrent le fauteuil à l'arrière de l'ambulance. Jules, surmontant son chagrin, ironisa :

— On dirait un bœuf dans une bétaillère. Faites pas les cons, les gars, ne vous trompez pas de chemin, ne m'emmenez pas à l'abattoir.

Quand il fut installé et arrimé pour éviter les chocs, il s'inquiéta :

— Elles sont solides, vos ficelles ?

— En principe, oui.

— Fermez la porte à clef, on ne sait jamais, des fois que je cogne dedans, vous pourriez me perdre en route.

L'ambulance fit un large demi-tour pour sortir de l'hôpital. En longeant le cloître, Jules aperçut sœur Armelle qui poussait le chariot ramenant Pierrot de la séance de soins. Il hurla de l'intérieur de l'auto :

— Pierrot ! Pierrot ! Tu vas t'en sortir, mon bonhomme.

Pierre ne l'entendit pas. Il était encore sous l'effet de l'anesthésie. Sœur Armelle fit un signe de la main. Elle entendit Jules lui crier :

— Adieu ma sœur, vous ne m'avez rien dit, vous non plus, mais au moins, vous ne m'avez pas raconté de bobards. Merci de tout ce que vous avez fait pour moi. Et soignez bien mon vacher, qu'il sorte vite lui aussi.

L'ambulance disparut dans la ville. Elle cahota sur les pavés de la cité médiévale. Bringuebalé jusqu'à la porte Saint-Louis, Jules fut moins secoué quand ils franchirent le viaduc et qu'ils roulèrent dans la campagne. Il regarda par la vitre. Rassuré, il se sentit chez lui.

Sœur Armelle recoucha Pierre. Sœur Anna lui signala la présence de Finette. Armelle la reconnut.

— Vous voilà devenue une vraie jeune fille, lui dit-elle. Vous vous souvenez de moi ?

— Je crois que oui, répondit Finette. Vous êtes sœur Armelle.

— Oui.

— Mon père vous avait fait des sandales.

— Je les ai toujours.

— Je suis contente que ce soit vous qui soignez mon petit frère.

Armelle permit à Finette d'embrasser Pierrot. La grande sœur pourrait rester près de son lit le temps qu'il reprît totalement connaissance. Le chirurgien avait procédé le matin à une nouvelle ponction pour assainir ses poumons.

— Il a été très courageux, dit la sœur. Tu n'as pas eu trop mal ?

— Un peu, répliqua l'enfant.

Elle l'autorisa à lui parler, pas trop pour ne pas l'obliger à répondre, il était si fatigué.

— Pierrot, mon Pierrot, dit Finette quand elle fut seule avec lui. Que je suis heureuse, si tu savais ce que je suis heureuse.

Pierre lui sourit. Il avait eu si peur pour elle. Tous deux restèrent un moment sans rien dire. Puis Pierrot, lentement, demanda des nouvelles de la famille.

— Tout va bien, dit Finette. Perrine et Mélanie m'ont dit de t'embrasser. Madame Gervin m'a donné des bonbons pour toi.

Elle sortit un sachet de son panier et le déposa sur la table de nuit.

— Tu lui diras merci. Sais-tu si on a retrouvé Sultan ?

— Il n'est pas perdu, il va revenir.

Quand Jules arriva à la ferme, Charlotte n'était pas là pour l'accueillir. Elle n'avait pas été prévenue de l'imminence de son retour. C'est ça notre maudit métier, dit Jules aux ambulanciers, on ne fait pas ce qu'on veut, on est toujours sur la brèche, et, quand on n'a pas d'aide, on est obligé de tout faire par soi-même.

Il s'excusa, il ne pouvait pas leur payer un coup, il n'avait pas la clef. Les hommes repartirent donc sans avoir pu goûter sa goutte.

L'auto disparut en haut du champ Ichon, Jules se retourna pour inspecter les bâtiments. Il n'y avait rien de changé ni en bien ni en mal. Charlotte n'avait pas profité de sa solitude pour prendre des initiatives comme Jules l'avait craint. Avant les noces, elle avait manifesté le désir de rapproprier la façade. Jules l'en avait dissuadée rapport à la dépense.

Le fermier leva la tête. L'ardoise cassée de la gerbière n'avait pas été remplacée, pas plus que le carreau du vasistas. Ça, quand même, elle aurait pu s'en occuper, pensa-t-il. Une ardoise qui manque et c'est le toit tout entier qui se soulève. Un carreau fêlé et c'est la pluie qui tombe dans le grenier, le plancher qui pourrit et la maison qui prend l'eau. Maudit fi de garce ! Ça l'aurait étonné qu'il n'ait pas trouvé quelque chose qui cloche.

Dans sa soue, le cochon entendit que le patron était de retour. Il sortit dans la cour en agitant les oreilles et grognant du museau.

— Te v'là, ma fille ! Tu vois, je suis revenu. Ah ! qu't'es belle. Tu ne m'as pas oublié, ma Pupuce, t'as pas oublié Jules. Viens là que j'te gratte, approche ma toute belle. Tu m'as manqué à l'hôpital, j'ai pensé à toi souvent, j'ai même parlé de toi avec mes copains.

Pupuce souleva le bras du maître d'un coup de groin et lui présenta ses jambons.

— Dis donc, t'as profité pendant que j'étais pas là. Elle t'a bien nourri, Charlotte. Des bonnes patates, avec du lait ribot. Gourmande ! Faut pas grossir si vite sinon il va t'arriver des malheurs comme à Sosthène.

Pauvre Sosthène, c'est lui que Jules avait sacrifié pour le mariage du cordonnier.

Des aboiements et des meuglements se firent entendre.

— Ah ! ils arrivent, dit Jules, reconnaissant des cris familiers.

Et il se prépara à les recevoir.

Nénette et Juju débouchèrent les premières, suivies de la jument et des autres vaches. Charlotte n'était pas loin derrière. « Jules ! » cria-t-elle en apercevant son homme du fond de la cour. Quand tout le monde fut rassemblé devant lui, femme et animaux, Jules manifesta sa joie.

— Vous v'là ! Je commençais à trouver le temps long.

— Pour nous aussi ça a été long, répondit Charlotte.

Elle s'approcha de son homme. Elle ne lui fit pas de bise pour lui souhaiter la bienvenue. C'était comme ça chez les Reculou, on faisait tout à l'inverse des autres gens. On ne s'embrassait jamais dans les grandes occasions, on gardait ça pour les moments futiles.

— Je suis bien contente que tu sois revenu, mon bonhomme.

— Pas en bon état.

— Je te prends comme t'es.

Elle l'aimait, son Jules, malgré tous ses défauts. Il y a des jours elle aurait souhaité qu'il se bonifie, mais elle n'aurait pas voulu qu'il changeât du tout au tout. Ses vices avaient parfois du bon.

Les vaches regardaient Jules comme une bête bizarre. Elles furent surprises de le voir si petit avec des roues à la place des jambes.

— Va falloir vous y faire, dit Jules qui avait remarqué leur étonnement.

Charlotte fit faire un demi-tour au fauteuil roulant et le poussa pour remonter vers la maison. Les vaches beuglèrent, le rituel du soir n'était pas respecté, elles réclamèrent qu'on s'occupe d'elles. Certaines avaient soif et faim, d'autres étaient fatiguées de traîner leurs pis gonflés comme des outres. La fermière leur demanda de patienter cinq minutes. Elles se calmèrent.

— Elle roule bien, ta petite voiture, dit Charlotte surprise, je pensais qu'elle serait moins maniable.

— Tu savais que j'allais revenir avec ?

— Je m'en doutais, s'empressa-t-elle de répondre. Faudra la graisser de temps en temps, j'imagine, comme les vélos.

Elle se força à rire.

Si Jules n'avait pas trouvé de changement dans la cour, il en vit dans la maison. La cuisine était pourvue d'un lit à une place coincé sous la fenêtre entre le mur et la cheminée.

Il bloqua les roues de son fauteuil et attendit les explications.

— Je l'ai descendu du grenier. Je me suis dit que si tu devais rester allongé, tu pourrais regarder par la fenêtre, ça te distrairait.

— Tu te doutais aussi que je ne pourrais plus monter l'escalier ?

— Ben oui.

Charlotte décida de cracher le morceau. Un jour ou l'autre, il découvrirait la vérité, autant que ce fut tout de suite. Selon elle, la joie des retrouvailles lui ferait avaler plus facilement la pilule.

— Tu savais que je ne marcherais plus ?

— Oui.

— Depuis quand ?

— Le premier jour.

— Qui te l'avait dit ?

— Le docteur.

Il tourna la tête vers sa femme et lui lança un regard désespéré.

— Alors pourquoi tu m'as laissé embarquer à l'hôpital ? Tu devais pourtant bien savoir que je ne supporterais pas de me voir infirme.

Il était si abattu qu'elle le crut résigné. Elle voulut le réconforter.

— Il vaut mieux être comme ça que d'être mort, risqua-t-elle.

Cette dernière parole déclencha la fureur de Jules. Il fit

faire faire volte-face à sa voiture. Il se dressa sur ses bras tremblants. Il s'approcha de Charlotte et lui cria sa hargne.

— Tais-toi, nom de Dieu !

Ah non ! il ne fallait pas lui parler de chance. Qu'est-ce qu'elle croyait ? Qu'il accepterait son malheur sans rien dire ? Qu'il se résignerait à traîner ses jambes mortes toute sa vie ? Non, il ne s'accommoderait jamais de son infirmité. Jules retomba sur son fauteuil. Il perdit aussi la force de gueuler.

— Emmène-moi jusqu'à la fontaine et vire-moi dedans. Monte-moi au grenier, accroche-moi au palan et jette-moi par la gerbière. Prends le fusil, ça ira plus vite, tire-moi deux cartouches dans le buffet. Si t'as pitié, fais-le, Charlotte. Je suis incapable de vivre comme ça, moi.

Ils restèrent là figés, sans plus oser se parler.

Après le dîner, monsieur et madame Courtois passaient au petit salon. L'époux lisait, l'épouse brodait devant la cheminée. Madame Courtois adorait l'odeur du bois brûlé, surtout le chêne. Il dégageait un arôme particulier et se consumait lentement.

Comme d'habitude, Édouard se leva le premier pour aller dormir.

— Bonsoir, Madeleine.

— Tu te couches déjà ?

— Déjà ? il est onze heures.

— Onze heures, minuit, une heure, que cela va être long encore ce soir.

Madame Courtois ne trouvait jamais le sommeil avant l'aube.

Elle regarda les flammes danser dans l'âtre. Elle y vit des lutins, des enfants qui se tenaient par la main et faisaient une ronde autour d'un feu de la Saint-Jean.

— Je sais que tu as toujours été contre mais tu ne m'as jamais convaincue. Rien ne nous empêchait d'adopter un enfant, Édouard. Il ne nous manquait ni la place, ni l'argent, ni la réputation.

L'apparition de Pierrot avait ravivé cette obsession qui l'empêchait de dormir.

— Je n'ai jamais compris pourquoi tu n'as pas voulu.

— Tu le connais mon point de vue, on s'est expliqué là-dessus des années entières.

Il bâilla à s'en décrocher la mâchoire.

— Tu ne vas pas remettre ça, dit-il, impatient de retrouver son lit.

— Si. Je regrette de ne pas t'avoir cassé les pieds plus souvent, tu aurais peut-être fini par céder.

Édouard profita du silence qui suivit pour se dérober. Le grincement du plancher trahit sa fuite. Sans le regarder, Madeleine le rappela avant qu'il n'eût disparu dans le salon bleu.

— Attends, Édouard, je n'ai pas terminé.

— Presse-toi, Madeleine, j'ai sommeil.

Il revint sur ses pas et esquissa un geste tendre. Il caressa la joue de sa fidèle compagne, du revers de sa main. Elle l'attira sur ses lèvres et l'embrassa à hauteur de l'alliance.

— Édouard, reprit-elle, si nous n'avions pas connu ce malheur, nous aurions des petits-enfants qui égaieraient nos soirées. Les heures sont si longues avant que nous ne fermions les yeux. Et, avouons-le, nous ne sommes plus pressés de nous retrouver dans notre chambre.

— C'est pour ça que tu t'inquiétais de savoir si le garçon avait des grands-parents ?

— D'habitude, tu comprends plus vite, Édouard, plaisanta-t-elle.

Il lui fit la promesse de l'emmener, dès le lendemain, rendre visite à Pierre.

Madeleine posa son ouvrage sur le guéridon. Elle suivit son mari dans l'escalier. Elle dormirait bien cette nuit.

A une heure pétante, sœur Monique, une nouvelle, sonna la cloche. Les familles des souffrants s'agglutinèrent devant les portes des différents pavillons. A leur attitude on devinait celles qui n'avaient plus guère d'espoir. Les mamans des enfants malades s'isolaient entre elles et parlaient à mots couverts. Elles n'osaient pas prononcer les noms terribles des maladies dont souffraient leurs bambins.

Privilège de la richesse et du renom, sœur Monique fit entrer les châtelains les premiers pour leur éviter la bousculade. Elle leur épargna la peine de chercher Pierre dans les travées et les accompagna jusqu'à son lit. Elle dégota une seconde chaise, puis elle attendit qu'ils fussent installés pour ouvrir les portes.

A l'arrivée de monsieur et madame Courtois, Pierrot eut un mouvement de surprise. Il s'étonna qu'ils aient pris la peine de lui rendre une visite. Il accepta, confus, le cadeau que lui offrit le châtelain. C'était un grand et beau livre couvert de percaline rouge et or. *Cinq Semaines en ballon*, le premier volume des *Voyages extraordinaires* de Jules Verne.

— Tu aimes lire ? lui demanda madame Courtois.

— Oui, beaucoup.

— Tu vois, Édouard, j'en étais sûre.

— Si celui-ci te plaît, j'ai toute la collection, proposa monsieur Courtois.

Il énuméra les titres. *Les Enfants du capitaine Grant*, *Vingt Mille Lieues sous les mers*, *Le Tour du monde en quatre-vingts jours*.

— Tu as déjà entendu parler de Jules Verne ?

— Oui, à l'école.

Édouard n'avait pas choisi l'auteur par hasard. Les lectures feraient rêver l'enfant et l'aideraient à oublier.

— Moi, je t'ai apporté des gâteaux, dit madame Courtois, ce sont des madeleines, évidemment.

— Oh ! merci, madame.

— Tu as droit aux friandises ?

— La sœur n'a rien dit, je mange ce qu'il y a comme tout le monde.

— Goûte, tu vas voir, elles sont délicieuses.

Elle tendit une madeleine à Pierrot.

L'enfant se régala.

— Si quelque chose d'autre peut te faire plaisir, dis-le-nous, nous avons le temps de descendre en ville faire des courses avant de repartir, n'est-ce pas, Édouard ?

— C'est tout à fait possible, répliqua le mari qui voulait surtout ne pas contrarier sa femme.

Pierre les remercia. Il n'avait besoin de rien. Jamais il n'avait exprimé d'envies.

Madame Courtois était heureuse de voir qu'il appréciait ses madeleines. Quand il eut fini la première, elle lui en donna une seconde. Et tandis qu'il mangeait, elle lui raconta une belle histoire.

C'était un matin de printemps, elle se rendait à Dinan avec monsieur Courtois, dans leur automobile, quand tout à coup ils furent surpris de voir avancer devant eux la silhouette d'un homme qui portait un enfant dans ses bras. Cela leur parut étrange. Était-ce un voleur d'enfant ou un pauvre homme sans ressources et sans toit qui s'en allait abandonner son gamin dans les bois ? Ils voulurent en avoir le cœur net, s'arrêtèrent et lui proposèrent de le conduire là où il se rendait. L'homme accepta.

C'est ainsi que Pierre connut le récit de son abandon.

— Quand nous fûmes arrivés, je n'avais plus du tout envie de te rendre à ton père, avoua madame Courtois.

Elle ajouta qu'elle l'avait tenu sur ses genoux durant les trois quarts du trajet. Elle ne s'était pas méfiée et il avait copieusement arrosé sa robe et son jupon. Les châtelains rirent encore de l'incident. Leur joie détendit l'atmosphère de la salle commune que la présence des Courtois avait intimidée.

Le soir, sœur Armelle poursuivit le récit de cette mémorable journée. Le père et le fils s'étaient donc présentés tous deux à l'orphelinat. Elle leur ouvrit la porte. C'est elle aussi qui avait alerté la révérende et insisté pour que la prière du papa fût exaucée.

— Dès que les sœurs t'ont vu, elles voulaient toutes s'occuper de toi.

— Pourquoi ?

— Tu étais si mignon, tu ressemblais à un angelot. Mais c'est à moi que tu as été confié. Une autre sœur qui s'appelait sœur Angèle était folle de jalousie.

Elle ne lui conta pas toute son histoire, cela aurait été trop long. Elle attendit aussi qu'il fût plus costaud pour lui confesser l'essentiel.

Chaque soir elle ajouta un épisode au feuilleton. Elle refit ses ombres chinoises à la lueur de la lune, fredonna les mélodies qui l'endormaient, chanta les refrains qu'elle créait pour qu'il fût le héros de la chansonnette. Pierre trouva des explications aux images qui trottaient dans sa tête, aux sensations et aux vagues impressions de vécu qu'il ressentait parfois.

Il apprit qu'il avait été déposé dans la crèche avec les autres bébés abandonnés dans l'année. C'était la coutume de Noël à l'orphelinat.

— Tu as été le plus beau petit Jésus que nous ayons eu, dit fièrement sœur Armelle. Après la messe de minuit sept à huit familles voulaient t'adopter.

Enfin vint le jour où Armelle jugea qu'elle pouvait tout lui dire, tout, ou presque.

— Au début je souffrais de te voir perdre tes bonnes joues. Tu refusais tout ce que je te proposais à manger ou à boire, une vraie petite mule. Tu es toujours aussi têtu ?

— Je ne sais pas, sans doute. C'est ce que dit Charlotte en tout cas.

— Charlotte ?

— La femme de Jules.

Sœur Armelle comprit que Pierre avait une troisième maman dans sa vie.

— Alors ? réclama Pierre qui voulait connaître la suite de son histoire.

— J'ai mis des jours et des jours à te faire accepter le biberon. Tu battais des mains pour le repousser aussitôt que tu le voyais arriver. Tu fronçais le sourcil et tu pinçais tes lèvres dès que la tétine frôlait ta bouche. Tu m'en as donné du mal.

Une fois encore, elle se ravisa. Elle le trouvait déjà trop grand, ou encore trop petit pour entendre la vérité. Pour apprendre qu'elle avait voulu suppléer sa mère au point de lui offrir son sein. Pour comprendre qu'elle l'avait aimé d'un amour maternel. Pour lui pardonner enfin d'avoir tenté de voler son fils à Joséphine.

— Alors ? répéta-t-il.

— Je me suis adressée à la Sainte Vierge pour qu'elle vienne à mon secours. Un matin, miracle, tu as fini par céder. Après tu es devenu si vorace que tu as repris ton poids normal en moins d'une semaine.

Elle le regarda avec le feu des sentiments qui la brûlait encore.

Pierre ressentit du mieux. On eût dit que le récit de ses premières années avait d'heureux effets sur sa maladie et l'aidait à guérir. Il se leva et fit des allers et retours dans le couloir pour se donner de l'exercice. Bientôt il put sortir et se promena dans le cloître d'où il voyait le mur de l'orphelinat. Armelle l'accompagnait dans tous ses déplacements, elle le couvait comme une mère poule.

— Vous vous êtes occupée de beaucoup d'enfants ? lui demanda-t-il un jour à brûle-pourpoint.

— Oui.

— Combien, après moi ?

— Aucun.

— Pourquoi ?

— Tu as été le dernier.

— Pourquoi ? insista-t-il.

— Dieu a voulu me mettre à l'épreuve de ceux qui souffrent, il a estimé que j'avais eu ma part de bonheur avec toi.

— Il ne savait pas que j'allais revenir, dit Pierre en souriant comme s'il lui avait joué un mauvais tour.

Depuis sa maladie, Pierrot voulait connaître tous les fils qui avaient tissé le canevas de sa petite enfance.

Il avait vécu si longtemps isolé dans sa ferme et dans son étable. Tenu à l'écart, il ignorait tout de lui-même et des siens.

Un dimanche, il eut la visite de Finette, il en profita pour la questionner elle aussi.

— Elle était sévère, maman ?

— Tu rigoles. Elle était comme sur la photo, elle nous souriait tout le temps, même sur la fin.

— Elle a beaucoup souffert ?

Finette lui répondit qu'elle avait été emportée en trois mois. Elle lui cacha qu'elle avait traîné son mal une année entière et que tous avaient accusé leur frère d'en être la cause.

— Elle est morte le 21 mars, dit-elle, depuis je n'aime plus le premier jour du printemps.

La veille de sa mort elle avait dit à sa fille aînée : « Quand il sera grand, faudra dire à Pierre que s'il est allé chez les sœurs, c'est pas que je l'aimais moins que vous autres, mais parce qu'on ne pouvait faire autrement. Dis-lui bien que je n'étais pas une mauvaise mère. »

Finette s'acquitta de sa mission, la gorge nouée. Pierrot l'écouta, les larmes aux yeux.

— J'ai une bonne nouvelle, dit Finette pour chasser leur tristesse.

Sultan était revenu à la ferme et Jules l'avait bien accueilli.

— S'il descend au bourg, il va sûrement aller au cimetière. Si tu le vois, appelle-le, fais-lui une caresse et demande-lui : « As-tu des puces ? » Il se grattera jusqu'à ce que tu lui dises qu'il n'en a pas.

Il n'en fallut pas plus pour les faire sourire.

Sultan apprécia que Jules ne le battît pas au retour de son escapade. Pour l'en remercier il ne le quitta plus. Il dormait sur les jambes de l'infirme.

Un matin l'animal se réveilla et dressa l'oreille.

— Qu'est-ce que tu sens ? demanda Jules. Une visite ? Qui peut bien venir me voir à cette heure-ci ? C'est pas déjà le facteur tout de même ?

Comme madame Gervin et tous les solitaires il avait, lui aussi, pris l'habitude de monologuer à haute voix pour se tenir compagnie.

Il se redressa sur son lit et, à l'aide de sa cane, il souleva le rideau de la fenêtre. Tout compte fait Charlotte avait eu une bonne idée. De sa place il pouvait surveiller la cour. Il aperçut son visiteur au bout du chemin et le reconnut. C'était le cordonnier. Le chien lui fit la fête, les oies le pourchassèrent comme à leur habitude.

— Ah ! Célestin, marmonna Jules, ça fait quelques jours que je t'attends.

Il se prépara à le recevoir. Il se laissa glisser dans sa petite voiture qu'il roula devant la cheminée. Dos à la porte, il étala une couverture sur ses jambes et fit semblant d'être assoupi. Il se mit en scène.

Célestin frappa à la fenêtre.

— Jules ! tu es là !

N'obtenant pas de réponse, il entra.

— Jules !

L'infirme bâilla, il ouvrit un œil humide et se détendit comme après une bonne méridienne.

— Ah ! c'est toi, Célestin. Eh ben ! c'est une surprise. Je suis content de ta visite. C'est vrai ça, désormais si c'est pas les copains qui se déplacent, j'aurais plus beaucoup l'occasion de voir du monde.

Célestin ne répondit rien. Il gardait le visage fermé. Jules se dit dans sa tête : « C'est pas la peine de me dire pourquoi t'es venu, je le sais. » Bien des soirs à l'hôpital il s'était mis dans la peau de Célestin. Il s'était dit qu'à sa place, il aurait corrigé le salaud qui avait osé poser ses pattes sales sur sa fille. Il lui en aurait fait passer l'envie, et même le goût du pain.

Il invita le cordonnier à s'asseoir.

— Je suis bien debout, rétorqua Célestin, pas aimable.

Jules avait prévu la réponse et sa réplique aussitôt fusa.

— T'as de la chance, moi je ne pourrais plus jamais dire ça.

Le cordonnier refusa la main que Jules lui tendit. Le fermier proposa alors à son visiteur de se servir à boire, il savait où se tenait la bouteille.

— Merci, j'ai pas soif, répliqua Célestin.

Jules feignit de ne pas s'en offusquer. Il partit d'un grand éclat de rire. C'est vrai qu'il était content de le voir, maudit fi de garce. Il s'attendait à ce qu'il rapplique plus vite.

— Je me disais, es-t-y fâché Célestin qu'il vient pas me dire bonjour ? Me v'là rassuré.

— Te réjouis pas trop vite. Réponds d'abord à ce que je suis venu te demander.

— Qu'est-ce que tu veux savoir ?

— Ce qui s'est passé dans l'étable.

Jules se mit en colère pour mieux assurer sa défense. Le cordonnier n'allait pas l'emmerder avec ça non ? Il ne s'était rien passé dans l'étable, il avait bu un coup de trop, il ne tenait plus sur ses jambes, c'était un accident.

Tout ça était la faute de Célestin après tout. S'il n'y avait pas eu ses noces, rien ne serait arrivé.

— Un accident je te dis ! Le reste c'est des conneries qu'on fait quand on n'a plus sa tête.

Il baissa le ton.

— J'avais trop dansé, poursuivit-il.

— Raconte ça à qui tu veux, personne ne va te croire, en tout cas pas moi.

— Demande à Finette, répliqua Jules.

— Elle ne veut pas en parler, elle doit être morte de honte.

— A Pierrot alors?

— Il ne dira rien non plus. Il a peur de toi.

Jules haussa les épaules. Célestin mentait. Pierrot n'avait rien à craindre, et il le savait. Jamais il ne lui avait fait de mal. A part une fois ou deux. Il l'avait dérouillé parce qu'il s'était mis en colère pour des conneries de gosses. Jamais Jules ne lui avait fait de misère.

— Je l'ai mieux traité que mon père me traitait moi quand j'étais gamin. Je lui ai souvent dit ça.

Jules fit tourner les roues de sa voiture. Il reprit sa place devant le feu comme si l'incident était clos. Il s'enquit de la santé de Pierrot. Célestin le rassura, il allait de mieux en mieux.

Jules regarda Célestin dans les yeux. Puis il se remit à gueuler :

— Ah! ne me regarde pas comme ça. Je vais te parler franchement, si c'est ça que tu veux. Pose ton cul sur le banc. Ne m'oblige pas à lever la tête.

Pour la seconde fois, Célestin refusa de s'asseoir. Il refusait de se mettre à la hauteur de son adversaire, il préférait garder l'avantage d'une position élevée.

Jules le trouva méprisable. Il décida d'user d'autres armes et de lui foutre la trouille.

— Quand t'as voisiné le diable pendant des jours et des nuits sans dormir, que tu ne sais pas si tu vas rester lui tenir compagnie, ça a le temps de tournicoter dans ta caboche.

Il montra là-haut la roue qui tournait dans sa tête.

— Les bonnes sœurs te donnent des potions pour t'assommer parce que le remords t'étouffe et te fait gueuler tellement t'as mal, là.

Il frappa son front si fort qu'il résonna comme la peau d'un tambour.

Il serra sa gorge avec une telle violence que Célestin crut qu'il allait s'étrangler lui-même, comme si sa main n'obéissait plus à son cerveau et avait décidé d'en finir.

— Le lendemain, quand tu te réveilles, poursuivit Jules c'est pas à toi que tu penses en premier, c'est à ceux à qui t'as fait du mal.

— Si tu comptes m'attendrir, tu ne vas pas y arriver, répliqua Célestin. Tes conneries, fallait réfléchir avant de les faire.

— Laisse-moi finir, demanda Jules.

Il n'avait pas abusé de Finette. Il avait bien essayé, mais il n'y était pas parvenu. Pierrot était arrivé à temps, il avait empêché le pire.

— J'aurai pas assez de ce qui me reste à vivre pour lui dire merci. Je me fous de ne plus avoir mes jambes, l'important c'est qu'ils s'en soient sortis sans dommage tous les deux. Moi, je n'ai que ce que je mérite.

Les remords du paysan laissèrent le cordonnier de marbre. Il ressemblait à la statue du commandeur. Il ne lui suffisait pas que Jules fît amende honorable, il était là pour venger sa fille et rien n'entamerait sa détermination.

Jules tenta une ultime manœuvre. Maintenant qu'il lui avait tout dit, Célestin pouvait sortir la bouteille du buffet, la clef était dessus. Il n'allait pas trinquer avec lui, à l'hôpital il avait juré à Finette qu'il ne boirait plus jamais.

Célestin n'en fit rien. Il ferma la porte et d'un geste chassa le soleil qui entrait dans la pièce. Il ferait à Jules son affaire dans la pénombre.

— Jules ! Je suis venu pour te tuer.

Il sortit un tranchet de sa poche, l'outil avec lequel il

parait l'enture des demi-semelles, un fer pointu, une lame au fil aiguisé comme un couteau de chasse, une arme redoutable.

Il avança sur sa victime.

— Ne fais pas ça, Célestin, dit Jules, soudain affolé. Il avait sous-estimé le courage de son adversaire. Ne fais pas ça ! Pierrot te le reprochera toute ta vie. C'est pas moi qui l'ai fait ce gosse-là, mais d'avoir grandi à mes côtés, je dois compter pour lui. Je suis un peu son père moi aussi.

Sultan aboya dans la cour. Il courut après les pigeons qui s'envolèrent du toit.

Charlotte s'ennuyait en gardant ses vaches, elle n'avait rien à ravauder. Jules n'usait plus depuis qu'il était infirme, il ne perçait plus ses chaussettes au gros doigt de pied pas plus qu'au talon. Sa femme passait son temps à bayer aux corneilles comme elle disait.

Elle aperçut Célestin qui redescendait au bourg. Malgré la distance, elle l'appela pour lui demander s'il avait vu son Jules. Les réponses du cordonnier lui revenaient comme l'écho de ses questions.

— Oui.

— Comment tu l'as trouvé ? cria-t-elle.

— Bien.

— Il a pourtant pas le moral.

— Forcément.

— Quand tu verras Pierrot, n'oublie pas de lui dire bonjour.

— Je n'y manquerai pas.

Célestin était peu loquace. C'était louche. Elle se persuada qu'il cachait quelque chose. Elle décida de courir à la ferme, commanda à Nénette de surveiller ses copines durant son absence. Elle arriva tout essoufflée dans la cuisine. Jules était immobile et pâle, il se remettait de sa trouille. Il lui avait foutu la frousse, ce con-là. Heureusement, il avait réussi à l'émouvoir au dernier moment. C'est qu'il l'aurait égorgé comme un cochon, le maudit bouif avec son tranchet. Il en était capable, il l'avait vu dans ses yeux.

— Qu'est-ce que t'as à être si blanc ? s'inquiéta Charlotte.

— Et toi ? qu'est-ce qui te fait courir comme une dératée ?

En un regard, l'un et l'autre comprirent qu'ils feraient mystère de leurs pensées intimes. A vivre ensemble, ils avaient appris que toute vérité n'était pas bonne à dire. Qu'il valait mieux garder ses secrets, et nier l'évidence la tête sur le billot plutôt que d'avouer ses fautes.

— Qu'est-ce qu'il te voulait Célestin ?

— Me demander si on reprenait Pierrot à sa sortie de l'hôpital.

— Et qu'est-ce que tu lui as répondu ?

— Je lui ai dit que non.

— Pourquoi ?

— Parce qu'on aura plus de vaches à garder.

— Plus de vaches ? murmura Charlotte.

Jules lui tourna le dos, et se dirigea vers la sortie. Jusqu'à ce jour, il avait besoin de sa femme pour franchir le seuil de la porte. Quand elle s'approcha, il la repoussa d'un revers du coude qui l'atteignit dans la poitrine.

— Oh ! tu m'as fait mal, se plaignit-elle.

— Fallait pas te trouver là.

— Je voulais t'aider.

— C'est pas la peine.

Il prit les roues de sa chaise et franchit l'obstacle en sautant par-dessus. Il avait des bras d'Hercule. Il resta planté dans la cour et observa le va-et-vient de Sultan qui entrait et sortait de l'étable. Le chien aboyait. Il réclamait Pierrot et glapissait d'ennui.

Pierre allait de mieux en mieux. Quand il fut en état de quitter son lit et qu'il commença à prendre l'air, le chirurgien le déclara guéri. Il sortirait à la fin du mois de septembre. Sœur Armelle fut enfin soulagée. Elle avait tant invoqué le Seigneur, allant jusqu'à offrir sa vie pour qu'il garde la sienne. L'enfant et la médecine prirent le pas sur la maladie. Sœur Armelle savait, depuis qu'elle soignait les malades et fréquentait la mort, que la prière n'avait guère de vertus thérapeutiques même si elle continuait de croire aux miracles.

Tout en se réjouissant de la guérison de son grand garçon, sœur Armelle ne pouvait s'empêcher de penser au jour où elle devrait à nouveau le perdre. Aussi décida-t-elle de profiter de tous les instants qu'elle pouvait vivre en sa compagnie. Elle en fit son aide-soignant et Pierre se mit à rouler les chariots, donner le bras aux malades pour les aider à se déplacer dans la salle ou dans leurs promenades, distribuer les repas et préparer les potions. Il prit tant de goût à sa nouvelle fonction qu'il se dit qu'il aimerait être docteur, un soir où ils étaient à l'infirmerie et préparaient les drogues à administrer pour la nuit.

— Vingt-cinq gouttes de sédatif pour monsieur Picard, commanda sœur Armelle.

Pierre versa d'abord l'eau dans un verre, puis il ajouta les gouttes d'une solution ammoniacale camphrée. Il oublia vite de les compter pour laisser son esprit divaguer. Docteur?... oui, il aimerait être médecin pour sauver la vie des gens. La mort de sa mère le hantait. Il se souvenait de ce que Finette lui avait dit de sa maladie et avait la certitude qu'aujourd'hui la médecine l'aurait guérie. Les savants avaient découvert de nouveaux médicaments pour soigner l'anémie pernicieuse.

Il se rendit compte tout à coup qu'il avait vidé le compte-gouttes et s'en inquiéta auprès de sœur Armelle.

— Combien ? demanda la sœur.

— Je ne sais pas, cinq ou six.

— C'est pas grave, il dormira un quart d'heure de plus.

— Il va se réveiller demain ?

— Mais oui, te fais pas de souci.

Ils récapitulèrent pour s'assurer qu'ils n'avaient oublié personne : Pour la rangée de gauche les gouttes de monsieur Picard, la potion de monsieur Basse, les trois cachets de monsieur Jeannequin et les pilules de monsieur Lelièvre. Seul le suppositoire de monsieur Seiller manquait à l'inventaire.

— C'est vrai qu'au début il voulait les avaler ? demanda Pierrot.

— Qui t'a dit ça ?

— Lui.

— C'était pour t'amuser.

Pour le plus grand plaisir des malades, ils entrèrent dans la salle en riant comme des enfants heureux d'être ensemble et qu'un rien distrayait.

La veille du départ de Pierre, sœur Armelle regagna vite sa cellule, son service terminé, et c'est avec une lassitude inhabituelle qu'elle détacha les épingles qui fixaient sa cornette sur une sorte de tambourin qui lui enserrait la tête. Elle posa la coiffe sur la minuscule table de bois qui meublait la chambre avec le lit et un prie-Dieu de paille sur lequel elle s'assit. Elle soupira longuement, saisit la croix de son chapelet et l'embrassa presque machinalement, comme elle devait le faire tous les soirs avant de se dévêtir. Elle la reposa sur ses genoux. Ses mains tripotèrent le crucifix comme un objet familier. Ses doigts d'infirmière effleurèrent d'une caresse apaisante le corps douloureux du Christ.

— Mon Dieu, vous m'avez permis de retrouver cet enfant que j'aime, et vous allez me le reprendre demain. Donnez-moi la force de ne pas lui montrer ma tristesse, quand il me quittera joyeux d'être guéri.

Elle resta ainsi deux longues heures dans le noir à méditer et à prier.

A minuit et demi, n'ayant pas trouvé le sommeil, elle redescendit à la salle commune. Elle offrit à sœur Anna de la remplacer dans sa surveillance de nuit. La religieuse accepta de bon cœur. Armelle fit une première ronde, puis vint s'asseoir près de Pierrot. L'enfant sentit sa présence, il ouvrit un œil.

— Tu ne dors pas ? chuchota-t-elle.

— Non. Je vous attendais.

— Pourquoi ?

— Pour que nous lisions une dernière fois ensemble.

Sœur Armelle saisit un beau livre au sommet de la pile des ouvrages que monsieur Courtois lui avait offerts au cours de ses nombreuses visites. Elle l'ouvrit, prit une page au hasard et lut, à la lumière de la veilleuse, un passage d'une de ces histoires extraordinaires dont il connaissait désormais la moindre péripétie.

« Mais la brise ne mollissait pas. Au contraire. Elle soufflait à courber le mât, que les haubans de fer maintenaient solidement. Ces filins métalliques, semblables aux cordes d'un instrument, résonnaient comme si un archet eût provoqué leurs vibrations. Le traîneau s'enlevait au milieu d'une harmonie plaintive, d'une intensité toute particulière. Ces cordes donnent la quinte et l'octave, dit monsieur Fogg. »

Pierre s'était endormi. Sœur Armelle referma le livre et veilla sur le sommeil de son enfant comme au premier jour.

Pierre quitta l'hôpital un 27 septembre, jour de la Saint-Vincent-de-Paul. Sœur Armelle, qui se défendait de confondre croyance et superstition, y vit malgré tout un signe envoyé du ciel par le saint prêtre fondateur des Filles de la Charité. En choisissant de les séparer le jour de sa fête, il faisait du départ de l'enfant un événement heureux.

Lit après lit, Pierrot fit le tour des malades. A chacun il donna une parole d'encouragement, une raison d'espérer. Il souriait aux uns, embrassait les autres et promettait à tous de ne pas les oublier. Il fit même le projet de leur rendre visite, en compagnie du docteur Gaudeul ou seul un dimanche d'hiver, quand son métier de vacher lui en laisserait le loisir. Il plaisanta en s'imaginant revenir et ne trouver personne, tous étant guéris.

Sœur Armelle l'attendait à la porte, fière de le voir montrer des qualités qui feraient de lui un homme altruiste et généreux. Elle le regardait et l'admirait. Elle le savait capable d'accomplir de grandes choses. Tout petit déjà, elle avait senti qu'il était prédestiné.

Ses adieux terminés, Pierre s'approcha de la religieuse. Ils eurent du mal à trouver les mots pour exprimer ou taire leur émotion.

— Je reviendrai, dit-il.

— Oh non ! répondit-elle.

— En bonne santé, ajouta le gamin, juste pour vous voir.

Elle l'embrassa et le serra fort contre sa poitrine qui ressentit le souvenir d'avoir été tétée par un bébé qui ressemblait au petit Jésus. Un acte de vie qui les unissait à jamais.

Voulant rester forte jusqu'à la dernière minute, elle voulut hâter l'instant de leur séparation.

— Va vite, lui dit-elle, ton père et le docteur sont déjà dans la cour.

Pierre comprit qu'elle précipitait son départ. Il fit quelques pas et se retourna pour lui sourire. Armelle avança et le poussa vers la porte. L'enfant résista pour l'embrasser une dernière fois.

— Je vais apprendre à fabriquer les sandales, dit-il joyeux. Je vous en ferai une paire et je viendrai vous les apporter.

— Apprends vite alors !

— Promis ! clama Pierre en courant dans le long couloir.

Sœur Armelle se rua vers l'infirmerie pour le voir une dernière fois et garder de lui une image heureuse. Elle se posta derrière la fenêtre qui donnait sur la cour. Elle vit monter Pierrot près de son père en joie dans l'auto du docteur Gaudeul, et assista à leur départ. Il faisait beau et Armelle eût préféré du mauvais temps car personne, pensait-elle, n'aurait vu ses larmes, au travers des carreaux.

L'auto était déjà partie depuis cinq minutes quand elle décida de s'isoler à la chapelle. Elle ouvrit l'harmonium et joua le *Salve Regina*. Le salut à la Vierge qui exigeait, estimait-elle, qu'on y mette toute sa foi pour interpréter et transmettre la beauté de l'âme de celui ou de celle qui l'avait composé.

Le matin à l'Office, elle avait prié avec encore plus de ferveur que d'habitude. C'est elle qui avait lu l'oraison du jour.

> *O Dieu, qui avez fortifié le bienheureux Vincent de la vertu des Apôtres pour évangéliser les pauvres et rele-*

ver l'éclat de l'ordre ecclésiastique, faites, s'il vous plaît, qu'en célébrant ses pieux mérites, nous nous instruisions à l'exemple de ses vertus.

Dieu lui répondit qu'elle devait aux malades son temps, ses soins, son affection, et surtout ses prières.

Elle sortit de la chapelle et porta son sourire aux patients qui l'attendaient dans la salle commune.

Bien entendu le retour de Pierre ne passa pas inaperçu dans le bourg de Bécherel. Ceux et celles que le travail n'éloignait pas de leur logis étaient sur le pas de leur porte.

— Comme il a grandi ! s'étonna Maria. Faudra demander à Finette de rallonger tes manches, conseilla-t-elle au garçon.

— Il a pris au moins dix centimètres, affirma Louisette.

— Peut-être pas dix, rectifia Léone, mais quatre sûrement.

— Quand ils sont malades à cet âge-là, ils en profitent pour pousser quand ils sont couchés, fit remarquer Henriette.

Célestin enleva son fils à leurs regards admiratifs. Il prétexta que Pierrot ne devait pas rester plus de cinq minutes au frais les premiers jours, surtout à cette heure de fin d'après-midi où il risquait de s'exposer aux effets malfaisants du serein.

Ils croisèrent madame Gervin qui sortait de la mercerie.

— Te voilà revenu, Pierrot ! s'exclama-t-elle en insistant sur le « o ».

— Oui, madame Gervin.

— Je vais vite prévenir Finette. Ce qu'elle va être heureuse.

Elle courut sur la place à s'en tordre les chevilles en claironnant : « Finette ! Finette ! » Son chapeau s'envola et faillit passer sous les roues d'un vélo. Elle le sauva de l'écrasement et évita une collision avec le cycliste à qui elle reprocha de rouler trop vite.

— Finette !

Elle entra précipitamment chez elle et s'étonna de ce que la couturière n'eût pas ouvert la fenêtre.

— Tu ne m'as pas entendue ?

— Si.

— T'as vu Pierrot ?

— Oui.

— Alors pourquoi tu restes là comme une innocente assise derrière ta machine à coudre ?

Finette reconnut qu'elle était pressée d'aller au-devant de son petit frère mais elle redoutait la gaieté des retrouvailles. Sur la place d'abord où l'événement serait vécu selon le rite habituel. Il susciterait des commentaires chaleureux entrecoupés de réflexions perfides, chuchotées à voix presque haute pour qu'elles fussent perçues du plus grand nombre. A la maison ensuite où Léontine ne manquerait pas de forcer sa joie pour gagner l'estime de Pierrot.

— Va vite l'embrasser ma fille, lui conseilla madame Gervin, s'il ne te trouve pas tout de suite, il va être perdu.

Finette prit tout son temps pour ôter son dé, ranger son fil, plier la jupe du tailleur à laquelle elle venait de changer la doublure et refaire les ourlets...

— Faudra donner un coup de fer pour aplatir les coutures, dit-elle en présentant son travail.

— Cours vite ! insista madame Gervin, je sais tout ça. Ne me prends pas pour une idiote.

Elle la bouscula, l'assurant qu'elle allait ranger l'étoffe, le fil et les aiguilles. Elle avait tout son temps, Finette le savait bien.

La couturière traversa la place à pas rapides et s'engouffra chez elle. En se pressant, elle avait réussi à éviter les propos cordiaux des unes et les remarques empoisonnées des autres.

Madame Gervin laissa retomber le rideau de sa fenêtre, elle se déganta et, imaginant les « coqs » réunis dans leur cuisine, elle se mit à la place de la belle-mère et lui lança ce message optimiste : « Bon courage, Léontine, famille nombreuse, famille heureuse. »

De fait, Léontine ne sut quoi faire pour être agréable à son beau-fils dès qu'il eut passé la porte. Elle était prête à se mettre en quatre, en huit, en seize même, pour combler ses désirs. Elle lui ôta son veston qu'elle rangea soigneusement sur le dossier d'une chaise et lui demanda s'il avait une envie particulière. Voulait-il boire, manger ou se reposer tout simplement ? L'enfant répondit qu'il n'avait besoin de rien. Il le fit sans méchanceté, mais la pauvre belle-mère fut déçue. En refusant ses amabilités, Pierre la privait de l'occasion de lui prouver son bon cœur.

L'entrée de Finette la remit à sa place de pièce rapportée de la famille. La joie de Pierre lui prouva qu'elle avait encore beaucoup à faire pour mériter son affection. Le bonheur du garçon la repoussa au rôle de marâtre qui était le sien.

Le frère et la sœur restèrent accrochés l'un à l'autre.

— Tu ne savais pas que je sortais aujourd'hui ? s'étonna Pierrot.

— Si, répondit Finette.

— Pourquoi tu n'es pas venue me chercher ?

L'aînée eut un propos amer.

— Il n'y a que quatre places dans l'auto du docteur, je pensais que Léontine irait avec papa.

— Même si elle était venue, en se serrant derrière on aurait pu monter à cinq, répliqua sèchement Célestin.

Il rejoignit Léontine. Elle s'était réfugiée près du fourneau et n'en bougeait plus. Elle n'osait pas prendre d'initiatives depuis l'apparition de Finette. Comme les autres jours elle attendait, pour se rendre utile, qu'on l'invite à le faire. D'habitude elle prenait bien la chose, elle connaissait le principe selon lequel une ménagère n'apprécie pas toujours que l'on se serve de ses ustensiles ou autres objets usuels qui n'en restaient pas moins personnels. Elle-même, par exemple, n'aimait pas qu'on touche à son balai, la paille de riz ne s'usait pas de la même façon quand il était manié par différentes personnes. Finette avait elle aussi ses marottes que Léontine respectait.

— Je vais rentrer chez moi, prévint-elle.

— Tu ne manges pas avec nous ? regretta Célestin.

— Non, je vous laisse vous retrouver.

— Tu n'es pas de trop, Léontine, insista son mari.

— Je sais, dit-elle, pour n'accuser personne, mais ce soir c'est aussi bien comme ça.

Elle dit bonne nuit aux enfants. Ils la saluèrent gentiment mais ils ne la retinrent pas.

Dehors il faisait déjà sombre. Dès qu'elle fut sur le trottoir, Léontine vit des silhouettes se profiler derrière les vitres des portes et des fenêtres. Elle sentit les regards se fixer sur elle, imagina les conversations, devina les sourires. Elle courut vite cacher sa peine à l'ombre de la Croix de la Mission qui avait été érigée au bout de la place en 1919. Elle attendit dans le noir la sortie de Célestin.

Personne n'était fier du départ de Léontine, dans la maison du cordonnier. Célestin s'en voulait de ne pas avoir imposé sa présence au dîner. Finette se reprochait d'avoir été revêche. Pierre se sentait coupable d'avoir troublé les nouvelles habitudes de la famille. Seules les petites parurent moins affectées. Perrine regarda son père engloutir le bouillon comme s'il tentait de batte le record de vitesse des avaleurs de soupe.

— Tu ne te brûles pas ? s'étonna-t-elle.

— Non, répliqua Célestin, je souffle dessus, ça la refroidit.

Tous virent qu'il mentait aux crispations qui tordaient le bas de son visage, aux grimaces qui plissaient son nez. Pierrot eut pitié de lui.

— Papa.

— Oui, Pierre.

— Te sens pas obligé de rester parce que je suis là.

Le père lui sourit pour le remercier d'une attention aussi touchante qu'inattendue.

— Je m'en irais quand j'aurais mangé ma soupe, lui répondit-il. Comme tous les soirs, pas vrai les filles ?

— Si, dit Mélanie.

— Demain c'est vendredi, Léontine nous fera des crêpes, on les mangera chez elle si vous voulez ?

— Oh oui ! dit Perrine gourmande.

Elle poussa son frère du coude et l'engagea à accepter l'invitation afin d'obtenir trois voix pour, donc une majorité favorable.

— Dis oui.

— D'accord, répondit Pierrot pour faire plaisir à sa petite sœur.

Elle y avait déjà goûté aux galettes de Léontine. Elles étaient fines et ajourées comme de la dentelle de Quimperlé. En plus elle avait, dans son buffet, de bonnes confitures de cerises. Pauvre Léontine, pensa Célestin, elle s'en donnait du mal pour se faire accepter. Il découvrit le fond de son assiette alors que ses enfants touillaient encore leur soupe pour la refroidir. Il embrassa ses filles et conseilla à Pierrot de se coucher tôt pour dormir un bon coup.

— Les changements ça énerve et ça fatigue, fit-il remarquer.

Il supplia Mélanie et Perrine de ne pas embêter leur frère. Elles avaient toute la journée du lendemain et bien d'autres encore pour se faire raconter ses aventures.

— Ils sont heureux de se retrouver, tu ne vas pas gâcher leur plaisir, rétorqua Finette sur un ton qui n'admettait aucune réplique. Fais ce que t'as à faire et laisse-nous tranquilles.

Célestin ne répondit donc pas. Il s'en fut, tourmenté de savoir que Finette était malheureuse au point de lui manquer de respect.

— Faut pas obliger papa à manger avec nous le soir, dit Pierrot à peine son père eut-il refermé la porte. Léontine lui fait à souper elle aussi et il finira par avoir mal au ventre.

Perrine s'esclaffa, la colique, elle connaissait.

— Moi c'est surtout quand je mange des artichauts, dit-elle entre deux éclats de rire, ou des topinambours.

Léontine sortit de son trou noir dès qu'elle vit Célestin.

— T'as pas tes clefs ? s'étonna le mari.

— Si, répondit la femme.

— Pourquoi t'es dehors ?

— Je ne voulais pas rentrer seule, avoua-t-elle.

Elle s'accrocha au bras de son homme, cherchant sa protection. Elle pressa le pas pour vite se mettre à l'abri des yeux des hiboux et des chouettes.

La sortie du cordonnier avait mis fin au spectacle. Les fenêtres se fermèrent sur la place. Des lumières s'allumèrent derrière les persiennes closes, on ne craignait plus maintenant de se profiler sur les carreaux.

Pierre avait vu juste. Célestin eut la bonté de se remettre à table pour tenir compagnie à son épouse. Ce soir était un jour de fête, elle lui proposa de boire un apéritif, une fois n'étant pas coutume. Il accepta de mélanger le goût du vin doux à celui de la soupe dont la chaleur persistait dans sa bouche. Ils trinquèrent à la santé de Pierrot.

— Et à la nôtre, ajouta Célestin.

Ils se regardèrent, un fond de tristesse atténuant leurs sourires.

— Ce que les gens sont méchants, constata Léontine. Tu sais ce qu'ils disaient quand mon premier mari vivait ?

— Non, répondit Célestin par gentillesse, car on racontait pis que pendre sur le couple avant la mort de Léon, et les langues n'avaient pas manqué de s'agiter dans l'atelier du cordonnier comme dans les autres boutiques. Elles affirmaient que Léontine buvait avec lui le soir à la maison. « L'un entraîne l'autre, ça finit toujours comme ça. Forcément, pour supporter quelqu'un qui boit, faut boire avec. »

— Peut-être bien que tes enfants ont entendu dire ça de leur belle-mère.

— Mais non, Léontine, et même, ils ne le croiraient pas.

Il approcha sa chaise de celle de sa femme et trinqua à nouveau pour l'inciter à déguster son vin doux sans autre pensée que celle du bonheur d'être ensemble et de se donner un peu de bon temps.

— Y'en a qui me jalousent depuis le premier jour où tu m'as regardée autrement que les autres femmes du bourg, reprit Léontine avec un brin de fierté.

Ça n'était pourtant pas toujours facile à vivre au jour le

jour. Ce soir Maria, et bien d'autres encore, l'avaient épiée derrière leurs vitres quand elle était sortie, triste, de chez Célestin. Les mégères devaient ricaner et s'inventer des histoires, encore et toujours. Demain elles prétendraient au grand jour qu'elle n'avait pas eu sa place à table pour célébrer le retour de Pierrot. Célestin l'embrassa sur la joue pour éviter que n'y coule une larme de dépit. Pour rabaisser leurs caquets, Léontine lui proposa de fêter l'événement de dimanche suivant avec ses grands gars, ses filles et tous les gens qui l'avaient aidé, le docteur, les châtelains, l'institutrice. Le cordonnier trouvait que sa maison n'était pas assez cossue pour recevoir tout ce beau monde.

— C'est pas des gens à faire des manières, rétorqua Léontine, ils seront contents qu'on les remercie du mieux qu'on peut.

Elle proposa de confectionner ses gâteaux aux pommes, et de sortir les bouteilles de cidre bouché qu'elle détenait dans son cellier. Finette l'aiderait à dresser une jolie table. Perrine et Mélanie iraient cueillir des roses, des dahlias et des reines-marguerites pour composer des bouquets et faire un chemin de table.

— Si tu penses que c'est bien, dit Célestin.

— J'aimerais que tu le fasses aussi pour moi, avoua Léontine. Je voudrais être de la fête.

Elle passa ses bras autour du cou de son mari et lui offrit ses lèvres. A la fin d'un long baiser, elle lui susurra qu'elle pouvait avoir des enfants elle aussi, rien ne prouvant qu'elle n'en était pas capable. C'est Léon qui n'avait pas su lui en faire, Célestin lui, il saurait peut-être. Le cordonnier réserva sa réponse, il demeura prudent. S'il avait souhaité se remarier, il n'avait pas envisagé de grossir sa nichée d'un nouveau merdaillon.

Le quantième de ce dimanche de fête était le 29 septembre, jour de la Saint-Michel. C'était, dans la région de Haute-Bretagne, le moment du renouvellement des baux et du règlement des fermages. Ce fut aussi la date que choisit Jules pour rompre avec son passé.

Tôt le matin son matériel avait été sorti des bâtiments par les voisins. Ils l'exposèrent dans la cour. Ici se trouvaient les instruments aratoires, là les voitures et charrettes virées à cul, les limons dressés vers le ciel. A côté les colliers, harnais, et autres pièces d'attelage, les cordages et les chaînes. Les outils à main posés le long du mur de la grange, les cuves et les barriques près du cellier. Le crieur de la vente fit traire les bêtes. Il les aligna le long de l'étable où l'on avait déversé du foin pour les tenir tranquilles. Certains acheteurs, des plus intéressés, étaient venus dès l'aube pour évaluer la qualité des équipements et de l'outillage. Ils préféraient juger le matin tant qu'ils avaient la tête claire et qu'ils ne risquaient pas de subir l'influence du crieur et des adversaires. Ils avaient besoin de réfléchir longuement avant de se décider à vider leur porte-monnaie.

Le clerc du notaire organisa une sorte de bureau à l'un des bouts de la table de la cuisine. L'autre était encombré de tasses et de verres. Charlotte passa une marmite de café et sortit trois bouteilles d'eau-de-vie pour euphoriser ceux qui auraient à donner leur argent. Jules était déjà posté derrière sa fenêtre, il surveillait la cour.

— On a de la chance, dit le notaire, il fait beau, il va y avoir du monde.

Il pressentait que la vente serait bonne. Il avait remarqué au cours de sa longue carrière que les femmes poussaient les hommes à la dépense quand il y avait du soleil. Par temps maussade elles se montraient plus avaricieuses et surtout pressées de rentrer chez elles. Sous la pluie c'était le bouquet, elles n'avaient qu'une idée en tête, tirer les maris des celliers où ils se mettaient à l'abri et vidaient les barriques.

— C'est vrai ce que vous dites, maître Charrier, confirma Charlotte en souriant.

Elle le remercia pour ses propos encourageants. La situation était si triste. Ça n'était pas de gaieté de cœur qu'elle verrait ses bêtes s'en aller. Elle ne parlait pas du matériel qu'ils avaient eu tant de mal à acheter après avoir économisé sou après sou.

— Quand je pense que tout ça va être balayé en une journée, se plaignit-elle.

Jules était las d'entendre sa femme geindre depuis qu'il avait pris la décision de tout bazarder. Il lui commanda de se taire.

— Qu'est-ce que j'ai dit de mal ?

— Maître Charrier est ici pour vendre notre bien, il n'a pas fait le déplacement pour écouter tes jérémiades.

Le notaire avait la pénible expérience des liquidations forcées. Il savait les désespoirs et les colères, parfois les drames qu'elles provoquaient. Il s'attendait, ici comme ailleurs, à devoir maintenir le moral des vendeurs tout au long de la journée.

— Ne regrettez rien, madame Le Reculou, dit-il à Charlotte, vous verrez ce soir vous serez soulagée.

— Que voulais-tu qu'on fasse d'autre, surenchérit Jules en montrant ses jambes mortes.

Le notaire leur demanda s'ils avaient des souhaits particuliers à formuler avant d'ouvrir la vente. Jules l'invita à s'approcher de la fenêtre.

— Regardez-les, dit-il en lui montrant les paysans qui déambulaient dans sa cour et jaugeaient son matériel. Ils sont venus de bonne heure. Ils se disent tous qu'on est acculés à vendre et que c'est le moment d'en profiter. Je préfère que le matériel rouille et que les bêtes crèvent plutôt que d'être roulé et de les voir rigoler en buvant ma goutte. Il n'est pas question de brader notre marchandise, s'ils ne veulent pas mettre le prix, ils ne l'auront pas.

Il avait dit tout cela d'une traite, ce qui l'avait obligé à précipiter les mots et à hausser le ton pour arriver vite à la fin de son discours et reprendre sa respiration.

— C'est entendu, monsieur Le Reculou.

— Merci, maître, dit Jules.

Il savait que le notaire comprenait son sursaut de dignité et qu'il suivrait ses directives.

Au bourg, Célestin ouvrit les deux battants de la grande porte de l'église à l'*ite missa est*. Les ouailles de la grand-messe dévalèrent sur la place. Comme chaque dimanche, le garde-champêtre fit résonner son tambour pour éveiller leur attention. Il proclama le journal de la commune.

« Avis à la population. La prochaine réunion du conseil municipal aura lieu samedi prochain 5 octobre à sept heures et demie du soir. Il y sera discuté de l'entretien des chemins vicinaux et de la distribution du bois de chauffage coupé sur les terrains communaux. La réunion sera publique. Monsieur le maire demande à ceux qui viendront y assister de ne pas traîner au café et d'arriver à l'heure. »

Il fit un autre roulement de tambour avant de publier la deuxième information. Tout le monde la connaissait déjà par voie d'affichage, un placard qui avait fait grand bruit dans le pays. Mais certains se délectaient du plaisir qu'ils auraient à l'entendre proclamée.

« Ce dimanche, il sera procédé à la vente du cheptel et du matériel de monsieur Jules Le Reculou dans sa ferme du

Pont de la Truite. La mise aux enchères sera effectuée par Maître Alain Charrier, notaire à Tinténiac... »

Pierre n'attendit pas la fin de l'avis pour quitter la place. Il savait que les commentaires iraient bon train et qu'il n'en serait pas absent. Il s'en alla au cimetière montrer à sa maman qu'il avait retrouvé sa bonne mine. Il fit le chemin avec Jeanne, la fille d'Hortense. Leurs particularités les avaient rapprochés. Lui bravait son infortune, elle luttait contre son infirmité. La gamine avait un pied bot. Usant plus que quiconque, elle avait souvent affaire au cordonnier. C'est tout naturellement qu'elle fit de Pierre son amoureux. Comme elle peinait sur les cailloux de la route, il lui confia son rêve.

— Plus tard je serai docteur. Non pas docteur, chirurgien. Je t'opérerai et je te guérirai. Tu marcheras comme tout le monde.

— Je pourrai mettre des belles chaussures ? rêva-t-elle.

— Oui.

— Tu dis ça pour me faire plaisir ?

— Non, je te promets. La médecine a fait de grands progrès, je l'ai appris à l'hôpital. Tiens par exemple, si c'était aujourd'hui, maman ne serait pas morte.

Ils se prirent la main devant la tombe de Joséphine.

Les châtelains arrivèrent dans le bourg de Bécherel vers les deux heures de l'après-midi. Louisette et Maria s'apprêtaient à partir à la vente. Elles avaient décidé de s'y rendre non pour acheter mais pour se distraire. Au prix d'une manœuvre savante, monsieur Courtois gara son auto devant le trottoir de Célestin. Aussitôt Maria exprima sa jalousie. Elle dit que Léontine allait se pousser du col maintenant qu'elle fréquentait le bourgeois. Louisette lui répondit qu'elle n'avait pas de souci à se faire, ça ne durerait pas. Ces gens de la haute avaient d'autres chats à fouetter que de faire ami-ami avec les gueux. Quand tout serait rentré dans l'ordre, ils oublieraient vite le cordonnier et sa famille de mal-chaussés. Les Courtois jetèrent un œil à la maison avant d'y pénétrer.

— Ce qu'elle est humide, constata Madeleine qui voulait dire par là qu'elle la trouvait triste.

— Elle est mal orientée, fit remarquer Édouard.

— Tu as raison, comme toujours, soupira l'épouse.

Madame Gervin les regardait de sa fenêtre. Elle admira le chapeau de la châtelaine. Il venait sûrement de Paris. Si elle osait, elle sortirait lui demander l'adresse de son chapelier. Elle n'en eut pas le culot.

Léontine avait mis les petits plats dans les grands. La maison était aussi fleurie qu'un reposoir un jour de la Fête-Dieu. Bien trop fleurie, pensa Madeleine Courtois qui fut touchée par cet excès de prévenance. Les gâteaux et les bouteilles jonchaient une table de service recouverte de linges blancs parsemés de pétales de dahlias rouges. Les assiettes disposées sur la table ronde autour de laquelle Léontine plaça ses invités. Madame Courtois à la droite de Célestin, madame Lemoine à sa gauche. Monsieur Courtois et le docteur Gaudeul l'entourèrent. Pierre et ses petites sœurs s'installèrent à une sorte de guéridon placé sous la fenêtre. Finette se tint debout pour assurer le service. Elle semblait rabibochée avec sa belle-mère. Peut-être lui savait-elle gré d'avoir organisé une fête en l'honneur de Pierrot, ou faisait-elle simplement contre mauvaise fortune bon cœur ?

Léontine rayonnait. Célestin fit sauter le bouchon et s'excusa de n'avoir que du cidre à offrir à ses prestigieux convives.

— L'important est que ça pétille, dit le docteur en levant son verre à la santé de Pierre.

— A sa santé et à son bonheur, ajouta madame Courtois.

Elle aborda vite le sujet qui la préoccupait. Qu'allait devenir Pierrot maintenant qu'il était guéri ? L'institutrice plaida pour qu'il reprenne l'école au plus tôt car il avait beaucoup manqué l'année précédente. Il était si bien parti qu'il serait dommage qu'il rate le certificat d'études. Madame Courtois sauta sur l'occasion qui lui était offerte. Elle avait la solution pour venir au secours de l'écolier. Elle proposa son aide, plus précisément celle de son mari pour que Pierrot puisse rattraper son retard. Il viendrait le chercher à Bécherel en automobile, les soirs des mercredis et des samedis, et le ramènerait les lundis et vendredis matin.

— N'est-ce pas, Édouard ?

— Avec le plus grand plaisir, répondit monsieur Courtois.

Léontine fit un clin d'œil à Célestin pour lui montrer qu'elle avait eu raison de provoquer cette invitation qui prenait des allures de réunion de bienfaisance.

— Et notre Pierrot, qu'est-ce qu'il en dit ? interrogea madame Courtois.

Ils se retournèrent vers le guéridon. Sa place était vide.

— Où est-il ? demanda Célestin.

— Parti dire adieu à ses vaches, répondit Perrine.

Ce qui obligea le cordonnier à raconter sa vie à ses riches invités.

Pierrot croisa Sultan sur le chemin de la ferme. On eût dit que le chien avait pressenti sa venue. Dès qu'il le vit, il courut à la rencontre de son maître, il lui sauta dessus et le renversa. Ils roulèrent dans l'herbe, l'un riant, l'autre aboyant, tous deux manifestant leur joie à leur manière. Pierrot dut ruser pour se libérer. Il demanda au chien s'il avait des puces. Sultan s'assit pour se gratter et montrer qu'il en avait. Pierre n'avait pas raconté de blague à Finette, Sultan comprenait tout.

A trois heures passées de midi, la vente battait son plein. Le crieur vantait les mérites de Nénette, c'était un magnifique spécimen de la race normande. Il rappela que les seuils des enchères avaient été fixés par le propriétaire et que, selon sa volonté, il ne descendrait pas en dessous. La mise à prix était donc fixée à mille neuf cents francs.

— Mille neuf cent deux, cria un paysan.

— Quatre, dit un autre.

— C'est pas assez, grogna Jules derrière sa fenêtre, faut pas qu'il lâche avant d'avoir atteint mille neuf cent trente.

Louisette et Maria flânaient dans la cour et les bâtiments. Elles voulurent se repaître de l'atmosphère du drame, et entrèrent dans l'étable vide. Elles en inspectèrent le moindre recoin à la recherche d'un indice ou d'une émotion forte. L'une après l'autre, elles grimpèrent l'échelle du lit.

— C'est là qu'il couchait ? demanda Maria.

— Oui, confirma Louisette.

— Pauvre gamin.

— Au moins, il n'avait pas froid.

— Oui, mais les odeurs.

— Je trouve que ça sent bon moi la bouse de vache, dit la bouchère.

Un bruit interrompit leur bavardage. Des pas s'approchaient de l'étable.

Louisette s'accroupit.

— Cache-moi, je vais faire semblant.

Pierrot passa la tête à la porte et la referma, discret. Elles éclatèrent de rire comme des gamines prises en faute.

« Mille neuf cent trente-six une fois. Trente-six deux fois. Qui dit mieux ? Personne ne surenchérit. Trente-six trois fois. Adjugée, vendue. »

— Ça y est, dit Jules, Nénette a trouvé son client.

— C'est qui ? demanda Charlotte.

— Antoine.

— Elle est pas mal tombée.

Jules la contredit, forcément. C'était pas son avis, Antoine était trop pressé d'avoir des veaux, à quatre ans ses vaches avaient le pis qui traînait sur la route. Tout à coup son visage s'éclaira, il avait aperçu Pierrot. Le vacher s'entretenait avec Nénette, isolée sous l'arbre maintenant qu'elle ne faisait déjà plus partie du troupeau.

— Tu ne t'en vas pas loin, lui dit-il, j'irais te voir de temps en temps.

Jules frappa le carreau du bout de sa canne pour attirer l'attention de l'enfant. Il l'invita, d'un signe, à venir lui dire bonjour.

— Jules ! regarde qui nous vient, s'étonna Charlotte quand Pierre entra dans la cuisine.

— Je sais, je l'ai vu.

— Comme tu as grandi. Qu'est-ce qu'ils t'ont donné à manger à l'hôpital pour que t'aies poussé de la sorte ?

— La même chose qu'à Jules, répondit Pierrot.

— Moi ça m'a fait rapetisser, plaisanta le paysan.

Charlotte regretta que Pierre leur rendît visite un jour pareil, ils n'auraient pas beaucoup de temps pour se parler.

— Viens que je t'embrasse tout de même.

Pierrot avança vers la fermière. Il ôta son béret avant de lui faire la bise.

— Approche ! dis-moi bonjour à moi aussi, réclama Jules.

Pierrot se dirigea timidement vers la fenêtre. Il savait qu'avec le patron on pouvait s'attendre à tout, au pire comme au meilleur ; son sourire pouvait à tout instant se transformer en grimace.

— Ah ! mon bonhomme, je suis content que tu sois venu, dit l'infirme.

Et pour lui prouver que sa visite avait plus d'importance que tout le reste, il se désintéressa de la vente.

— Ça te plaît à toi de voir nos vaches partir aux quatre coins de la commune ?

Le gosse fit non de la tête.

— Moi non plus, dit Jules. Si on allait se balader le long du canal ?

— Oh oui ! fit Pierre avec un tel plaisir que Jules en fut tout chaviré.

Il jeta la couverture qui réchauffait ses malheureuses jambes et fit faire un demi-tour à sa carriole.

— Tu t'en vas ? s'étonna Charlotte.

— Oui.

— Où ça ?

Il prit un air détaché pour lui annoncer qu'il allait baguenauder. Charlotte s'affola, et s'il y avait un litige ?

— Je m'en fous, répondit Jules en faisant un geste qui renforça son dire.

Dehors, sa sortie fit l'effet d'une bombe. Le crieur cessa de crier, les paysans et les paysannes se turent et s'écartèrent pour lui laisser le passage. Personne n'osa le saluer. Certains se retournèrent, gênés, d'autres s'éloignèrent carrément. Ils piquaient tous du nez comme s'ils avaient honte. Poussé par Pierrot, Jules traversa la cour sans les regarder, pire, sans les voir. Il ne se serait pas arrêté s'il n'y avait pas eu ce couillon de Raymond. Le fermier s'était éloigné pour compter seul ses sous dans son portefeuille. Il fut surpris par l'arrivée du propriétaire.

— Qu'est-ce que t'as à prendre ta face de carême ? lui demanda Jules. T'as chié un ver ?

— Non, répondit Raymond.

— C'est de me voir dans ma petite voiture qui te rend triste ? On ne t'a jamais ramené du bourg en brouette ?

— Oh si ! C'est pas ça, c'est rapport à Antoine, expliqua le fermier.

Il avait grimpé sur sa dernière enchère et emporté l'affaire. Il savait pourtant bien que Nénette l'intéressait, ils en avaient parlé le matin. Ça se faisait pas de se monter dessus entre copains, c'était pas moral. Jules éclata de rire au nez de l'innocent, on l'entendit du haut de la cour.

— J'aime autant que Nénette soit chez lui que chez toi, s'exclama-t-il, elle mangera plus de foin que de betteraves, c'est meilleur pour son estomac. Allez, roule ! commanda-t-il à Pierrot, que je voie plus tous ces vautours.

Ils disparurent derrière l'alignement de chênes qui bordaient le champ Ichon.

Aussitôt qu'ils le purent, ils suivirent le chemin de halage qui était plus roulant que les sentiers de campagne. Ils avancèrent un long temps dans la direction de Hédé sans échanger aucune parole. Ils étaient bien ensemble et n'avaient pas besoin de se le dire. Cela ressemblait fort aux sentiments partagés entre un père et son fils.

Au lieu-dit la Madeleine, ils assistèrent à l'éclusage d'une péniche qui remontait le canal. Malgré le bruit sourd de l'eau lâchée du bief amont, Pierre entendit Jules dire qu'ils avaient de la chance en parlant des mariniers. Il le répéta quand le chaland fut sorti de l'écluse :

— Ils ont de la chance ceux qui ne sont de nulle part, ils sont chez eux partout.

Il était six heures déjà, les clochers sonnaient l'angélus. Ils s'en retournèrent. Ils prirent un chemin différent pour faire le tour des champs qui appartenaient à Jules. Le regain levait dans les éteules, le troupeau ne profiterait pas de cette repousse de l'automne. Dommage, pensa Pierrot.

— Pourquoi vous vendez toutes vos vaches ? demanda-t-il au patron.

— Parce que je ne peux plus m'en occuper et que je ne retrouverais jamais un vacher aussi capable que toi.

— Je serais bien resté moi, dit le gamin.

— Non, mon bonhomme ! faut que t'ailles à l'école, c'est plus important.

— C'est pas ce que vous disiez !

— Ah ! oui, mais depuis, j'ai changé d'avis, répondit Jules avec malice.

Ils arrivèrent à la ferme à la tombée du jour. La vente était terminée, la cour était vide, même le tas de fumier avait trouvé preneur. On aurait dit qu'un ouragan avait tout emporté sur son passage.

— Y'a eu un sacré coup de vent, ironisa Jules, regarde comme la place est propre.

Ils restèrent un instant à contempler la cour déserte. Il n'y avait plus aucune trace de l'activité passée. L'absence de vie leur fit croire qu'ils étaient transportés à mille lieues de toute civilisation.

Le vieux notaire avait raison, Charlotte avait oublié sa tristesse.

— Jules ! on a tout liquidé, s'écria-t-elle à l'entrée de son homme. Ça ! on peut dire que maître Charrier connaît son métier, il te vendrait une chèvre en te faisant croire que c'est une vache.

— Tant mieux, répliqua Jules.

La fermière lui précisa qu'elle n'avait pas voulu céder son fusil de chasse. Elle avait pensé qu'il pourrait se poster de temps en temps pour tirer un pigeon.

— Ça te distrairait, mon bonhomme, ajouta-t-elle.

Jules regarda le fusil pendu près de la porte et lui répondit qu'elle avait bien fait. Il roula lui-même son fauteuil jusqu'à la table. Elle était recouverte de paperasses et surtout de billets de banque. Le notaire et son clerc les comptaient et les recomptaient pour s'assurer qu'il n'y avait pas d'erreur. Ils calculèrent le montant des timbres fiscaux et des taxes qui avaient été réglés par les acheteurs en sus du prix de vente. Ils mirent de côté leurs honoraires.

— Juju est partie à combien ? demanda le fermier.

Maître Charrier consulta un cahier et annonça fièrement qu'elle avait été négociée à deux mille cent soixante-dix francs. Jules siffla d'admiration.

— Tu vois, je t'avais prévenu, dit Charlotte, la mine réjouie.

Le paysan fit un geste de la main pour commander à Pierre de venir à ses côtés. Il apprit au notaire que l'enfant leur avait été confié la semaine où Juju avait vu le jour. Elle s'en allait en même temps que lui. Jules avait décidé de récompenser son vacher et de lui faire cadeau des deux mille cent soixante-dix francs.

— Ah non ! dit Pierrot.

— Si ! s'entêta le patron, et il commença à réunir la somme.

Charlotte manqua de défaillir, elle crut son mari devenu fou, comme au temps où il était valide. Elle perdit sa bonne humeur.

— Qu'est-ce qui te prend ? Tu vas pas commencer à dilapider le peu qu'on a pu récupérer ?

Jules lui cloua le bec.

— T'appelle ça dilapider ? hurla-t-il. Il t'en restera bien assez pour jouer les dépensières quand je serai plus là.

Il la pria de ne pas le forcer à continuer de gueuler devant des étrangers.

— Plus là, répéta Charlotte entre ses lèvres. Qu'est-ce que tu dis ? Mais qu'est-ce qu'il dit ?

Elle était au bord de la crise de nerfs. Jules fit s'approcher Pierrot tout près de lui. Il prit les deux mille cent soixante-dix francs, quatre billets et deux pièces qu'il enfouit dans la poche du gamin.

— Tu les as bien gagnés, mon gars, lui dit-il, la voix cassée par l'émotion.

— Merci, dit l'enfant qui ne savait plus où se mettre.

Spontanément et, pour la première fois de sa vie, il embrassa son père adoptif.

— Merci, répéta-t-il, merci, patron.

— Tu ne vas pas me remercier pendant cent sept ans, marmonna Jules.

Il le rabroua et lui commanda de filer en gardant la main dans sa poche pour ne pas perdre les billets en route. Il lui ordonna aussi d'emmener le chien avec lui, maintenant qu'il n'avait plus de vaches à garder, il serait heureux de dormir en ville, au moins le dimanche.

— Au revoir, Jules.

— Adieu, fiston.

— Et moi ? réclama Charlotte.

Pierre l'embrassa et siffla le chien pour l'inciter à le suivre.

L'animal et l'enfant galopèrent dans la nuit. Ils étaient pressés d'arriver au bourg pour annoncer la bonne nouvelle. La joie de Pierrot retentit d'abord dans le cimetière.

« Maman ! Maman ! » cria-t-il du plus loin qu'il vit les croix. Il arriva devant la tombe de sa mère et, fier de les avoir mérités, sortit les billets de sa poche.

— Maman ! Regarde maman, on est riche. On est riche, maman.

Il fit durer le plaisir car il savait qu'elle était heureuse.

— Riches !

Ils passèrent comme une tornade dans la courette et entrèrent dans la maison. Célestin était parti avec Léontine, Perrine et Mélanie dormaient déjà. Finette était seule dans la cuisine, elle cousait sous la lampe. Elle s'angoissa de voir son petit frère dans cet état d'excitation extrême. Il était en nage, il tremblait, elle crut que la maladie avait feint de le quitter pour mieux le reprendre. Elle allait s'affoler quand il étala sa fortune devant elle. Jamais autant d'argent n'était entré dans la maison.

— C'est à qui ces sous ? murmura Finette, soucieuse de leur provenance.

— A nous, dit Pierre. C'est Jules, il me les a donnés à la clôture de la vente.

L'enfant s'attendait à ce que sa sœur bondisse de joie. Il la vit au contraire demeurer immobile et songeuse.

— Tu n'es pas contente ? s'étonna-t-il.

Il retourna sa poche pour ajouter les deux pièces de dix francs qu'il avait oubliées. Elles roulèrent par terre. Pierrot se mit à quatre pattes sous la table pour les récupérer.

Instinctivement il leva la tête vers le buffet où était exposée la triste photo de famille et se souvint un court instant qu'il était l'auteur de son état piteux. Finette continuait de fixer les billets de banque sans pouvoir en détacher ses yeux.

— Il s'est cru obligé de payer, dit-elle entre ses dents.

D'un geste large et violent, elle balaya la table pour la débarrasser de ce qu'elle croyait être les deniers du repentir.

Le ciel était étoilé, c'était de bon augure pour le lendemain et les jours suivants. Un coq chanta dans la nuit, le signe d'un grand malheur, d'accident ou de mort. Pierrot l'entendit, il se recroquevilla sous ses couvertures.

A la ferme, Charlotte dormait dans la chambre au premier étage de la maison. Elle aurait aimé se mettre au lit avec son homme dans la cuisine pour discuter et prolonger la journée qui, tout compte fait, avait eu ses bons côtés. Jules lui avait ordonné de monter l'escalier.

« Pourquoi veux-tu remuer le couteau dans la plaie ? qu'il avait dit. Va donc te coucher, t'as de la vaisselle à faire demain matin. » Il faisait allusion aux tasses, aux verres à cidre et à liqueurs qui avaient abreuvé celles et ceux qu'il appelait les hyènes et les vautours.

Sur le coup de minuit, Jules sortit. Il roula sa petite voiture en direction de l'étable. Bien que la pente fût favorable, les roues se bloquèrent à l'endroit où le roc surgissait de terre et formait une veine de pierre qui sinuait dans la cour. Jules fit de violents efforts pour franchir l'obstacle. D'habitude si costaud, il dut capituler. Il resta un long moment prostré face à l'entrée du bâtiment. Il entendit d'abord l'accordéon joyeux puis les rires et les éclats de voix de l'assemblée quand ils jouèrent au mouchoir. Il vit Finette s'échapper du verger. C'est alors qu'il s'agita sur son fauteuil. Il refusa de se remémorer la suite du drame. Il décida d'en finir. Il s'arma du fusil qu'il avait posé sur ses genoux morts. Pointa le canon sur sa gorge et y reposa sa tête. Sa main descendit chercher la gâchette. Elle tâtonna et la trouva. Jules poussa un long soupir. La peur envahit ses yeux.

Un coup de fusil retentit dans la nuit. Un seul. Un

oiseau noir s'échappa du toit de l'étable. Les âmes des gens dont Dieu ne savait pas au moment de leur mort, s'il les sauverait ou les damnerait, étaient condamnées à rester sur terre sous la forme de corbeaux jusqu'au jour du Jugement dernier. C'est du moins ce qu'on croyait dans le pays.

— Pauvre Jules, il n'aura pas supporté de se voir infirme, se lamenta Charlotte quand les hommes sortirent le cercueil de la maison.

Elle avait revêtu le deuil. Un voile de crêpe cousu sur son chapeau retombait sur son visage.

— Et d'avoir cédé son bien à des gens pour qui il n'avait pas toujours une grande estime, il a dû penser que c'était une sorte de déshonneur, ajouta-t-elle.

Pierre lui tenait la main. Célestin, Léontine et tous les enfants Lecoq étaient près d'elle. Seule Finette était restée au bourg pour sonner le glas. Les hommes glissèrent le cercueil sur le plateau du corbillard. Sentant qu'il allait partir, le cheval s'ébroua.

— Heureusement que monsieur le curé a bien voulu l'enterrer à l'église, se rassura-t-elle. Comme il l'a dit, il ne devait pas être dans son état normal pour faire une chose pareille. Nous devons lui pardonner.

Le prêtre donna le signal du départ en entonnant le « Exsultabunt Domino ossa humiliata ». Mes os humiliés tressailliront pour le Seigneur.

Le ciel avait tenu ses promesses, le convoi funèbre traversa la campagne ensoleillée. Il avançait au pas du cheval et grossissait des paysans qu'il croisait sur son chemin. Les bêtes accoururent du fond des prairies pour saluer Jules.

Pierrot reconnut Nénette et Juju au milieu de leurs nouvelles compagnes et s'imagina qu'elles avaient plus de chagrin que les autres. Forcément.

A l'église, Finette rejoignit la tête du deuil dans l'avant-chœur. Elle se plaça derrière Charlotte. Elles pleurèrent toutes les deux.

Jules ne partit pas seul selon une expression employée à Bécherel quand il y avait foule aux enterrements. Selon la coutume, la veuve reçut les condoléances à la porte du cimetière. Pierre quitta le rang des endeuillés avant la fin de la cérémonie. Il y fut invité par son père.

— Va, lui dit-il, ne fais pas attendre monsieur Courtois.

Il rejoignit le châtelain qui l'attendait dans son auto. Il eut la sensation troublante d'abandonner ceux qu'il aimait, de tourner le dos à son enfance.

Après les dernières poignées de main, Charlotte, le cordonnier et sa famille revinrent devant le cercueil dire un dernier adieu au défunt. Honnête et maladroit, Célestin voulut rendre l'argent avant la fin de la cérémonie.

— Nous ne pouvons pas le garder, dit-il à la fermière en tendant les billets.

Charlotte refusa de les prendre. Ça n'était pas au cordonnier que Jules les avait donnés, mais à Pierrot.

Elle ajouta :

— S'il te voit de là-haut, il va pas être content.

Célestin remisa l'argent dans sa poche. La veuve resta seule auprès du cercueil pour profiter des quelques minutes qui lui restaient avant qu'on ne le descende dans le trou. Elle caressa le bois et le trouva doux, lisse, bien travaillé. C'était du chêne, l'arbre du pays.

La berline pénétra dans le parc au milieu de l'après-midi. A sa descente de voiture et pour le mettre à l'aise, le châtelain dit à Pierre qu'il était ici chez lui. Madame Courtois guettait leur arrivée, elle se précipita pour accueillir son protégé.

— Sois le bienvenu, Pierrot ! cria-t-elle en franchissant la porte.

Elle l'embrassa comme une grand-mère.

Ils l'entraînèrent dans la bibliothèque. L'entrée avait été aménagée en chambre à coucher, meublée d'un lit simple, d'une armoire et d'un piano.

— C'est là que tu vas vivre, dit madame Courtois.

Ils passèrent sous un portique et accédèrent à la bibliothèque proprement dite. Pierre eut un choc, il n'avait jamais rien vu d'aussi beau. La pièce était circulaire et s'élevait sur deux étages pourvus de rayonnages garnis de milliers de livres qui tapissaient les murs, du plancher du premier jusqu'au sommet du second. Un escalier tournant, à marches triangulaires s'élevait vers un promenoir qui marquait la limite entre les deux niveaux. Le plafond était une immense baie vitrée qui diffusait la lumière du jour que l'on pouvait tamiser grâce à un velum coulissant.

— Et c'est ici que nous travaillerons, dit monsieur Courtois.

Pierrot n'avait pas assez de ses deux yeux pour admirer. Il avança vers une table immense qui occupait le centre de la pièce. Elle était encombrée d'ouvrages posés pêle-mêle dans un désordre organisé. Le châtelain lui fit remarquer que tout était sens dessus dessous dans la bibliothèque, sur la table, comme sur les étagères. Il confessa qu'il avait la fâcheuse habitude de laisser traîner les livres et de les ranger n'importe où.

— Je te demanderais bien le service de...

— Vous voulez que je fasse du rangement ? dit Pierrot en le coupant.

— Tu as deviné.

Madame Courtois reprocha à son mari de vouloir le

faire travailler tout de suite. Il était convenu qu'il s'installe et qu'il vienne goûter.

— Je t'attends à la cuisine, dit-elle au garçon, Antoinette a dû préparer ton goûter.

Dès qu'elle eut disparu, Pierre demanda s'il rangeait les livres par ordre alphabétique ou par auteur.

— Comme tu veux, ou comme il te paraît le plus facile de t'y retrouver, répondit monsieur Courtois.

Avant de sortir à son tour, il ajouta :

— Pierre !... tu as aussi le droit de les lire.

Le lendemain matin, les châtelains apparurent au premier étage de la bibliothèque. Ils découvrirent l'enfant assoupi, la tête posée sur un livre ouvert. Le sommeil avait eu raison de son appétit de lecture.

Quand il revint le lundi à la maison, il fut tout excité de raconter à son père, par le menu détail, tout ce qu'il avait vécu au château.

— Tu te rends compte, papa, de la chance que j'ai. Monsieur Courtois m'a promis que je pourrais revenir même quand je serais grand. Il y a tellement de livres dans la bibliothèque que je n'aurai pas assez de ma vie pour les lire tous.

Il décrivit l'endroit dans lequel il vivait, en insistant sur la taille des étagères, trois ou quatre fois plus hautes que l'atelier du cordonnier. Il fallait grimper un étage et encore une échelle pour atteindre les ouvrages qui se trouvaient tout en haut. Il n'en avait pas fait le compte, mais à vue de nez il y en avait dix mille.

— Non plus que ça, vingt mille. Monsieur Courtois m'a avoué que lui-même ne les a pas tous lus.

Célestin l'écoutait avec un bonheur inexprimable. Il était assis sur son tabouret bas et levait les yeux pour regarder son fils. Quand l'enfant eut terminé, comme monsieur Courtois, il lui fit un aveu.

— Pierrot, je vais te faire une confidence, une grande confidence, je ne sais pas lire.

— Je ne m'en étais jamais aperçu, papa.

— Quand on a une infirmité, on se débrouille pour qu'elle ne se voie pas, répondit le père.

Il ajouta qu'on n'y arrivait pas toujours. La preuve, malgré les lunettes qu'il chaussait depuis peu, il peina pour passer le fil dans le chas de son alène.

Les épreuves du certificat se déroulèrent dans une école de Dinan la dernière semaine de juin, celle des examens. A la fin de la journée, les candidats, les maîtres et les familles attendaient avec anxiété l'instant tant redouté de la proclamation des résultats. Le diplôme sanctionnait la fin des études primaires, celle de la scolarité pour la majorité des écoliers. Rares étaient les chanceux qui fréquentaient le cours supérieur.

Madame Lemoine était confiante.

— En tout cas, il a eu zéro faute à sa dictée, affirma-t-elle. Il l'a copiée deux fois, j'ai pu la montrer à tous mes collègues.

— Tu as eu le temps ? dit madame Courtois, admirative.

Modeste, Pierrot en expliqua la raison, l'inspecteur ne dictait pas très vite.

Un mouvement agita la cour. Un silence inquiet fit place à la rumeur qui planait dans l'établissement.

— Les voilà ! murmura madame Lemoine.

Tous s'approchèrent de l'estrade où monta monsieur le directeur de l'Académie entouré de deux assesseurs.

— Mesdames et messieurs les instituteurs, mesdames

et messieurs les parents, dit-il sur un ton grave et solennel, je vais avoir l'honneur de proclamer devant vous la liste des candidats qui ont passé avec succès les épreuves du certificat d'études primaires de l'enseignement public.

Il prenait plaisir à allonger ses formules pour entretenir le suspense. La liste était alphabétique, elle ne tenait donc pas compte du rang de sortie des diplômés, expliqua le directeur. Cependant, avant d'en faire la lecture, et comme le voulait la coutume, il allait appeler l'élève qui avait obtenu la meilleure note générale et qui, de ce fait, serait désigné comme le premier du canton.

— Quand j'aurai dévoilé son nom, je lui demanderai de bien vouloir s'avancer vers moi pour recevoir son diplôme et nos félicitations.

Madame Courtois prit la main de Pierre et la serra dans la sienne. C'était Pierrot, elle en était sûre.

— Sa moyenne est de 18,25, poursuivit le directeur. Il a bien entendu la mention « Très bien ». Je félicite madame Lemoine son institutrice. Il s'agit de l'élève Pierre Lecoq que j'invite à sortir des rangs.

Le sol trembla sous les pieds de Pierrot. Tous autour de lui avaient la larme à l'œil et ne savaient comment exprimer leur joie intense. Madame Courtois ne cessa de répéter qu'elle en était certaine. Monsieur Courtois remercia madame Lemoine. L'institutrice poussa Pierrot vers l'estrade en l'embrassant. Seul Célestin ne dit rien, il s'écarta du groupe pour vivre seul l'intense jubilation qui l'avait pris tout entier.

Pierre arriva sur l'estrade sous les applaudissements de la foule. Le directeur de l'Académie le complimenta au nom de l'ensemble du jury et en son nom propre.

— Que veux-tu faire plus tard, mon garçon ? lui demanda-t-il.

— Je voudrais être médecin, répondit Pierre.

— C'est bien.

— Chirurgien, précisa le garçon.

— C'est encore mieux.

Le lauréat reçut son diplôme et redescendit de la tribune. Il s'en alla rejoindre son père qu'il trouva à demi caché sous un tilleul. Ils restèrent face à face, inertes, muets, vaincus par l'émotion. Célestin ôta sa casquette quand Pierre lui offrit son parchemin. Il se découvrit devant le savoir de son fils.

L'année suivante, Pierrot entra au cours supérieur. Il bénéficia d'une bourse que madame Lemoine avait sollicitée pour son brillant élève. Il continua de fréquenter le château, sa bibliothèque, ses grands-parents adoptifs. Il n'oublia pas Charlotte, ni la promesse faite à la petite Jeanne. Il aima les siens et reçut leur amour sans lequel il ne pouvait vivre.

Il se préparait à devenir un homme.

REMERCIEMENTS

Un grand merci à Jean-Pierre Gallo, l'ami et le producteur.

Ainsi qu'à Isabelle Laffont et Karina Hocine sans qui ce livre n'aurait pas vu le jour.

Impression réalisée sur CAMERON par
BRODARD ET TAUPIN
La Flèche
en avril 1995

Dépôt légal : mai 1995
N° d'édition : 95085 – N° d'impression : 6457 L-5

Imprimé en France